张文振 著

小满葚子黑 芒种吃打麦

学苑出版社

图书在版编目（CIP）数据

小满葚子黑　芒种吃打麦 / 张文振著. -- 北京：学苑出版社, 2025. 1. -- ISBN 978-7-5077-7130-5

Ⅰ. I267

中国国家版本馆CIP数据核字第20254712LR号

出 版 人：洪文雄
责任编辑：乔素娟
出版发行：学苑出版社
社　　　址：北京市丰台区南方庄2号院1号楼
邮政编码：100079
网　　　址：www.book001.com
电子邮箱：xueyuanpress@163.com
联系电话：010-67601101（营销部）　010-67603091（总编室）
印 刷 厂：北京建宏印刷有限公司
开本尺寸：710 mm × 1000 mm　1 / 16
印　　张：17.75
字　　数：232千字
版　　次：2025年1月第1版
印　　次：2025年1月第1次印刷
定　　价：120.00元

目 录

我的家乡 / 001

家乡旧俗 / 021

腊八祭灶,年下来到 / 023

二十三日去,初一五更来 / 031

坐绿皮火车回家过年 / 038

在老家过年 / 043

正月十五拉舞鞭 / 063

正月十六"跑百灵" / 073

二月二,龙抬头 / 079

清明时节雨纷纷 / 086

家乡风物 / 093

枣发芽，种棉花 / 095

榆钱满枝寄乡愁 / 106

槐花飘香去寻根 / 112

家乡的蒜薹 / 123

自古山东出好蒜 / 128

小满葚子黑 / 135

芒种吃打麦 / 145

交公粮 / 162

至今犹忆种麦时 / 175

颗颗花生都是情 / 187

曹州牡丹甲天下 / 195

挖荠菜 / 203

儿时旧事 / 207

蓬头稚子学读书 / 209

乡间游戏 / 237

家乡的戏曲 / 259

法源寺的丁香 / 273

我的家乡

我的老家在山东曹县一个叫张河的偏僻小村庄。村子远离镇中心，村里的田地与其他三个乡镇犬牙交错，长期处于交通不便、经济落后的状态。村子与外界交通的都是逼仄、车辙遍布的土路，交通工具是自行车和两条腿，去趟县城都是一件能引来谈资的大事，除非有事或者上学，连镇里都少有人去。我上高二的时候，村里才有了一条通向县城的简易柏油路。"北京、上海、哈尔滨、烟台"，是村民口口相传的"四大城市"，是他们对外界想象的边际，也是他们臆想中美好生活的象征。在上大学之前，我去过最远的地方是近三百里之外的泰安，"四大城市"只是我所听到大家的闲聊而已。没有想到的是，我后来竟然离开家乡到北京讨生活，至今已经有二十多年了。

虽然离家已经二十多年了，但我似乎还生活在对村子的记忆里。这记忆日益发酵，成为我想方设法去了解村子的动力。只要时机合适，我总会利用假期，辗转千里，回到那个偏僻的小村，去看望我的家人和儿时的玩伴。在村里，我成了最纯粹的听众，他们很乐意给我讲村里发生的变化，聊村里的人和事。他们的苦与乐，他们的希望与困惑，他们的辛劳与忧伤，他们的不平与无奈，都被一股脑倒了出来。他们有家国情怀，关心国家大事，用道听途说的事例来解读政策，在以偏概全的小视频中左右摇摆。他们有集体意识，对村里的发展有热情、有想法，对村里的停滞不前颇有微词，对其他村的迅速发展充满羡慕。他们有家族观念，叙述中饱含道德评价和情感好恶，血缘关系而不是理性左右着他们的语汇。无论对事还是对人，他们都率性而谈，毫不掩饰自己的观点。他们大都毫无机心，胸中偶有山水，也都是些无伤大雅的狡黠。在大街上走一趟，只用耳朵，我就了解了村里的大事小情，了解了村民的喜怒哀乐。

回到老家，我会带着妻儿到村里走一走、转一转，指着某个地方给他们讲四十年前发生的事。这既是让他们了解村里的变化，更是讲古回忆和重温过往的岁月。在老院的两进院子里，指着后院围墙处的一个高台，我给他们讲此处正是祖屋的位置。在这里，奶奶常常给我讲她从坠子书中听到的甘罗十二岁拜相的故事，讲她从评书中听到的少年朱元璋家贫志不贫的故事，讲出生在曹县的豫剧名家马金凤苦练唱功的故事。无论讲什么故事，她总以"井淘三遍吃甜水，人受教条武艺高"进行开头和结尾。奶奶讲故事的细节我无法记起，但她常说的这句话对我影响很大。在后来上学的时候，这句话一直反复在我耳边响起，成了我持续学习的动力。

奶奶守了一辈子寡，吃了一辈子苦。她受过很多气，性格倔强，不服输，对欺负过她的人永不妥协。过往的事长记心头，使她的脾气不好，易怒爱较真。每次给我讲故事，奶奶都是和蔼可亲的，她那饱经风霜的脸上充满了对我成才的期待。奶奶喜欢孙辈，对我们兄弟三人疼爱有加，对于我们的学习严格要求，希望我们能有出息，让她能有扬眉吐气的一天。她喜欢用朴素的语言讲古代英雄故事和名人传说，让我有勇气去面对生活中的苦。我记得很清楚，村里刚通电的时候，屋外门框上的灯泡突然亮了，奶奶急着从屋里跑出来，激动地把她视为珍宝的老花镜给摔裂了。奶奶手拿着摔裂的老花镜，仰头静静地盯着大太阳下亮着的灯泡，似乎电灯光和初夏的阳光一点都不刺眼。我不知道奶奶想了什么，许久之后，奶奶心平气和地说："活了一辈子，终于看到电了。"

祖屋是那时村上最常见的土屋。墙体下部铺有五层蓝砖，可防潮防水，主体部分用土坯垒就或者用淤泥筑成。房子低矮，个子高的人进出时需要稍微弯腰，否则会碰到门框。窗户开口小，屋内光线偏暗。土屋低矮破旧，冬天能抵御严寒，夏天凉爽干燥。房子靠近后墙的梁上有一个灰褐色的燕子窝，每到春天，总有燕子飞来，在此养育幼雏。村民认为燕子到屋里筑巢是一件值得自豪的事情。大家将燕子看作吉祥之鸟，认为它可以分辨善恶，只会到家人和睦、常做善事的人家去筑巢。大人串门的时候，看到别人家屋梁上的燕子窝，无一例外要表达羡慕之意。看到燕子来家筑巢，我和弟弟都有点兴奋，常常在下面盯着看，期盼着能够有小燕子出生。"看看可以，但千万不能去惊扰它们"，奶奶总会反复叮嘱我们。为了方便燕子在家里无人的时候进出，奶奶还特意在窗棂上掏了一个洞。"燕燕于飞，下上其音"，嘤嘤燕语明如剪，燕子的鸣叫确为春天的音符。那些日子，听燕子婉转的啾唧声，看燕子倏忽而来迅捷而去，成了我每天必做的功课。每次燕子南去，我的心里都会空落落的，期盼它们能早日归来。"栖息数年情已厚，营巢争肯傍他檐"，这句诗确实写尽了我的心声。

老院靠西墙的地方是厨房和牛羊圈。那个时候，一头牛、几只羊就是家里的重要财产，它们所住的地方比厨房要好得多，坚固而通风，更会得到悉心照料。每年春天，村南河道里长满了各种野草，像铺上了嫩绿色的地毯，地毯上绣着星星点点的粉色、黄色和白色小花。河道里变成了山羊的乐园，它们跳跃前冲，撒欢儿似的顶头争胜。我和放羊的小伙伴把住河道的两沿，防止它们啃食小麦。经过一个冬天的圈养，山羊似乎忘记了青草的味道，对于鼻子下面的野草视而不见，冲刺似的往前奔，引得大家只能跟着跑，把人累得够呛。强按牛头喝水使不得，强按羊头吃草还是可以的。拦住前面带头的几只羊，使劲把它们的嘴按到青草上，它们龇着牙，心不甘情不愿地闻了一下地上的草。在僵持中，就在你以为它们要吃草的时候，一松手，它们比以前跑得更欢了。反复几次，山羊有点累了，终于停止了对自由的探索，不再撒欢儿，从顽劣少年变成了乖孩子，渐渐低头啃草。山羊专心致志地啃草，慢慢挪动，成了绣在地毯上的装饰物，给了我们观察自然和游戏的时间。

我们看山羊啃草时抖动的胡子，看它们一言不合就跳跃、俯冲和顶头，看蝴蝶翩翩飞向对岸的野花，看长着嫩尖微微摇动的芦苇，看偶然掠过水面的小燕子，看在水面上划出道道水线的柳叶鱼，看不停变化身姿的柔软水草，看河水中蓝天白云的倒影，看黑狗喝水时舔碎河里的白云……我们听野草被啃断时的噼啪声，听小羊撒娇似的咩咩声，听河鱼跃出水面的哗啦声，听岸边杨树的拍掌声，听燕子的呢喃，听黑狗的轻吠……大家都不懂大自然的美，只是为这自然现象所着迷，只觉得看了舒心，让人心静。

在农业机械普遍使用之前，牛是工具，是财产，是家里非常重要的一员。耕地、耙地、耩地、压场、拉车……诸如此类的重体力活都指望它。一个家庭过得好坏，除了看房子，还要看家里是否有牛。家人对牛的感情很深，特别是奶奶，更是对它悉心照料。无论是数九寒天还是三伏天，奶奶都会在半夜按时起来喂牛。十多年来天天如此，直到家里不再喂牛。夏日炎热，待牛饮饱之后，牵到屋后通风的阴凉处，拴在大枣树下，用扫帚在它身上扫了又扫。奶奶每次扫牛的时候，那头牛都会轻轻地摇着尾巴，满脸的惬意。当牛犊长大，开始横冲直撞、不再安分的时候，就需要给它穿牛鼻子了。仅需一个人在旁边协助，奶奶就能抱住牛头迅速完工。想到那顽劣的牛犊被奶奶轻松制服，渐渐变成吃苦耐劳的耕牛，我就觉得那是一件不可思议的事情。

春夏之交，地里的草越长越旺，奶奶开始分派我和弟弟去给牛割草。那个时候，地里的草真多，秧子草、尖毛草、葛巴草、狗尾巴草、鸡蛋壳簼棵（kuō）、富苗秧、牛筋草、节节草、婆婆丁、银银菜、灰灰菜、荠菜、马蜂菜、扫帚苗子、地黄根、泡泡棵（kuō）子、蓟菜芽、糜糜蒿子、薄荷、茅根……随便找个地方，不长时间就能割下一堆。能干的人，可用粪箕子装下上百斤的青草，背起它，腰弯如钩，踽踽独行，后面看去，如一座草山在移动。就是在割草的过程中，我认识了二三十种杂草，知道了哪种草在饥荒时救过人的命，哪种草牛羊爱吃，哪种草可喂鸭鹅，哪种草可以治痢疾，哪种草可以治害眼病，哪种草可以补血，哪种草可以消肿止血，哪种草晒干后可以换钱。我最喜欢初秋时节去割草，在棒子地、棉花地和芝麻地里钻进钻出，草割多割少且不说，各种甜瓜倒是偷吃了不少。回到家里，看着堆在牛槽里的青草，奶奶总要把我们夸赞一番。

入秋之后，棒子最下面的三四片叶子不复往日的挺拔，叶尖发黄枯萎，有的还耷拉下了脑袋。家人开始拉着地板车到地里去纺棒子叶，将低垂的棒子叶全部拽下来，扎成捆，拉回家，铡碎后拌上饲料喂牛。将多余的棒子叶晒成干草，是牛羊最喜欢的冬日美食。

有一年夏天，在奶奶过生日的时候，我父亲从外地回来，带回来一只老鳖，说是吃了对人身体好。大家看着大盆里缩头缩脑的老鳖，都说是乌龟，觉得吃了不吉利，还是养着吧。于是，它就在一个大瓷盆里安了家。每天喂它，也成了一件乐事。有一天，老鳖突然消失不见了，我们把压水井周边有水的地方，甚至是狗窝里都翻了个遍，仍然一无所获。好多天过去了，奶奶还在念叨那只老鳖。到了秋天，要清理牛圈，需要把圈里的牛粪运到地里去。在清牛粪的时候，竟然发现了那只老鳖，令人惊奇的是，它还活着！这真是个生命的奇迹。

老院靠东南墙的地方有个狗窝，住着一只大黑狗。大黑狗在熟人面前性情温顺，任凭我怎么摸它、揉它的皮、抱它的脖子、捏它的嘴，都安之若素，用褐色的眼睛亲昵地看着我，让人以为它没有一点脾气。但看到生人，大黑狗立即变了狗脸，龇着牙，冲着来人就狂叫起来，两只前腿向前探着，准备找准时机扑向来人。到了晚上，听到什么风吹草动，它的叫声急促而响亮，时而夹杂着低沉的呜呜声，能把小偷小摸之人吓得闻声而逃。

一天早晨，我发现院子里非常安静，大黑狗没有像往常那样蹿出来，在我脚边亲热地跳来跳去。我赶紧跑到狗窝边向里看去，发现大黑狗安静地卧在里面，肚皮下面竟然有几只闭眼吃奶的小狗。我非常兴奋，赶紧把这个好消息告诉了奶奶。奶奶告诉我，新生小狗的眼睛都是闭着的，要用手给它掰开，否则就会变成瞎眼狗。我领了任务，趴到狗窝边上，伸手把肉嘟嘟的小狗仔一个个拽出来，小心翼翼地把它们的小眼掰开，让它们看到了自己的妈妈，看到了小主人和这个世界。小狗仔的胎毛细腻柔软，真是让人爱不释手。从此，逗小狗玩就成了我每天的必修课。

后来，在一个夏日的下午，大黑狗被药狗的给偷走了。与大黑狗遭到同样命运的，还有村里的很多只狗。大家聚在大街上，义愤填膺地声讨药狗的，我第一次知道世上竟然有那么多咒人的话。从这些话中，可以窥见村民丰富的语言创造力。我蹲在空荡荡的狗窝前，心里空落落的，呆呆地痴想着大黑狗还会像以往那样，从外边飞快地跑回家，亲昵地在我脚边嗅来嗅去。傍晚，村里的狗叫声再也没有了往日的气势，只有零星的吼叫，夹杂着失去亲友的悲戚。

大黑狗之后，家里还养过几只狗。那几只狗的性格迥异，家人都不太满意。有的过于温顺，家里来了外人，在来人的脚边嗅一圈，象征性地看一眼，就亲昵地摇着尾巴和来人成了多年未见的好友。有的性格暴烈，不管来的是熟人还是生人，高亢的汪汪声持续不绝，夹杂着满是威胁意味的呜呜声。但凡家人出来晚一点，它就已经把来人逼出了家门。开春的时候，三弟不知道怎么碰到了它，把他的小腿咬得鲜血直流，被迫到县城医院打了三次防疫针。在一个大雪纷飞的夜晚，没有任何征兆，奶奶精心喂养的几只羊被人翻墙偷走。那几年，老家的治安特别差，偷羊、偷牛、偷玉米、偷树……凡是村里值钱的东西，都有人来偷，民愤极大。在奶奶的咒骂声中，狗在满地的羊血中嗅来嗅去，似乎这一切与它无关，昨晚它只不过开了个小差而已。这之后的很多年，家里都未曾养狗。

老院里有六棵枣树，东西各三。西边三棵高大挺拔，枝干遒劲，东边三棵在体型和气势上都逊色很多，但因靠近水井而枝叶繁茂。那个时候，村里有很多高大的果树：枣树、杏树、石榴树、梨树、桃树和李子树。它们自由生长，躯干壮硕，粗枝大叶，活得快乐，花开时繁花似锦，蜂飞蝶舞，想来令人神往。在各类果树中，枣树最多，家家都有，村前村后随处可见。花开时节，漫步村里，随处皆可体验"簌簌衣巾落枣花"的感觉。枣树无人打理，收获多少全凭天意，只要过年的时候有蒸花糕、蒸豆馅子馍所需的干枣即可。老院里的六棵枣树品种各不相同，只有一棵所结果实可以生吃，老家俗称"灵子枣"，果大核小，皮薄肉厚，清脆甘甜，是全家人的至爱。其他的枣树所结果实都硬得硌牙，只能晒成干枣，蒸成花糕后软糯香甜，深得奶奶喜爱。入冬后，枣叶零落，仅剩下零星的几片叶子，枝头残留的几颗红枣成了小孩子的心头肉。这种半风干的枣子颜色深红，味道甘甜，是很多小朋友爬上树猛烈晃动枝干的动力。

从老院出来顺着胡同向北走，有一个长方形的大坑。坑北沿儿是村里的后街，街道、通往北地的路与村西头的路在坑边交汇形成了一块三角地。三角地上长有七八棵几十年树龄的杏树和枣树，树叶茂密，冠盖如伞，是夏秋时节大家吃饭乘凉的好地方。站在三角地向北望，视野开阔，映入眼帘的是一望无垠的庄稼。秋收过后，可以远眺我读过书的小学。村上没有通电的时候，三伏天在家吃饭是件受罪的事，很多人都端着碗聚在三角地的树荫下吃饭。村民或坐或蹲，将菜碗往面前一摆，互通有无，一顿饭可以吃出百家味。微风过处，树影婆娑，人的精神大振，酷热难耐的中午就在闲聊中溜走了。

喝过汤（晚饭）后，天气依然燥热，老人和孩子就抱着凉席到三角地去乘凉。每晚，那里都会聚集好多人。小孩子躺在凉席上，滚来滚去。老人则坐在席边，手摇蒲扇，在酷热中热火朝天地谈着什么。我躺在凉席上，感受着夏日土地的温热，看树冠旁边的夜空，深蓝色的天幕中繁星点点，隐约可见泛白的云彩。白日辽远的天空为了听清楚大家的高声谈论和窃窃私语，偷偷地拉近了距离，似乎触手可及。明亮的天河成了牛郎织女故事的最好开头。故事结束，夜已深，大人都要回家睡觉了，我却不愿意回去，非要和其他人一起在树下睡觉。回家拿床被子，半铺半盖，双手枕在脑后，仰望着神秘的星空，在偶尔的狗叫声和微风吹过的沙沙声中，渐渐进入梦乡。不知道那时我有没有梦到过牛郎织女，我现在是一点都不记得了。

从老院出来顺着胡同向南走，是村里的前街，这是村上的主要街道。到了大街往西走，经过一个小水坑和三户人家，就到了村西头的白玉奶奶庙。庙有两间屋大小，一间神住，一间放有用蓝砖垒成的床铺，我没有见到过僧人在此住，也许是供无家可归之人临时住宿吧。小庙蓝砖蓝瓦，经历过很多风雨，部分蓝砖已经松散掉渣凹陷进去。庙前有大片空地，是表演杂技、变魔术和耍猴的好地方。耍大刀、刀枪对打、枪刺喉咙、大刀砍肚皮、赤脚踩刀刃、脖子绕铁丝、徒手劈砖断棍等杂技，都是我在这里看到的。从一块红绸子里，魔术师能变出鸽子、红花、熟鸡蛋和碗碟等日常用品，弄得每个孩子都想拥有一块如此神奇的红绸子。有趣的是耍猴的到各家攒粮食。每到一家，猴子就会敲锣而入，做出各种滑稽动作，逗惹得大家欢笑不已，引得一帮孩子兴致盎然地跟在猴子屁股后面出入各家。

紧挨着白玉奶奶庙东边第一户人家属于邻村韩庄人，里面住着一对姓夏的光棍兄弟。哥哥是焗匠（厨子），身材修拔，脸色黝黑，整天笑呵呵的，常穿着一件油腻腻的深黛色长褂。两个村上如遇红白之事，他总会到场。无论是掌勺还是打下手，他都干得认认真真，做出来的菜色香味俱全，照例会引起交口称赞。他一边忙碌，一边讲着奇闻逸事，风趣幽默的话总会惹得哄堂大笑。只要有他在，从来都不缺乏人气和笑声。就是这样一个有手艺又有幽默灵魂的人，竟然无缘得到异性的垂青，想来都是咄咄怪事。弟弟则白净少语，脸沉如水，不善与人交流。两人开过代销点，售卖日常用品，应该是与弟弟待人接物有关，登门买东西的人越来越少，最后只能关门大吉。不知什么原因，后来弟弟精神失常，神神道道，在麦收时节将邻村成片的小麦给烧了。据村民说，那场大火阵势骇人，火借风速，根本来不及救援，仅仅几分钟就将几十亩即将收割的小麦化为灰烬。待消防队来了之后，只看见漫天的飞灰在空中飞舞，偶有杂草丛生的地方还有丝丝微烟被吓得瑟瑟发抖。因无力赔偿，为了平息民愤，弟弟被抓进了监狱。几年后，在一个大雨滂沱的夏日傍晚，弟弟因病被送回了家，不久后去世。哥哥也随后离开了人世。现在他们的房子早已坍塌，院子里的树长得高大茂密，树下杂草丛生，成了鼠雀的乐园。断壁颓垣与旁边新修的小庙成了两个世界。

从老院出来到前街向东走过两家，有一棵临街的臭椿树。那棵树有十来米高，粗有一抱多，比周围的树都要高大，有点鹤立鸡群的感觉。臭椿有股奇怪的味道，不讨人喜欢，在古代被称为樗。虽然《小雅·我行其野》曾用樗喻指所托非人，但因樗长寿，也常用椿寿、椿龄、千椿等词称祝人的长寿，其种子也是一味清热止血的良药，被中医称为凤眼草。那棵树的周围少有虫子和蚂蚁，曾是我和玩伴的乐园。藏暮（捉迷藏）的时候，椿树是游戏的"根儿"，是一方竭力保护、另一方想方设法努力触摸的中心。在树下，我们玩过藏暮、打尔、摔哇呜、"老母猪"（烟纸盒游戏）、砸纸牌、链子枪、官打捉贼、打雪仗、挑棍儿、抽皮牛（陀螺）、扔沙包、丢沙包、老鹰捉小鸡、跳格子、斗拐、拾子儿、逗水牛（天牛）等多种游戏，度过了一段无忧无虑的幸福时光。

椿树北边住着一位我从小玩到大的朋友，他比我大几岁，父亲是村里的医生。村里和我年龄相仿的有二十多人，我愿意与之聊天也能聊到一起的人却不多。我的朋友学习努力，我经常见到他在院子里读书写字。他父母对他期望甚高，给他创造了村里最好的读书条件，但他升学考试总是发挥失常，无奈只能遗憾回村。读了多年的书，眼界开了，不想在家务农，总想尝试另一种人生。在父母的支持下，他买了辆大轮自行车，从书商那里批发了各类文学书籍，骑车到中小学和集市上摆摊卖书。每隔几天，他都会到我就读的中学去卖书。到了之后，铺开化肥袋子缝制的单子，把书往单子上一倒，供学生自由选购。那个时候学生很穷，围着看书甚至蹲在那里阅读的很多，但买书的寥寥，生意惨淡。只要有时间，我都会陪着他聊会儿天，有时还帮他盯一会儿书摊。周六回家，如遇雨天，我会到他那里去看书，读了很多在中国当代文学史中占有一席之地的作品。我后来考大学，被调剂到了中文系，虽有不如意，却坦然接受，就与那个时候持续的文学阅读有关。

在结束卖书生涯之后，我的朋友开始了外出打工生涯。他外出打工不怕苦不怕累不怕刁难，只怕坐车。他有严重的晕车病，吃什么药都不管用，只要看见长途大巴、闻见汽油味，就开始呕吐，胃里翻江倒海，吐得不可抑制，直到吐得连黄水都没有了，仍在不停地干哕。坐一次长途大巴，犹如生了一场大病，脱了一层皮，几天才能恢复过来。这种情况持续了多年，直到他在县城起早贪黑干起了室内粉刷，才算稳定下来，终于免除了晕车之苦。

椿树边上，有一条有斜坡的南向小路。在靠近大路的地方，小路的东西两边都是大坑，深约两米。在我入学的那年春季，刚学会骑自行车。那时个子矮，坐在车座子上够不着脚蹬子，只能在车杠下侧着身子蜷缩着腿一拐一拐地骑车。到了麦收时节，每天都要骑着自行车给大人用暖瓶送水喝。三弟年龄小，每次都要坐在自行车的后座上跟着去单场或者麦地送水。有一次骑得太快，下坡的时候没有刹住车，连人带车冲进了路边的大坑里。三弟的大腿被自行车给硌疼了，他哭喊着站起来，飞快地爬出了两米深的大坑，一边哭一边蹦着跑一边锐声大喊："娘哎，我的大腿根摔折了！我活不成了！我的大腿根摔折了！"引得路上的人大笑不已。待我艰难地把自行车从坑里推上来，他早已跑到了大路的尽头，无法听见他的哭喊声了，只看见他在一蹦一跳地跑着，不知道的肯定以为他在兴奋地"尥蹶子"呢。

一直到现在，这场"交通事故"都是我们兄弟三个时常谈起的趣事。

大路的南边，曾是大片盐碱滩，地势较低，遇到夏秋雨水多的时节，那里就会变成水泽。为了排出积水，盐碱滩上挖有纵横相连的水沟。夏日有水的时候，水清如镜，平整的水底如同老人的脸，满是成块的皱纹。走在浅水滩里，滩底表层如同浸湿的纸板，柔而有筋，少有浑水泛起。无水的时候，地面泛白，像是下了一层薄雪，在阳光下刺人眼睛。盐碱滩没有庄稼和常见的树木，而长有成簇的茶叶条子和桑树柳。栽种茶叶条子是村民改造盐碱滩、变废为宝的一次尝试。茶叶条子栽种成活后，长得枝叶葳蕤，采收的茶叶却苦涩难耐，根本无法入口。叶片油光可鉴，牛羊不食。茶叶条子没有带来一分钱的收入，却增加了盐碱滩的生机。桑树柳学名柽柳，曾被李时珍称为三春柳，是一种耐盐碱、改良土壤的灌木。无论是盐碱滩、沟渠边还是无人种植的荒地，都能见到它的身影。桑树柳花期长、开花次数多，从春天到初秋，总能看到大串浅粉或白色的小碎花挂满枝条。开花时节，小朋友们都喜欢在此嬉戏，盐碱滩变成了乐园。状如柏叶的青绿叶片，柔软多姿的淡绿枝条，刚柔相济的海天霞色的枝干，淡粉如霞、色白如云的串串碎花，辗转于天际和树丛之间的雀鸟，不见其人但闻其声的小伙伴们，想来都是美的。可惜的是，盐碱滩早变成了单调的杨树林，乐园美景无处寻了。

盐碱滩的南边，是旧河道、小河及其支流交汇的地方。有水的时候，水面比河道其他地方都要宽阔。枯水期，水面不到一米宽，可以轻松跃过，是抄近路去南边赶集的必经之道。沿支流上行五十米，有一个挖沙土留下的深坑，常年积水，是大人摸鱼、小孩戏水洗澡的地方。一个夏日午后，邻村一个年龄与我弟弟相仿的小朋友被家人从坑中捞出。在妈妈撕心裂肺的哭喊声中，在大家或远或近的围观下，两个村的青壮劳力轮流提着孩子，将他头朝下控水。随着时间的流逝，孩子毫无反应，大家的叹息声、窃窃私语声越来越大。村里的医生下了几次诊断，家人都不愿意接受现实。家人牵来黄牛，让孩子趴在牛背上，牵着牛在盐碱滩里不停地走。在夕阳的照耀下，孩子黝黑的身体似乎被一层七彩光晕笼罩着。天已黑，围观的人渐渐散去，只有孩子的妈妈孤零零地牵着黄牛走在茶叶条子里，坚韧而无望地抗拒着黑暗对孩子的侵蚀。从此，那个深坑逐渐被废弃，再也没人敢去那里游泳。我知道死亡，也是从那时开始。

从椿树往东再走三家，街南边是一个可盖三出院子的大坑。坑北沿儿有一口井，在各家有压水井之前，全村人都到那口井里去打水。井水清澈甘甜，滋养了一代又一代的村民。夏日炎热，从井里提上水来，趴在筲桶边上就喝，井水进肚，暑气渐消，如同喝了冰水一样舒服。井边有棵歪脖子枣树，树上曾挂着一个铁铛，在单干（家庭联产承包责任制）之前，村长通过敲击铁铛来指挥全村劳动。

只要那铛铛铛的声音急促响起来，就是村长催促全村老少劳力马上下地干活的命令，是催促村民赶快到井边开会的号令，是要分东西的温馨提醒。村民拿着农具，快速聚到铁铛下，来得晚一点的，无论是因为家里有吃奶的孩子还是因为家里有卧床不起的老人，都要受到村长不耐烦的呵斥："下次早点！"那时候的开会很有意思，村民蹲在大坑的斜坡上听，村长和队长站在大坑里讲，有点像舞台低、观众坐席高的实验剧场，讲什么都听得清清楚楚，村民的一举一动也能一览无余。铛铛铛的声音如果在农忙结束的时候响起，那就是要分东西了。举凡地里出产的东西，扣除集体的，各家都要象征性地分一点。小麦、小米、绿豆、高粱等作物都是口粮，按工分计算领取，青玉米、红薯、北瓜、大白菜都是分成小堆，供大家自由选择，选择的顺序就是抓阄。能获得一次抓阄机会是家长对孩子的最大奖励。在众目睽睽之下，背负着家长的期望，走到笑眯眯的村长面前，从他面前的草帽或者碗中摸出一个小纸团，飞快地跑回家长身边，手忙脚乱地展开纸团。无论数字大小，家长都会肯定孩子的手气不错。毕竟，最后一个领东西的是村长，那一堆才是最不好的。

单干后，村长开始和大家一起下地干活，那熟悉的铛铛铛的声音再也没在村里响过，铁铛逐渐蒙上了一层红褐色的锈迹。不久，铁铛消失不见，不知道是被谁拿去卖了废铁，还是掉进了大坑里。有早起拾粪的人发现，村长曾站在歪脖子枣树下抽烟发呆。被人发现后，村长再也没有出现在枣树下。

那个大坑是我家的，连同大坑东西两边的地，可以并排盖三出院子。大坑周围都是树，坑的南沿有几棵粗大的白杨树。奶奶说，那是她年轻的时候栽下的，那棵最大的不能卖，是留给她老了以后做棺木的。那几棵树年龄相同，处在相同的生长环境里，但大小粗细差距甚大，最西边的那棵有两抱多粗，其他的都小了一半。那时，村里随处可见高大的树木，白杨树、槐树、榆树、柳树、椿树、枣树、桑树、楝子树、桐树……若论起粗大者，无出其右。奶奶将那棵树看作她的命，连个树枝都不让人动一下。大雨过后，她常让我拿着木锨，把裸露的树根用土掩埋起来。刨那棵树之前，奶奶在树下连续烧了三天香。据说树下有个洞，里面盘着一条大蛇。奶奶说，那棵树之所以能长那么大，全拜那条蛇所赐。白杨树变成了村里最厚的棺木，陪同奶奶去了另一个世界。

秋冬时节，树叶泛黄，冷风过处，凌乱如雨。每到这个时节，村民都会在天不亮的时候起床，拿着大扫帚，去树下扫叶子。除白杨树的叶子只能烧锅外，其他的树叶都可喂羊。那时的生活很苦，村民也没有其他的营生，都把眼睛盯在眼前的一亩三分地上。秋冬时节，除挖河修路外，男的拾粪，女的扫叶子，是村民常干的活。扫叶子拼的是谁起得早，稍微懒一点，起得晚了，只能看着比堂屋还干净的地面懊悔不已。突然发现有的树下还有叶子，兴奋地走过去，才发现地上扔着一把扫帚，这说明已经被人占住了，只能悻悻而归。如同看戏放块砖占座位一样，放把扫帚就可以宣示对此处树叶的主权，虽然这主权的有效期只有一天。

为了给我们兄弟三个盖娶媳妇的房子，家里商定要把大坑填成宅基地。老院狭窄，其他能盖房子的地方靠近农田，有点偏。选址在临街的大坑既是奶奶和我父母再三商议的结果，更是远近闻名的风水先生的肯定。那个时候，农村盖房子是件大事，风水先生的意见左右着村民的取舍。填坑是个大工程，家人都出了大力，也花了不少钱。我记得有两三年的时间，耩好麦子后，父母就带领我们兄弟三个，用地板车从河道里拉土填坑。挖光河道里的土后，改从村东头的田里拉土。那么大的坑，愣是用地板车一点点填平，浇水后砸实，先后盖起了三出房子，再也找不到大坑的痕迹。每次想起那个大坑，我都觉得我家在村里创造了一个奇迹，用汗水浇灌的奇迹，父母用爱铸造的奇迹。

大坑边的第一出院子是给我盖的，奶奶在此居住了二十多年。奶奶去世后，我父母从老宅搬来，一直住到现在。我父亲年轻的时候在青海当了四年汽车兵，常年在青藏公路上运送物资。退伍返乡后，父亲成了一名跑长途的货车司机，整天在外奔波，我们在一起生活的日子屈指可数。那时，我在家里，父亲在外边。现在，父亲在家里，我在外地。母亲是个慢性子，脾气好，性格内向，记忆力超过很多人。有了手机之后，无论是家人还是亲戚，所有人的电话号码都存在她的脑海里，张口就来，一个数字都不会差。在我的记忆中，母亲不是在地里忙于农活，就是在厨房里做饭，少见她闲着的时候。繁重的农活透支了父母的健康，两人的身体都不好。两人先后得了脑梗，不仅留下了健忘、腿脚不好的症状，性格还从内向突转为固执、易怒和爱骂人。只要腿伤稍微恢复一点，母亲就要颤巍巍地拿着笤帚扫大街，从家门口一直扫到东边的大路。无论家人如何劝阻，都不管用，扫大街而摔伤住院的事已经发生了好几次，确实让人担忧。无奈之下，家人只能把家里的大小笤帚全部藏起来，才断绝了母亲每天都要扫大街的念头。现在是不论天气好坏，母亲都执意推着轮椅到后街去，找同龄人聊天，有时候，几个人干坐在那里，你看我，我看你，一句话都不说。在沉默中，时间像被惊走的麻雀一样，迅捷地消失在远空。

奶奶在世的时候，曾送辍学回家的二弟到县城亲戚家学打烧饼。二弟脑子灵活，聪明好学，很快就掌握了生火、和面、发面、揉面、调馅、擀坯、揉坯、包馅、定型、切花、沾芝麻、贴烧饼、烤制、看火候、铲烧饼、售卖等十多个环节，他做的烧饼外形圆润、切花匀称、颜色焦黄、松脆可口，深得周围几个村子的好评。学成回家后，他在院子里支起了炉子，带着三弟开始了打烧饼的生涯。烧饼是当地有名的小吃，工序繁多，两个人从早忙到晚。每天下午，两人都骑着三轮车到外村去换烧饼。那个时候流行以物易物，都是用小麦兑换烧饼，一斤麦子可换三个烧饼。

夏天时，两人要忍受烤炉的高温，身上出的汗一层接一层。冬天时，两人要经受寒风的肆虐，两手冻得紫黑。早晨披着星星起床和面、发面，晚上戴着月亮回家。烧饼无论打多少，都不会剩下。过一段时间一算账，才发现所剩无几。两人都不会斤斤计较，人又诚实，用料足、成本高，所得较他人少了许多。坚持一段时间后，只能选择去天津的自行车厂打工。很长时间后，还有外村人跑来换烧饼，最后只能遗憾而归。

二十多年后的今天，县城里也好，网上也罢，都有卖烧饼的，无论口感还是外形，都与两人所打的烧饼差距甚大，根本没法相提并论。寒假聊起现在所卖的烧饼，二弟是满脸的鄙夷，认为现在卖的烧饼就是在糊弄人，既没法看，更没法吃。找个时间，他准备再支起炉子，让下一代人看看什么才是真正的烧饼。

从水井继续向东走三家，街北面有一个我小学同学开的代销点。晚上和阴雨天无法下地干活的时候，那里就成了村民聚集的场所，聊天、打麻将、买东西，热闹非凡。围观的永远比打麻将的要多、要着急，有因此发生口角甚至发展到肢体冲突的。我永远搞不明白，为什么会发生这样的怪事。在代销点里，有一个冷眼旁观和爱说俏皮话的人，手里拿着从店里赊欠的碧波老窖，一口口地抿着，一圈麻将没打完，半瓶白酒已经进肚，用手一抹嘴，把剩下的半瓶酒往柜台上一放，扔下一句"酒存在这里，钱下次给！"，潇洒而去。下次再来，剩下的酒就见底了。乘兴而来，尽兴而归，是个有胸襟的人。

赊账多，加之村民购买力弱，代销点没几年就倒闭了。我那位同学曾在此创业，先后开办了加工地毯和制作鞭炮的小作坊，后因鞭炮失火，身上留下多处烧伤的痕迹。这场火，让一个有心气甚至有点傲气的年轻人归于沉寂。多年后，他做起了收废品和维修农业机械的生意，一直延续至今。

再沿街向东走过一家，是条穿村而过的南北走向公路。顺路向北走二里地，就到了我曾就读的小学。通往学校的那段路我走了五年，哪个地方有个坑、哪个地方有坡，我闭着眼都清清楚楚。高一的时候，父亲开车受伤，我曾去泰安的一家医院照顾他。返回的时候，我在另外一个镇上下了长途汽车，一个人在这条路上摸黑走了十多里的路。秋夜寂静，四野无人，途经的村庄漆黑一片，走的是跌跌撞撞、提心吊胆。犬吠和虫鸣伴我同行，寒意渐浓，胆怯在我心里生长，总觉得后面有人在跟着我。壮着胆子回头看去，来路灰白，月光如水，什么也没有，唯有路两旁黑黢黢的玉米地让人浮想联翩。在两个镇的分界处，有一条河，河道里亮闪闪、白汪汪一片，潺潺的水声时而幽咽时而喧哗，竟有夺人心魄的感觉。我大气也不敢喘，不自觉就加快了脚步。人们常说，走夜路吹口哨给自己壮胆，胆怯的我哪敢吹口哨呀，只是低头疾走。不知过了多长时间，终于走到了上学走过的那段路。一踏上那条熟悉的路，我的心立即平静下来，深夜的犬吠声再也没有了夺人心魄的预警意味，一眼望不到边的玉米地似乎有了柔美的感觉。

顺路向南三十米，是一条东北西南走向的旧河道，路西边的河南沿有几棵桑树，是我儿时吃桑葚、洗澡、捉鱼、养鱼的地方。路东边的旧河道长满了芦苇，入秋时节，可以欣赏芦花飞雪、绿潭飘雪的壮观美景。芦苇是重要的经济作物，苇子收割后，可用板车拉到集市上售卖，也有人破成篾片，编成苇席，可用于铺床、晾晒、夏日乘凉。我有一个远房亲戚，就曾以收芦苇、编席、售卖为业，常听他讲述到临县的仿山、九女集庙会卖席的经历。芦苇在《诗经》中被赋予了一个富有诗意的名字——蒹葭。"蒹葭苍苍，白露为霜"，入眼满是寂寥宏阔之景，写尽了人们追求美好事物"道阻且长"、可望而不可即的心路历程。

顺路继续南行一百米，是个丁字路口，有一条向西通往县城的重要公路。那条路曾经被拖拉机、三轮车碾轧得坑辙纵横，阴雨天几乎寸步难行。积水散去，坑辙干涸，路上布满坚硬的坷垃，无论骑车还是步行，常见摔倒扭伤的人。在其他村都通了柏油路后，镇政府终于想到了我们这个偏僻的村庄。但镇里只负责铺路，路基需要村民出钱出力打造。

在我上高中时的一个暑假，在一年之中最热的时候，村民无论年龄大小，都拿着木锨、背着粪箕子、提溜着暖水瓶，来到路边的河沟里，一铲铲挖土，一筐筐背到路面上，与石灰掺和在一起，在挥汗如雨中硬生生垫起了符合施工条件的路基。也许是累的，也许是热的，有位村民突然倒地，身体蜷缩成一团，抖动不已，口吐白沫，眼睛紧闭，任凭大家如何大声呼喊、拍打面部都毫无反应，十几分钟后方才逐渐恢复正常。大家都说他犯了羊角风，是过量饮酒所致。长期酗酒夺走了他的精气神，使他从一个讲究人变成了不修边幅、胡子拉碴，从待人热情、好聊天、爱说话变成了沉默寡言。农忙时节，大家都在地里起早贪黑地忙碌，只有他拿着酒瓶子坐在大门口发呆。没几年，人就走了，留下三个未成年的儿子，想来让人唏嘘不已。

那个夏天，村民人人掉了几斤肉，我的手上也磨了几个泡、多了老茧。通柏油路后，村民的出行方便了许多，再也不怕阴雨天赶路，再也不怕陷进坑辙摔倒了。每次经过这条路，我都会想起自己和家人挖土背土修路的艰辛。

穿过"丁"字路口继续南行四十米，就到了村边的小河，我和弟弟曾在河里放羊、捉鱼和洗澡，留下了很多快乐的回忆。家里盖房子填大坑的时候，我们曾在河里挖坑取土。转眼一恍如隔世。每次想到那条小河，我的心里都充满热爱，那柔软的水草在我心里飘摇。每次想到家乡的亲人，我的心里都满是激动，急切地想和他们聊聊，讲历史、谈过去、说变化。

让我倍感失落的是，我的家乡正在变得越来越陌生。村里熟悉的人少了，老房子几乎消失殆尽，不认识的人多了。走在村里，看着那些年轻而又陌生的面孔，需要说起他们的父辈或者祖辈，我才能找到熟悉的参照对象。我有点恍惚，这还是生我养我的故乡吗？这还是我时刻牵挂、事事关心的张河村吗？我们爬过的树，我们玩过的游戏，我们乘凉的地方，我们干过的活，我们吃过的苦，我们走过的路，我们生活过的老房子，我们认识的人，都已湮没在过去的尘埃里。

我经历的那段生活终将被遗忘，我只是在文中如实记录了我记忆中的几个生活片段而已，不虚美、不夸饰，希望再过几年，还有人能够看到，在那个年代，在这片土地上，在这个村里，有人这样活过。

家乡旧俗

腊八祭灶，年下来到

> 腊日烟光薄，郊园朔气空。
>
> 岁登通蜡祭，酒熟酿村翁。
>
> 积雪连长陌，枯桑起大风。
>
> 村村闻赛鼓，又了一年中。
>
> ——明代　李先芳《腊日》

小时候，我特别盼望过年，盼望父亲从很远的地方返乡过年的幸福感觉，盼望能吃到平时不易吃到的好东西，盼望能够穿上难得的新棉袄、新棉裤、新棉鞋，盼望收到可以自由花销的压腰钱，更盼望年关临近时越来越浓的过年氛围。那个时候，过年的气氛浓烈而持久，我记得刚入腊月，大人已经在谈论怎样过年了，四处打听哪个集市上的年货更便宜一些。小孩子们也常常扳着手指头数，还有几天能喝到腊八粥、吃到豆馅子馍、喝上酸汤丸子、吃上肉馅饺子，还有多少天能放寒假，还有多长时间能放上鞭炮。

大人无暇理会孩子的小心思，按部就班地为过年做着准备。于是，给老人孩子做衣服的布买回来了，村里会点裁缝活的妇女忙碌了起来，村民携着布料纷纷登门，缝纫机开始嗒嗒嗒响个不停。精心备好的棉籽被拉到了附近村庄的油坊，在咣当咣当的机器声里和油腻的空气中谈好价钱，榨成了过年时用来炸菜、炒菜的油。最饱满的麦子被拉到了打面厂，在震耳欲聋的响声里和粉尘飘扬的湿热空气中，变成了用来蒸馍、蒸花糕、炸丸子、包饺子的面粉。大料、大花椒、小茴香、桂皮、酱油、白糖、盐等调味品也被分批买回。

在年货的准备过程中，有一样东西是必不可少的，那就是江米，要为腊月的一个重要节日——腊八做好准备。腊八是进入腊月后的第一个节日，它给春节定下了甜蜜的基调，奏响了漫长的春节欢庆的序曲。关于腊八，老家有两则这样的谚语——"腊八祭灶，年下来到""孩子孩子你别馋，过了腊八就是年"。说的就是到了腊八之后，过年的氛围一天浓似一天，每天都要根据日子来准备不同的年货。

腊八作为节日，有着非常丰富的文化内涵，是中国古代腊祭习俗和外来佛教文化相互交融的产物。据记载，腊祭出现在神农尝百草时代，古人从那个时代就开始在腊月祭祀祖先和神灵，祈求丰收和上天降下祥瑞。汉代以前，腊祭的日子甚至是月份都不固定，直到汉代才明确了在腊月开展腊祭。南北朝时期，终于确定为腊月初八。腊八节开始出现。佛教在南北朝时期的影响日益扩大，而佛教徒认为释迦牟尼在腊月初八得道成佛，在这天要举行盛大的纪念活动，其中就有喝粥和施粥这两项易于为大众所接受的仪式。于是，中国古代的腊祭习俗与佛教腊月初八的节日活动逐渐融合，得到了官方的认同和民间的呼应。腊八节作为一个节日，至此正式形成。

到了唐宋时期，腊八节中祭祀祖先和神灵的习俗逐渐让位于祭灶和除夕，宗教影响的痕迹越来越明显。孟浩然的诗作《腊月八日于剡县石城寺礼拜》就写出了腊八节的宗教氛围："石壁开金像，香山倚铁围。下生弥勒见，回向一心归。竹柏禅庭古，楼台世界稀。夕岚增气色，余照发光辉。讲席邀谈柄，泉堂施浴衣。愿承功德水，从此濯尘机。"我们可以想象诗人所描绘的画面。在佛教徒举行纪念活动的日子，诗人来到石城寺前礼佛。放眼望去，只见峭壁如削、洞窟敞开。高大的弥勒佛像端坐石窟中，望之森然。石像周围的山犹如佛经中所提到的香山和铁围山，岩色似铁，坚硬无比。高大的佛像震撼着人的心灵，栩栩如生，感觉就像弥勒佛矗立在眼前，心生敬仰，拜服在地。石城寺景色高古，竹林幽幽，古树参天，历史悠久的楼台世所罕见。傍晚的山岚笼罩在变幻莫测的雾气中，夕阳照射到山岚、云雾、楼台上，金光漫布，犹如佛光普照。恰逢佛教纪念日，虔诚地听了和尚讲法，与和尚一起沐浴净身。诗人不由得感叹，真希望经过功德水的施洗，能够洗去尘世凡心，从此身心澄净。诗歌情景交融，宗教氛围被拉得满满的，宗教仁心的作用跃然纸上。

宋代大诗人苏轼在《南歌子·黄州腊八日饮怀民小阁》中也有对腊八节宗教活动的描写："烘暖烧香阁，轻寒浴佛天。"在送别友人的时候特意提醒：请您要牢记今天这个特殊的腊八节，在人人都去参加浴佛大会的节日里，我在给您饯行送别，等您飞黄腾达的时候，可千万别忘记了曾与您一起患难与共的老朋友啊。陆游在《十二月八日步至西村》中写道："今朝佛粥更相馈，更觉江村节物新。"在腊八节纪念佛祖的日子，陆游收到了乡民馈赠的腊八粥，内心非常激动，一扫身体多病所带来的阴霾，顿觉家乡节日的景象分外清新。诗歌首尾呼应，是对第一句"腊月风和意已春"的应和。

宋代有一位著名的诗僧释师观，他在《偈颂七十六首其二十五》中则是直接点明腊八节的宗教来源："腊八是今朝，如来成道日。"腊八是佛祖的成道纪念日，熬粥、喝粥、施粥都是佛法广布的仪式。清代的乾隆皇帝有一首名为《腊八日》的诗歌："索飨大蜡伊耆始,夏曰嘉平殷清祀。周家蜡礼举岁终,文武之道均张弛。秦复夏名缘祈仙,权舆定腊实刘氏。蜡八相沿讹腊八,八日号腊何所指。当年饮粥成风俗,果糜杂和期相佽。或传此日浴佛节,阿谁能辨非与是。岁在庚戌月己丑,羲娥丸转穷次纪。"这首诗不仅写了当日的宗教习俗,还详细回顾了腊八节的历史沿革,可以帮助我们了解腊八节、认识腊八节。

宋代时,关于腊八粥有了明确的文字记载,逐渐取代了以往浴佛和吃药食的习俗。从此以后,腊八粥成了腊八节的标志物,一直延续至今。腊八粥在早期也叫"七宝粥""五味粥"。最早的腊八粥主要用红小豆煮成,随着社会的发展,腊八粥的原料由简单到复杂,用料逐渐丰富多彩。到了宋代,除了五谷杂粮以外,开始增加核桃仁、松子仁、栗子仁、柿饼等原料,丰富了腊八粥的口感。

明代则增加了粳米、白果、菱米、红枣等物。到了清代,据《燕京岁时记》记载,"腊八粥者,用黄米、白米、江米、小米、菱角米、栗子、红江豆、去皮枣泥等,合水煮熟,外用染红桃仁、杏仁、瓜子、花生、榛穰、松子,及白糖、红糖、琐琐葡萄,以作点染。切不可用莲子、扁豆、薏米、桂元,用则伤味。每至腊七日,则剥果涤器,终夜经营,至天明时则粥熟矣。除祀先供佛外,分馈亲友,不得过午。并用红枣、桃仁等制成狮子、小儿等类,以见巧思。"如此繁多复杂的用料,怕是只能出现在京城的达官贵人之家,普通民众应该是没有此等口福的。一年到头辛苦劳作的农民,在岁末这个特定的日子,把自家地里产的粗粮掺和到一起,熬成寓意丰富,如祈求五谷丰登、渴求生活平安的杂粮粥,既可果腹,又可应景,应该是腊八粥能够延续至今的主要原因。

在我家乡,关于腊八粥,流传着一个耳熟能详的民间传说。一入腊月,年节临近,村里的老人都会闲下来。在冬日的阳光下,点上自制的纸烟,抄手斜倚在背风的棒子秸垛或者麦秸垛上，开始了讲古大赛。老人之间常会因为某个观点不同、某个细节不一致而争执起来，声音时高时低，一会响彻大街，争得面红耳赤，一会儿娓娓而谈、窃窃私语，像极了小孩过家家。我现在都有点怀疑，他们就是通过故意争吵制造噱头，来吸引孩子们聚拢到身边，听他们讲朱重八的传奇人生，诉说腊八节的传说。

相传，在很久以前，临省的凤阳县有一个家境贫寒的孩子名叫朱重八，因家中无田，只能给村上的地主放牛。地主为人极为刻薄，对朱重八非打即骂，经常不给他饭吃，使他天天处于饥肠辘辘的状态。为了填饱肚子，朱重八利用放牛期间的空闲时间，经常摘取野果、掏鸟、捕捉野地里的田鼠来充饥。有一次秋后，他的运气非常好，在挖掘老鼠洞的时候，挖出了一些豆子、玉米、粟米、高粱等五谷杂粮。朱重八兴奋极了，晚上偷偷跑回家里，把这些杂粮一起放在锅里熬煮。没想到的是，熬出来的粥味道香甜、软糯可口，唇齿留香，让他一直无法忘记。从此以后，朱重八经常挖空心思去挖老鼠洞，似乎老鼠也在和这个穷苦孩子作对，他再也没有挖到过五谷杂粮，但杂粮粥的味道却让他记忆深刻。

建立大明王朝之后，朱重八摇身变成了朱皇帝。他享尽了荣华富贵，吃尽了山珍海味，但心里总觉得有一点遗憾。有一天，他正在闷闷不乐的时候，突然想起挨饿的时候吃过的杂粮粥，于是立即让御膳房用五谷杂粮煮粥。朱元璋吃了之后，大为赞赏，苦闷的心情一扫而空。在高兴之余，他就对太子讲了这段历史，告诫太子不要忘本，要关心百姓之苦。恰逢这天正是腊月初八，朱元璋顺势给粥取名为"腊八粥"，还把粥赏赐给有功的大臣。就这样，由大臣而至民间，腊八粥就在民间流行起来了。

也许是因为我的老家与朱元璋的故乡离得比较近，也许是因为朱元璋出身贫苦农民却成了皇帝，老家有很多传说都与朱元璋有关。比如，天亮前为什么天要再黑一阵、当地的特产羊肉垛子和耿饼等都相传与他有关。

讲述朱元璋传奇一生的《大明英烈传》在老家为人所追捧，相关题材的坠子书对大人和小孩都具有非常大的吸引力。农忙间隙，奶奶和她的同龄人攒钱买电池，集体围坐在卡带录音机前听《大明英烈传》的场景让我至今记忆犹新。大家都很投入，紧紧盯着录音机，努力捕捉每一个词语，连一个说话的都没有。偶有咳嗽的，也是极力压制声音，生怕错过一句话。老人们所受的学校教育不多，嗓门偏大，在公众场合容易大声谈笑，很少顾忌对他人的影响。唯独在听坠子书的时候，他们很有绅士风范，显示了他们极有教养的一面。这确实是一个值得研究和关注的民间文化现象。任何文艺作品，如要得到观众的认可，总要反映观众的生活或者观众想要的生活，只有契合了人的心理需要，才能涵养人心，具有吸引力和生命力。

在我的记忆中，老家的腊八粥用料没什么讲究，都是随地取材，并没有固定的组合。家里常用的熬粥原料有大米、小米、麦仁、玉米糁子、红小豆、绿豆、豇豆、花生、干枣等。吃早饭的时候，将原料浸泡到水里。到了中午，将泡好的米豆和水按照一定的比例放在锅里，加入冰糖，用劈柴火烧锅。锅开后，将多余的劈柴从锅底拿出，埋进灶口的柴灰里，只留木炭在灶堂里文火慢熬。腊八粥在锅里轻快地叹着气，随着蒸气飘出阵阵甜香，引得孩子流下无数口水。性急的孩子逡巡在灶屋门口，不时地询问妈妈快好了没有，任凭其他小朋友高声呼喊都不出去。黏稠的腊八粥不易散热，把孩子烫哭的事情时有发生。吃在嘴里，软糯香甜，口感层次丰富，无论大人还是孩子，都要吃上几碗才肯罢休。

在那个没什么零食的时代，腊八粥对孩子的诱惑非常大。但我是个例外，我从小就不爱吃甜食，除瓜果外，几乎所有放糖的食物我都不爱吃，老家的果子、月饼、糖糕、红薯丸子、糖角子（糖三角）、豆馅馍等食物我都不喜欢，特别不喜欢吃放了糖的粥。那个时候，看着弟弟、妹妹贪婪地喝着腊八粥的样子，我一直觉得很奇怪，总觉得有点不可理喻。每次腊八节中午吃饭的时候，家里人都在喝热乎乎的腊八粥，唯独我一人啃着干硬的凉馒头。馒头很凉，但我没有感到丝毫的委屈和冷落，心里却是充满了期待，充满了对翠绿酸辣的腊八蒜的向往。

按照老家习俗，腊八蒜需要在腊八当天腌制，其他时间腌制的都配不上这个名字。不仅如此，大家竟然都相信其他时日腌制的腊八蒜不会变绿，说这话的时候，人人都言辞凿凿，似乎真理在手。腊八当天，选取个头偏小的大蒜，去皮后放入干净的玻璃瓶或者咸菜坛子里，倒入米醋，使蒜完全浸泡在醋里，密封后放置在堂屋里的方桌下。很多介绍腊八蒜制作方法的人都提到要把大蒜清洗干净，那是没有考虑到鲁西南腊月的气温，即便是晴天，腊月也会滴水成冰，水洗后的大蒜会被冻伤，也会在米醋中带进一部分结冰的水，不利于腊八蒜的保存。在此后十多天的时间里，你什么都不用做，时间自然会处理好大蒜和米醋的关系。在米醋的滋养下，每瓣大蒜都生长出了浅绿色的斑块，斑块日益蔓延，颜色也从浅绿色变为翠绿色，待蒜瓣通体都披上了蓝绿色的外衣，就可以吃了。

祭灶、大年三十、初一吃饺子的时候，腊八蒜会闪亮登场。把热腾腾的饺子在腊八醋（腌制腊八蒜的醋）里蘸一下，一口一个，那才叫吃饺子。迅速吃下几个饺子，解解馋，就可以慢慢品尝了。蘸过腊八醋的饺子入口后，再来口腊八蒜，酸辣的味道让羊肉的腥膻荡然无存，只留浓香在舌尖跳跃。有了腊八蒜的加持，多吃一碗饺子那是不在话下的。肚子鼓了，腊月的寒冷似乎都跑远了。小朋友们玩性大发，打尔、斗拐、砸纸牌、抽皮牛等游戏让大家乐此不疲，任凭大人喊破嗓子都不回家，直到大人拿着鞋底气冲冲地走来，才依依不舍地告别朋友。走的时候，小朋友的双眼紧盯着来人，生怕家长突然发难、猛冲过来，用鞋底在屁股上狠揍一顿。看着家长没有冲过来的意思，暗自庆幸地松口气，溜着墙边飞快地跑回家。

腊八的晚上，天气寒冷，北风吹过，树木瑟瑟发抖，偶尔还能听到院外高大的杨树发出的飕飕声，一点儿都没有"腊月风和意已春"的意思。屋内没有生火，与外边一样冷得冻手冻脚。油灯如豆，屋里的人和物都影影绰绰，忽长忽短。孩子们早早钻进了被窝，蜷缩在被子里，只露半个脑袋在外边，听灯下纳鞋底的奶奶和母亲闲聊。她们在聊年货的置办，聊孩子的上学，聊村上谁家要娶媳嫁女，聊某某怕是撑不到过年了，聊是否需要再卖两袋麦子，聊腊八粥的传说，聊那个农民出身的皇帝朱元璋。在大人的闲聊声中，被窝里渐渐有了热气，赶紧把棉裤、棉袄脱掉，尝试着把腿伸开，稍不注意，大黄猫也钻进了被窝里。在大黄猫的呼噜声中，孩子渐渐入睡，在似醒非醒之间，似乎听到外边传来零星的鞭炮声，听到了春节迈着大步轰然而来的脚步声。

二十三日去，初一五更来

胶糖祀灶洁春盘，归到天庭夜未阑。

持奏玉皇无好事，且将过恶替人瞒。

——元代　周广业《祭灶诗》

腊八拉开了过年的序幕，但真正让家家户户为过年而天天忙碌起来的却是腊月二十三。老家把腊月二十三称为祭灶年，应是祭灶和小年的简称。祭灶过后，每天的主题都是围绕过年而设定的：揍馍（蒸馒头）、蒸花糕、蒸菜馍、蒸豆馅子馍、炸丸子、炸菜、炖肉、扫除、包饺子、写门对子、撒芝麻秆，要为年夜饭甚至是直到正月十五的饭菜做准备。小年是大年三十和初一的彩排和预演，是营造过年氛围的先驱和实干家，是学生们解放（寒假）和快乐生活的开始。

每到祭灶时节，我的脑海里总会浮现出小朋友们在大街上传唱的一首歌："腊八祭灶，年下来到。妮子要花，小孩要炮，老头要买新帽儿。"那个时候，各家各户都用那种手拉风箱、烧柴火的土灶台，供奉在灶屋锅底门（灶门）东边墙上的老灶爷神像经过一年的烟熏火燎，早已经变得通体灰暗。拂去上面的烟尘，依稀可见慈眉善目的老灶爷在微笑着注视着灶屋里的一切。神像两边用黄表纸写就的对联早由鹅黄色褪变成了断肠色，无论是"二十三日去，初一五更来"还是"上天言好事，下界保平安"，墨迹却依然透亮。神像的横批是"一家之主"，标明了老灶爷在家中的崇高地位。

祭灶前一天，奶奶会从集上买回几块祭灶糖（后来变成了麻酥糖），名义上是买给老灶爷吃的，要让他吃得满嘴都是糖，到了天上汇报工作时才会好话连连，保佑家里四季平安、幸福安康。老灶爷享用之后，这些糖会让我和弟弟妹妹高兴很久。说实话，祭灶糖很甜却奇黏无比，嚼起来几乎要把人的牙齿给粘掉。小孩子的乐趣来得简单，仅仅是体验牙齿深陷祭灶糖甜蜜的陷阱中就能乐得合不拢嘴，稍不注意，口水就会从嘴角溢出。

祭灶当天，有不少准备工作要做。先是找来一节较长的秫秸秆，把坚硬、光滑的外皮用小刀剥去，分割成两三毫米宽的篾条，用松软的芯和篾条扎成马形，摆放在锅台上。用刀把谷子秆剁成长约一厘米的草料，与黑豆、麸皮一起摆放在马形的嘴边。把祭灶糖在神像的嘴上晃几下，然后放到香炉旁边的盘子里。贡品、马形和饲料安排停当，给老灶爷虔诚地烧上香，奶奶就开始烧锅，准备下饺子了。待水开后，把提前备好的鞭炮点燃，饺子必须在噼里啪啦的鞭炮声中下锅。饺子出锅，要先给老灶爷盛上一碗。奶奶拿起几张叠好的黄表纸，一边在神像前焚烧，一边将饺子汤浇在燃烧的纸边。

这之后，奶奶会从鸡窝里抱出大公鸡，让我站在神像前，将公鸡紧紧地抱在怀里，让公鸡的头窝进它的翅膀里面。奶奶面向神像和公鸡，嘴里念念有词。公鸡可能是受到祭灶时神秘氛围的影响，将头窝在翅膀下面一动不动，过一段时间之后，才反应过来，猛地把头转过来，惊恐地瞪大了眼睛，双腿乱蹬，喉咙里发出咕咕咕的声音。奶奶淡定地让我把公鸡送回鸡窝，待我回到厨房后，发现奶奶已经把熏黑了的神像从墙上揭了下来，连同马形、饲料一起焚烧起来。在火光的映照下，我发现奶奶的脸上笼罩着一层神奇的光芒。

我一直好奇奶奶在祭灶的时候嘴里念叨的是什么，我曾经多次问她，她总说，给老灶爷说的话不能往外说，说出来就不灵了，等我再大一点的时候才会告诉我。造化弄人，我长大后去了外地，辗转于几个城市，求学和工作成了生活的重心，再也没有在家里过过小年，也失去了向奶奶求教的机会。至今想来，都是颇觉遗憾的事。岁月可以消磨记忆，但奶奶和老家过小年的习俗依然清晰如昨。

我现在想来，奶奶应该是祈求老灶爷到了玉皇大帝那里，要多给家里人说些好话（言好事），多降些吉祥下来，保佑一家人都健康平安（保平安）。这个推测得到了研究者的认可，有的民俗学家曾经提到以前流行的《灶王府君真经》，其内容大概如下："灶王爷司东厨一家之主，一家人凡作事看得分明。谁行善谁作恶观察虚实，每月里三十日上奏天庭……读书人敬灶君魁名高中，种地人敬灶君五谷丰登。手术人敬灶君百能百巧，生意人敬灶君买卖兴隆，在家人敬灶君身体康泰，出家人敬灶君到处安宁。老年人敬灶君眼明脚快，少年人敬灶君神气清明。世间人你何必舍近求远，赴名山过海滨千里路程，灶君前只用你诚心祝祷，无论你甚么事也敢应承。"

经文借老灶爷的口吻道出老百姓的所思所想、所求所愿，浅显易懂，易于口口相传。老百姓把这位上天安排在民间的监察干部——老灶爷看作包青天和神仙的结合体，希望他能判断人间善恶，也能降福献瑞于人间。我想，奶奶祭灶时的心理也应是这样的。她当初在祭灶时所念叨的，肯定没有这么复杂，不会涉及那么多的行业，不会有那么多她不了解的语言。可以明确的是，奶奶肯定是用通俗、简单的家乡话说出来的，否则，习惯了家乡方言的老灶爷是要发蒙的。这种愿望很容易理解，一年到头，风吹日晒，辛苦劳作，有点幻想总可慰藉悲苦人生。对于农村孩子来说，这天正好是寒假的开始，无忧无虑的快乐日子刚刚开始！

中国人祭祀灶神，是一个非常悠久的历史传统和官民习俗。早在三千多年前的殷商时期，就有"天子祭五祀"的记载，五祀之一就有祭灶，只不过那个时候是在夏季祭灶罢了。到了周代，五祀发展为七祀。祭灶作为重要的国家祭祀盛典之一，但并不为天子所专有，平头百姓也可以在灶神和户神中选择一位神灵进行祭祀。可见，从那个时代开始，灶神已经是官方和民间共同敬奉的"主管饮食之事"的神灵，在人们的日常生活和国家礼制建构中发挥着重要作用。但关于灶神是谁，历来众说纷纭。

在古代，有明确文献记载提到的灶神是炎帝和祝融，认为炎帝是火德之帝，祝融是火官之神，所以同为灶神。同时也有人认为黄帝发明了灶和蒸煮食物的釜甑，故而黄帝也被称为灶神。把炎帝、黄帝、祝融尊为灶神，应该是与祖先崇拜、火崇拜和太阳崇拜等原始崇拜和自然崇拜有关，也与中国一直流传至今的夏日养阳等生活理念有关。东晋时期，才有了腊月二十四祭灶的确切记载。宋代以后，祭灶才逐渐成为一个固定的节日，被称为送灶节、灶王节、小年下等，逐渐形成了"北三南四""官三民四胥家五"的习俗，也就是北方在腊月二十三、南方在腊月二十四祭灶，官府在腊月二十三、老百姓在腊月二十四、水上人家在腊月二十五祭灶。祭灶日期的选择既有地域文化的因素，也有根深蒂固的等级观念的影响。

灶神的职责随着社会的发展也越来越多，在主管日常灶事的基础上，逐步增加了"晦日上天，白人罪状""司命家主"等功能。也就是说，灶神实现了从单一神向全能神的转变。只不过，让人感到惋惜的是，这位上天派到人间的监察干部，每天都在烟熏火燎中侦听百姓善恶，难免会影响判断力，在年终回总部汇报工作的时候，还屡犯"吃人者嘴甜"的工作大忌。

其实，在民间，关于灶神的传说有很多种，有宋无忌、苏吉利、张单、张禅等多种传说，但传说的模式大都逃不过负心男人千夫指、悔过反省终成仙的窠臼。老家流传的关于灶王爷的传说也不例外，只不过这其中还夹杂了流传于鲁西南民间的夫妻观、交友观、致富观和敬神的功利观，比如夫妻之间应该相互扶持、不能结交酒肉朋友、敬神能够发财致富等。

传说在很久以前，有一位善良聪明的姑娘，嫁给了一个穷光蛋。结婚后，在妻子的带领下，两人勤俭持家，很快成为村里最富有的人家。妻子贤惠，但美中不足的是，一直没有生育，还有个晚上尿床的毛病。丈夫天天闷闷不乐，烦得要死。手里有钱后，丈夫整天大吃大喝，身边聚拢了一批酒肉朋友。妻子劝他，他总是当作耳旁风，在朋友的教唆下，他一气之下就把妻子给休了。没有了妻子的劝阻，他身边的狐朋狗友更多了，但很快就落了个倾家荡产，沦落到了拄着棍子外出要饭的地步。到了此时，那些酒肉朋友不仅没有拉他一把，还对他百般嘲讽，没有一个人理他了。

后来，他听说附近村里有户人家专门给叫花子施舍粥饭，过去一看，真有人在给排队的叫花子打饭。看那施舍粥饭的人有点面熟，揉揉眼睛，才发现那人恰是他的前妻。原来，他的妻子被休之后，又嫁到了这里，很快也带领这家富裕起来。因为心肠好，就在村口的杨树下架起大锅救济穷人。他很后悔，但也心有不甘，很想转身就走，无奈肚子不争气，只好排到了队尾。没有想到的是，轮到他打饭的时候，锅里的饭恰好没有了。第二天，他第一个来到那里，排在最前头，没想到这回改从后头往前打饭。一连多天，均是如此，轮到他的时候恰好都没有饭了。他越想越气，也更加后悔，悔恨交加，在腊月二十三这天晚上，他一头扎进锅底把自己给撞死了。

他死了之后，前妻把他埋在了村口施粥的杨树下，还在杨树上挂了一副他的画像，每次施舍粥饭的时候都给他摆上一碗。周围的人看她这样，问起原因，她死活不说。大家纷纷猜测，把她发财致富的原因归结为在吃饭之时供奉神像，于是大家争相效仿。一传十，十传百，最后传到了天界，玉皇大帝看他有真心悔过的心理，就封他为灶王爷，来享受人间香火。考虑到他犯过错，就让他在灶屋里经受烟熏火燎，只有每年上天汇报工作的那一周才会免于惩罚。从此，小年祭灶的规矩就立下了。

作为重要的官民习俗，祭灶的风俗不仅流传在民间，还在多位诗人的笔下得到了形象的反映。这其中，描写祭灶习俗最为著名的诗篇是宋代诗人范成大的《祭灶词》："古传腊月二十四，灶君朝天欲言事。云车风马小留连，家有杯盘丰典祀。猪头烂热双鱼鲜，豆沙甘松粉饵团。男儿酌献女儿避，酹酒烧钱灶君喜。婢子斗争君莫闻，猫犬触秽君莫嗔，送君醉饱登天门。杓长杓短勿复云，乞取利市归来分。"

从诗中可以看出，宋代祭灶的仪式非常隆重，也比较复杂。祭灶的日期为腊月二十四，因为相传这天灶王爷要上天去汇报人间的工作。为了便于灶王爷上天，人们准备了画有神像的纸车纸马，焚烧的时候可以御风而行。虽然准备停当，但灶王爷先不要急着上天，要美美地享用丰盛的祭品。您看，祭品丰盛鲜美，足见主人的诚意，盘子里摆放着热气腾腾的烂熟猪头、令人垂涎欲滴的大鱼和松软香甜的豆沙馅的糯米团子。祭品虽然不是皇家所用的山珍海味，但也不是日常生活中常吃的食物，是主人下了大力气、精心准备的一番心意。按照风俗，男人参加祭灶、敬献贡品，妇女回避。男人斟满酒，恭恭敬敬地浇在地上，请灶王爷饮用，然后焚烧纸钱。酒气在火光中升腾起来，灶王爷是喜笑颜开、心花怒放。趁着灶王爷高兴，主人赶紧表明祭灶的诉求：那些日常的口角、猫狗的冒犯，那些平时招待不周的地方，灶王爷您宽宏大量，可千万不要放在心上；酒足饭饱了，我们用云车风马送您上天，到了天上，不要议论人间长短，回来的时候带点利市与我们分享。

范成大诗中的祭灶场景虽然不如皇家的壮观，但其实是属于富贵人家的祭祀，绝不是普通人家能够实现的，我们可以了解一下穷苦之家的祭灶情况。同为宋人的吕蒙正，与母亲一直生活在穷困潦倒之中，他笔下祭灶时的场景就是另外一种情况了："一碗清汤诗一篇，灶君今日上青天。玉皇若问人间事，乱世文章不值钱。"穷苦之人，因财力所限，只备有一碗清汤和一篇祭灶诗，若玉皇大帝问起缘由，就说文人士子不被人重视即可。其实，吕蒙正的这首诗是对唐代诗人罗隐诗作的戏仿："一盏清茶一缕烟，灶君皇帝上青天。玉皇若问人间事，为道文章不值钱。"唐宋两代的两位诗人，与其说是在写穷困人家的祭灶窘境，倒不如说是在表达自己怀才不遇的慨叹。借他人之酒杯，浇胸中之垒块，历来都是文人创作的一个母题。

到了元代诗人程文海那里，对待灶王爷却是一反常见的恭敬之态："何年呼得灶为君，鼻是烟囱耳是铛。深夜乞灵余不会，但令分我胶牙饧。"全诗模拟灶王爷的口气说：真不知道从什么时候开始把灶台称作灶君的，我的鼻子变成了烟囱，耳朵变成了锅耳，我其实没有任何神仙道行，你们深夜的祈祷我也帮不了忙，只求你们分一点麦芽糖罢了。祭灶原是一件神圣的事情，诗人却反其道而行之，用调侃的言语嘲讽灶王爷，嘲讽他的无能，嘲讽他分食麦芽糖的卑微诉求。此刻，在诗人的心中，灶王爷并不是高高在上、法力无边的神仙，转而变成了满身烟火气的、憨态可掬的普通人。其实，在严肃、神圣的氛围中，在宏大、沉重的叙事中，间或增加一点轻松、愉快的基调，增加一些戏谑、嘲讽的民间叙事，历史才能生动鲜活，文化才能具有烟火气和永恒魅力。

坐绿皮火车回家过年

爱子心无尽,归家喜及辰。

寒衣针线密,家信墨痕新。

见面怜清瘦,呼儿问苦辛。

低徊愧人子,不敢叹风尘。

——清代　蒋士铨《岁暮到家》

疫情防控政策调整之后,人们可以自由出行了,我就开始酝酿回家过年。回家过年最主要的是要解决怎么回的问题,这个问题不解决,其他的都是奢谈。正常时节,每到春运,最紧俏的就是回家的车票和机票了。政策调整后,人们回家过年的愿望怕是要更强烈了。想想也是,三年了,对太多人的出行造成了极大的影响,也使很多人未能与亲人团聚。待春运一开始,我就开始了连续多天下午六点的抢票行动。

很多事情就是如此,各种媒体都在报道、谈论多部门联合保障春运,开展各样形式的暖心活动,加开多趟列车,确保大家顺利返乡过年,但等你需要的时候,才发现你想要的高铁车票已经瞬时被人抢光了。看着各车次显示的让人绝望的"候补",你就知道这只不过是心理安慰罢了,只能买一张少有人乘坐的绿皮火车车票。能够回到萦绕于梦中的老家,能与父母、亲友一起过年,能够见到儿时的伙伴,能够在乡音中共同回忆过去的生活,坐什么样的车都一样!

不坐绿皮火车,已经很多年了。从外表看,现在的绿皮火车还和从前一样,似乎没有多大的变化,满眼的历史和沧桑,年代感很强,但进入车内,才发现和记忆中的绿皮火车已经有了天壤之别。车内的灯光一改往日的昏黄颜色,不仅明亮透彻,甚至还有点耀眼呢!车厢过道里非常干净,没有了以往拖把留下的滩滩水渍和象征性拖地的湿痕,没有了随处可见的瓜子皮、橘子皮。座椅一改往日的油腻肮脏,换成了与动车相似的深蓝色座椅,坐上去柔软舒适,那种露着灰黄海绵的灰绿色人造革座椅,看来只能留在记忆中了。抬头望去,车厢顶部没有了那种可以四处摇头、呼呼作响的灰绿色风扇。与以往不同的是,车里少有人吃方便面,几乎闻不到过往那种充斥车厢各个角落的方便面的气味。乘客很多,但人人有座,过道里再也看不到没有坐票而挤满了站着回家的人了。

坐定之后,人们各自拿出携带的食物,热情地邀请大家共享。食物拉近了人与人之间的距离,大家很快就熟了起来,自然交谈起来。大家从共同经历的疫情和感染后的轻重不同症状谈起,把道听途说、或真或假的传说都分享了一遍。斗升小民既关注国家大事,更关心身边的小事。倾吐之间,民心尽显。年老的倾诉接送孙辈的有趣事情或者求医时了解的民间偏方,中年人则很少直接说工作的艰辛,更多的是孩子的学习成绩以及父母的血压和腿脚不便,年轻的诉说着奔波于市郊市区之间的早出晚归,求学的说起了就读的学校、去过的风景名胜和对就业的担忧。说到回家过年,大家的声调都高了起来,争先恐后地谈起了家乡过年的习俗和热闹场景,感叹北京过年的无聊和乏味。口罩没有影响交谈,口罩的背后隐藏着世俗生活的图景和对日常生活中烟火气的渴望。

　　说起绿皮火车，我有过多次刻骨铭心的痛苦记忆。曾经连续三年，我最怕的就是寒暑假坐绿皮火车去杭州上学，那是我多年来的噩梦，至今想来都感到浑身发疼。老家没有到杭州的直达火车，只能到邻省的河南商丘去坐车。那时每次买的都是当天中途上车的车票，照例是没有座位的，有时候甚至连无座的车票都买不到，只能在候车室里坐一晚，等待第二天晚上的火车。暑假开学，人虽然很多很挤，一个小年轻挤上火车倒不是难事。最可怕的是寒假开学，学生流与外出务工流交汇在一起，车站里外都是人山人海、大包小包，拥挤异常。候车室里都是密密麻麻的挤在一起的人，连个下脚的地方都没有。排队检票的时候，人人争先恐后，都想早一点登上火车，抢个有利地形，多问问那些坐着的乘客，看看哪位先下车，自己也好早点抢个座位。一进入站台，看着前面挤得要死的人，才发现刚才的愿望过于理想化了。别说抢占有利地形了，能否登上火车都变成了未知数。

　　那个时候的火车少有准点的，特别是春运期间，晚个二三十分钟都算正常。在翘首以待和各种咒骂声中，火车终于来了。大家都紧盯着车门，提着行李跟着火车跑，有向前跑的，也有往后走的，冲撞声、喊叫声和火车刺耳的刹车声搅和在一起。让人绝望的是，等人气喘吁吁跑到车门等了一段时间后，才发现自己眼巴巴盯着的车门不开，只好手忙脚乱地向人流涌动的地方跑去。跑得快的，还能挤上车，慢的只能等下一趟车了。

　　更绝的是，我还碰到过所有的车门都不打开的情况。车上已经严重超载，车门处挤满了人，乘务员无法挤到车门处开门，站台上候车的人又太多，根本无法容纳那么多的人，乘客上下车都要自己想办法。想下车的人，自己打开车窗，先把行李扔下来，再从狭小的车窗秃噜下来。想上车的人，大家就集体央求坐在车窗旁的乘客把车窗开大一点。同为异旅人，好心人还是比较多的。在"大哥，帮帮忙"的请求声中，很多车窗都打开了，下面的人赶紧把行李扔进火车，双手扒定车窗下沿，用胳膊撑住，费力把上身向车里探去。动作但凡慢一点，后面的人都化身活雷锋，很多手一起用力，就嗖的一声把人给托进去了。

到了火车上，那才真是体会到了什么叫人无立锥之地。你的肘顶着别人的肋了，别人的脑袋碰着你的鼻子了。稍微动一下身子，不是踩着别人的脚，就是碰到躺在座位底下人的头。人只能极力收缩自己的身体，找寻到能够站稳的姿势。就是在如此拥挤的情况下，"花生、啤酒、瓜子、矿泉水"的售卖声和"腿让一让"的声音还是在车厢里回荡。每次碰到流动售货车来到身边，乘客都要大跨度斜楞着身子挤出一定的空间，虽然人人心生不满，抱怨声四起，却不得不感叹火车售卖员的技艺超群。更何况，只有跟着售货车，才能幸运地找到一个没有挤满人、堆满行李的厕所。

火车外边滴水成冰，里面的人则是挤得浑身出汗、内衣湿透，个子矮点或者身体稍有不适的人都要呼吸困难了。曾有一次，在两节车厢连接的地方，有个小女孩因为车厢内温度高、呼吸困难而瘫软在人群中，急得同行的人哭喊着救人。大家努力挤出点空间，但对于舒缓症状帮助不大。危急时刻，列车员拿出扳手，与几个乘客一起，合力砸碎了车门上的玻璃。冰冷刺骨的冷空气一进来，所有人都精神一振，呼吸顺畅了，相比憋闷，寒战不止的畅快呼吸更易于让人接受。这个方法确实有用，那个小女孩不久就扶着人站了起来，潮红的小脸渐渐恢复正常。

仅仅是站了一二十分钟，双腿就开始发酸肿胀，脚心也开始发疼，唯一的办法就是不停地调整重心，让两只腿轮流支撑身体。一两个小时后，双腿双脚早已麻木，似乎这些部位的神经已经休克了，但腰疼却让人无法忍受，很想蹲在地上缓一下。努力了很久，却根本找不到蹲下的空间，只能稍微把腰弯一弯或者把腰挺一挺。遇到好心的乘客，看到这种情况，会把座位挤一挤，露出几厘米的空间，让人用尾椎骨的那块地方斜坐一会儿。即便是那一小块座位，即便是十几二十分钟，也是让人感到舒畅无比的。一般来说，火车到了南京，车上的人大多都会抢到座位，最不济的到了苏州也就有了座位。最惨的一次，我直到杭州都没有找到座位，共站了十五六个小时。下火车的时候，我的腿麻木得不知道飞哪里去了，瘫坐在地上很久才缓过劲来。

每次想起那段不堪回首的经历，我都觉得是一场噩梦，不知道再遇到那种情况还能否挺过来。

后来，高铁渐渐成了人们出行的首选。习惯了高铁出行，绿皮火车就逐渐淡出了人们的视野，成了大家回忆过往的谈资。间或在新闻媒体中看到它的身影，它也成为高速发展的铁路不忘偏远山区、方便山区村民的象征。得知我只买到了慢车票，弟弟非要我把票给退了，让我坐到济南，他开车来接我。我没有听从。不为别的，我就想再坐一次绿皮火车，在缓慢的行程中重温一下曾经的经历，找一下年轻时的感觉。在快速的旅程中，偶尔慢下来，回望一下来时的路，也是很有意义的事情。更何况，这次的目的地是家，是回家过年！

在老家过年

欲知垂尽岁，有似赴壑蛇。

修鳞半已没，去意谁能遮。

况欲系其尾，虽勤知奈何。

儿童强不睡，相守夜欢哗。

晨鸡且勿唱，更鼓畏添挝。

坐久灯烬落，起看北斗斜。

明年岂无年？心事恐蹉跎。

努力尽今夕，少年犹可夸。

——宋代　苏轼《守岁》

在北京连续过了三个乏味透顶、毫无回忆价值的春节之后，今年终于能顺利回家过年，心里充满了期盼。刚买到回家的车票，就开始酝酿给父母和家人买点什么东西，计划要去看望哪些亲戚。忙了很多天，终于坐上了回家的火车，虽然拉杆箱都要撑破了，但总还觉得少带了什么，到底少了什么，想破了脑袋也没理出头绪来。在外面待的时间久了，年龄大了，再也找不到年轻时的归心似箭，但激动的心情却一点没少，家乡的人和物也在脑海里活跃了起来。交往的迅捷和便利，使亲人的信息、家乡的变化，甚至村里的八卦，都能从各个渠道了解，我们再也无法体味古人"近乡情更怯，不敢问来人"的复杂和矛盾心理。

绿皮火车虽然慢，总有到站的时候。经过七个小时的煎熬，终于到了县城火车站。刚迈出车门，大寒当日凌晨的寒气就给人来了个下马威。正如唐代元稹在书写大寒节气的诗中所言："腊酒自盈樽，金炉兽炭温。大寒宜近火，无事莫开门。"在火车上累积的热气被冷风吹得荡然无存，冻得人直哆嗦，惺忪的眼睛睁大了，瞌睡也识趣地跑远了。县城里亮着的路灯稀稀拉拉，在寒风里抖抖簌簌，一点精神也没有。

二弟一接到我，就开车带我去找寻吃早餐的地方，去尝尝我心心念念的小鱼汤和水煎包。时间太早，又靠近年关，跑了好几个街道，都没有找到开门营业的鱼汤馆。要急着赶回家，只好找了家营业的胡辣汤馆。让人遗憾的是，店里打包子的人都回家过年了，只能吃了点号称来自河南逍遥镇的胡辣汤。说实话，我不太喜欢这种口感偏辣偏咸的稀汤水，除几片牛肉尚可之外，其他的配料都软塌塌的，越吃越觉得没劲，这和我记忆中熟悉的胡辣汤毫无相似之处。那时的胡辣汤芡稠汤滑，咸辣适中，虽没有牛肉，但配料丰富，口感筋道，在咀嚼声中更能领会食物的美味。胡椒的味道若隐若现，绵延不绝，但绝不会抢走其他食材的风头，多种味道相得益彰、相互辅佐，方才成就记忆中的美食。

到家后的第二天就是大年三十，这要放在以往，是应该待在家里准备包饺子、贴春联和晚上的聚餐事宜，不需要走亲访友。此次因为在家待的时间比较短，要走的亲戚比较多，只能在年前就开始串门。我和二弟早早起来去县城大姨家，在离小区不远的路边，无意中发现了一家正在营业的小鱼汤馆。我突然兴奋起来，赶紧让二弟停下车，快步走了进去。进门右手边是热气腾腾的鱼汤锅，透过热气，可见上面撒满了油炸的面旗子和小豆腐块，汤的颜色都给遮住了，鱼汤的鲜味从缝隙间蹿了出来，引得人直流口水。左手边的桌子上放了一个盖着白色棉被的簸箩和炸好的油条，簸箩里应该是冒着热气的杂面窝窝。我找个空位坐下，赶紧要了两碗鱼汤、两个荷包蛋、两碟辣椒糊、四个杂面窝窝和两根油条。让人略感遗憾的是，这家店里也不卖水煎包了。水煎包的缺憾，没想到让小鱼汤的惊艳给补偿了。鱼汤馆很小，屋里收拾得很干净，食客已经坐满，少有那种大声吆喝的人，遇见熟人，寒暄几句后就很快归于安静了。

寸把长的小鱼炸得酥脆，入口微苦，细细嚼来，用心体味，焦香与随之而来的鱼香驱赶走了淡淡的苦味，在口腔里膨胀开来。舀起漂在上面的油炸面旗子，用甜咸适中、口感顺滑的勾芡面汤送入口中，经过面汤滋润的面旗子还保留着八分的松脆。酥脆和松脆相互刺激、交织着放大了小鱼汤的美味。炸过的小豆腐块吸足了汤汁，豆香、蛋花香、芝麻油香和若隐若现的醋香、鱼香、胡椒香交织而来，层次丰富的香味让人应接不暇。在鱼汤锅里的荷包蛋，不但去除了鸡蛋的腥味，还增加了鱼汤的美味，堪为荷包蛋中的极品。只喝汤哪能填饱肚子？杂面窝窝和辣椒糊登场。掰下一块松软的窝窝，多蘸点油泼辣椒糊，塞入口中，辣味直冲脑门，在大呼过瘾的同时，多半个窝窝已经进肚。赶紧来口鱼汤，在冲淡辣味的同时，协助杂面窝窝与香甜一起冲破辣椒的束缚，被解放的香甜在口腔里欢欣鼓舞。到了这个时候，任谁都会感到一碗不够，直呼再来一碗，暂时忘却管理身体的压力，让惬意和满足长留心中。

回到家中，看到父母和妹妹、妹夫已经忙得热火朝天了：有拌饺子馅的、有擀饺子皮的、有收拾面靸子的、有生炉子的……都在为中午的荤馅饺子和初一早晨的素馅饺子而忙碌。前期准备工作完成后，开始包饺子了。

大家以儿时有趣的记忆为聊天主线，杂以当年奶奶、父母怎样教育我们的往事，干活的效率真的很高，才刚聊到开始上小学，四大酯子饺子就包好了。在饺子上撒了层薄面，盖上微湿的面巾，分别放入冰箱和厨房，包饺子正式完成。诸事收拾妥当，妹妹、妹夫就带着孩子回家去了，按照老家的规矩，大年三十中午不能在别人家吃饭，要赶回自己家里吃饺子。午饭后有很多事情要做，三十中午很少有喝酒的，即便喝酒，也是浅尝辄止，菜以简单的凉菜居多，大都以饺子为主。下饺子前，要放挂炮仗，在震耳欲聋的炮仗声中敬告诸神，驱赶邪祟。饺子熟了，要在供奉的神像、门前、水井、厕所前烧黄表纸，用饺子汤敬天敬地敬神灵敬祖先，除缺少跪下磕头环节外，一切都是大年初一早晨隆重仪式的预演。

午饭过后，是一天最忙的时间。人人都在忙，连小孩子都不例外，都在为除夕和初一的到来做着准备。女人要把屋里再扫一遍，男人要把院子的各个角落打扫干净，特别是大门口的街道也要扫一下。在我小时候，曾见识过老人边扫地边哼唱歌谣的情形："大扫帚，小扫帚，我嘞扫帚扫得宽。三十哼哼（傍晚）去扫地，一扫金，二扫银，三扫元宝到家来。四扫富，五扫财，六扫扫来聚宝盆。七扫扫出摇钱树，八扫牛羊成了群。九扫儿女成双对，十扫粮食堆满囤。今后三天不扫地，院里金钱三尺深。"比较短的歌谣则有："小扫帚，圆又圆。年三十，扫当院。一扫金，二扫银，三扫扫出聚宝盆。天爷喜，灶爷安，天地相和保平安。"歌谣有干干净净迎接新年之意，有一年起始、万象更新的寓意，也点出了过年时节三天不能扫地、要把福气长留家中的风俗习惯。

屋里屋外、院子内外都打扫干净了，从柴火垛里拽出一捆芝麻秆，均匀地撒在院子里、屋顶上、大门口。在撒芝麻秆的时候，也有相应的歌谣："芝麻秆，秆芝麻，吓得老鸹飞走了。芝麻秆，秆芝麻，姜子牙来了也白搭。前撒岁，后撒岁，儿女都要成双对。撒撒岁，岁岁撒，骑着骡子牵着马。"撒芝麻秆，一是取芝麻开花节节高的寓意，二是踩上去啪啪作响，有碎碎（岁岁）平安之意，三是传说会给家里带来邪祟的老鸹、扫把星和年兽等物，极为害怕四角形且有尖儿的东西，免得它们飞进家中带来晦气，最后就是传说姜子牙在封神榜中没有神位，心有怨气，每到除夕夜就赤脚四处巡游，看到谁家的屋顶上比较干净，就会落在屋顶上，给这家带来怨恨，使家人不和睦。芝麻秆不仅扎脚，还被赋予了神奇的功效，能够驱赶携带邪祟和怨气的传说之物，确保家里一年都顺顺利利、和和睦睦。宋人戴复古在诗中就传神地写出了大年三十扫除的景象："扫除茅舍涤尘嚣，一炷清香拜九霄。万物迎春送残腊，一年结局在今宵。"

在开始扫地的时候，村上一些有文化的长者或者上过学、能写毛笔字的人，便早早把方桌抬到院子里，备好剪刀、墨汁、毛笔、红纸、裁好的黄表纸和春联集锦之类的书，开始为自家和亲友写对子。在老家，春联俗称为对子或者门对子，贴春联则叫座对子，意为请对联就座，强调的是对联的顺序和次序，有庄重肃穆之感。座神像亦是如此。请人写对子的，胳膊里夹着几大张红纸、黄表纸就登门了。长者或者讲究人，非常忌讳外人带着黄表纸登门，要把纸放在院子门外的地上，用砖头瓦块压一下，神像牌位上所需的黄表纸对子照例是免费赠送。进门无须客套，只说家里有几扇门、是否需要门芯、供奉有什么神灵即可。写对子的根据需要，指挥大家动手裁好红纸，根据对子的内容叠好方格。稍一沉思，笔走龙蛇，一副副对子很快写就。不看春联集锦之类的书，仅凭记忆就能完成的，照例会得到更多敬佩。对子的内容具体是家庭和睦、幸福安康还是人勤春早、五谷丰登，是很少有人在意的，只说红纸上有字就行。常听人自嘲说："红纸上画黑道，叽里拐弯儿知不道。"

家中供奉的神像每年都要换新的，新神像也需要写对子。不同于春联所用的红纸，给神像写对子要用黄表纸。在桌子上垫上几张旧报纸，把裁好的薄如蝉翼的黄表纸放在上面，收敛起刚才的轻松表情，凝神聚气，稍蘸点墨汁，不假思索，一气呵成。小心地把写好的黄表纸放在纸上或者夹在晒衣服的铁丝上，静候墨迹晾干。每家供奉的神灵大都是相同的，神像对子也都是固定内容。老家信奉的神灵大都为道教体系的民间信仰，被统称为"爷"或"奶奶"，以表达人们对其尊崇膜拜之意，"爷"一般供在家里，"奶奶"大都供在庙里。

供奉在堂屋中间的老天爷（玉皇大帝）是鲁西南普遍信奉的主神，其享受到的香火和贡品也最多、最丰盛，对子是"年年敬天地、岁岁保平安"。供奉在灶屋锅底门（灶门）旁边墙上的老灶爷是最有烟火气的神灵，传统意义上过年都是从祭灶开始的，对子是"二十三日去、初一五更来"，也有写"上天言好事、下界保平安"或"上天多多言好事、下界事事保平安"的。面向堂屋，供奉在堂屋左扇门后的是云天爷（也有称之为云仙爷的），对子是"进庙三叩首、早晚一炉香"。供奉在堂屋右扇门后的是财神爷，对子是"天上金玉主、人间福禄神"。也许是长期务农的原因，村里对财神爷没有特殊的尊奉和祭祀，其香火待遇与云天爷的相同，不像其他地方，有专门祭祀财神、迎财神的日子。

村子西头有一座简易、破旧的白玉奶奶庙，内有泥塑的白玉奶奶像，记忆中上香的人似乎不多，很少见到贡品。儿时胆小，觉得那里有点阴冷，非要数人方敢到庙前的空地上玩耍，一人经过此地时，总要绕得远远的，不敢靠近。因年久失修，无人照顾，两间庙都坍塌了，瓦砾成堆，大梁、檩子也不知所踪。后来，不知什么人在废墟上垒就一米多高的砖塔，座有画像，使其香火得以延续。2013年，村民集资重建，庙宇仅一间房，比以前小了一半，香火却突然旺盛起来。逢年过节，烧香的人很多，特别是大年初一到初三，村上的人会每天早晚两次到此上香。很多人坚持守岁，最为重要的原因之一，就是力争在新年的第一天第一个给白玉奶奶上香、燃放烟花爆竹，第一个获得白玉奶奶的庇护和保佑。对白玉奶奶的普遍信仰和共同祭祀本村的地方保护神，强化了村民的身份认同和情感归属，有利于增加守望相助的互助情谊。

对子写好，如果拿来的红纸还有富余，还可以写一些"春条儿"和"春倒有儿"。所谓"春条儿"，指的是表示吉祥幸福的四字成语或俗语，比如贴在粮囤上的"五谷丰登"、贴在大衣柜上的"丰衣足食"、贴在自行车上的"日行千里"、贴在水井上的"细水长流"、贴在牛圈猪圈羊圈上的"六畜兴旺"等。"春倒有儿"则是在裁成六七厘米长的菱形红纸上，写上"春""福"或者"春到了""福到了"等内容，一般贴在桌子、椅子、条几、衣柜、床、缝纫机等家具的腿上或者侧面。可见，在老家，不仅人要过年，家里的牲口要过年，就连家具都要过年。无论是人还是物，都劳累了一年，都有资格分享节日的喜庆。

对子写好拿回家，放置在院子里的凳子上，就要开始熬糨糊了。找来搪瓷碗或者铝制水舀子，倒入多半碗水，加入适量的面粉，搅和拌匀。生着炉子的放在炉子上，没有生炉子则在院中立起三块砖，做成简易支架，在下面生火加热。熬糨糊的时候要不停地搅拌，以免全都粘在碗底。注意糨糊不能太稠，否则在寒冷的室外放置变凉后就会变得黏稠无比，刷的时候容易凝结成面疙瘩，贴上的对子也会疙疙瘩瘩，很不平整。

糨糊熬好后，首先是座神像。拿来厚厚的土制烧纸，铺在桌子上，在烧纸的中间部位刷上糨糊，把神像恭敬地粘贴上去，然后再把相应的对子贴在神像的左右两边。待神像发干之后，在烧纸的另一面刷上糨糊，然后在神位所在的墙壁上刷点糨糊，把神像端正地贴在墙上，摆上鸡鸭鱼肉等油炸过的贡品，虔诚地烧上香，座神像的工作才算完成。贴对子和门芯的时候注意上下分清、左右对齐即可，一般都是大人刷糨糊和张贴，孩子在下面协助看一下是否齐整。孩子最喜欢的是贴"春倒有儿"，拿起一个，在碗里蘸点糨糊，喜欢哪里就往哪里贴，喜欢什么就往什么上面贴，不出意外的话，凡是自己喜欢坐的凳子或者自己睡的床，一定会多贴上两个。

对子贴好后，还要在每个房门前横放一根被称为"挡门棍"的长木棍，院门外更是要放一根粗大的挡门棍，寓意是确保家里的财气和福气不外泄，把邪气、灾害和妖魔鬼怪都阻挡在院子外面。最后一个环节是在大门两边挂上用红绳捆扎的柏树枝，可以用来插香，也有驱灾辟邪、祈求福寿康宁的意思。需要说明的是，凡是家中有亲人去世未满三年的，家里是不贴对子、不换年画的，请老灶爷的时候只能要绿色的素灶，而不能要红色的喜灶。

令人遗憾的是，现在的对子、神像都是成套售卖，都改用透明胶带纸粘贴了，写对子、写"春条儿"、写"春倒有儿"、熬糨糊、座神像等传统习俗怕是要永远消逝了。更令人惋惜的是，年青一代对于"春条儿"和"春倒有儿"这样的方言也是完全陌生的，在刻意的启发和轻松的聊天环境中，老年人才会谈起这些逐渐淡出人们日常生活的词汇。生活快速变化，总有些让人留恋的东西跟不上变化的步伐，而这些东西恰恰承载着几代人的情感记忆。在人员的快速流动中，传统习俗正如无人居住的老宅子，低矮破旧，日益衰败，杂草丛生，如不注意修葺，不久便将会在风雨中坍塌。没有了传统习俗，没有了老宅子，没有了曾经的记忆载体，乡村还有什么吸引力和凝聚力呢？

家里收拾妥当，就与兄弟、堂兄弟开始相约一同去上林烧纸。所谓的林，指的是祖坟，取坟上栽有成片的树林之意。上林要提前备好鞭炮、纸钱、各种纸扎、香、贡品或烟酒。以前的纸钱非常简单，买来成捆的灰黄色土制烧纸，五六张分成一摞，铺在地上，拿来铁铲，去掉铲柄，抓住铲头，向下猛击烧纸，让铲裤在纸上留下状如铜钱的圆形印痕。当纸上布满成排印痕的时候，纸钱就算制作完成。那时的纸扎都很简单，仅用白色的烧纸裁成衣服、车马的形状而已。近几年，那种很厚的灰黄色烧纸已经见不到了，变成了有镂空铜钱状的亮黄色纸钱，更多的是印制精美的冥币，不仅面额巨大，上面还有微信、支付宝的二维码。纸扎变化也很大，有成袋的金元宝和金条，有大宅子、汽车和手机，就连衣服也逼真起来，不仅分男、女，还分春、夏、秋、冬。

到了林上，一般都是先放几个两响炮，既是要告诉先人子孙后代来祭奠了，同时也有驱赶孤魂野鬼的意思。在林上的树枝上挂好炮仗，在坟头上用树枝画个留有开口的圆圈，然后就开始在圈内焚烧纸钱和纸扎。在烧纸的时候，要一起祷告先人："老爷爷、老奶奶（泛指去世的祖辈先人），到年下了，又是一年，给你们送点钱，换身衣裳。"纸钱和纸扎快要烧完的时候，开始燃放炮仗，同时要在坟前挖个小坑，把带来的贡品埋进坑里。在烧纸的时候，也可以向先人汇报一年来的收成和家族里发生的大事，祈求先人保佑来年能收成好、身体好、样样都好。

听村上的老辈人讲，以前上林的时候要集体跪拜磕头，三拜九叩，每一环节都有很多讲究。我没有和父辈一起上过林，他们是否磕头我没有见过。到我这一辈，从来没有在上林时举行过烦琐的磕头仪式。到了更年轻的一辈，恐怕是根本没有人再提磕头这件事了。除磕头仪式外，成年男性年三十上林祭祀的习俗还在传承。《论语》有云："慎终追远，民德归厚矣。"虔诚地祭祀先人，正是不忘根、不忘本的行为，是尊重逝者和看重历史的表现，也是中华传统文化始终具有生命力的缘故，更是中华民族生生不息的根本所在。寻根问祖，是始终萦绕人们心头的牵挂，是漂泊在外的返乡游子的情感动力，助推着各种大型祭祖活动蓬勃兴起。真心希望家乡的祭祖仪式能够一代代传承下去，绵延不绝。

在男性打扫院子、写对子、座对子、座神像、上林烧纸的时候，女性都在为年夜饭以及初一的午饭而忙碌。虽然准备了很多饭菜，但真正围坐在一起吃年夜饭的却只有老人、孩子和女性，成年男性一般不在自己家里吃年夜饭，都是怀揣着一瓶平时不舍得喝的好酒到同村或者邻村好友家中去喝酒。除夕的聚餐有个直奔主题的名字——喝酒，大家都会说三十晚上到谁家去喝酒，从来没人说吃饭或者聚餐的。

　　大家都住在一个村里，离得非常近，距离没有超过三百米的，但除非有婚丧嫁娶，平时竟然很少见面。现在有很多人都在外地打工，一年甚至更长的时间才能回家一次，见面的机会就更少了。见面后，大家都没有任何生疏感，坐下后就开始聊一年来的变化，聊几年前大家共同参加的某项活动，偶尔也会聊一下父母的身体、孩子的学习或婚姻大事。我最喜欢参加这样的聚会，喜欢和儿时的玩伴一起聊过去、谈生活、想未来，喜欢这样敞开心扉、毫无顾忌的热烈氛围，喜欢童年的糗事从语无伦次的话语中蹦出来，喜欢大家肆无忌惮地放声大笑。

　　我最害怕参加这样的聚会，害怕一轮接一轮地不停喝酒，害怕喝酒时成套的劝酒话语，害怕端着大杯白酒的人说"我干了，你随意"，害怕人说"你辈分长，我敬几个酒"，害怕人说"大家都意思一下"，害怕最后喝得脑袋发蒙、满嘴乱说、上身摇晃、双腿发软甚至倒地呕吐。每个不能喝酒的山东男人都有过这种恐惧体验，都有过架不住劝酒趴到桌子底下的经历，一想起来就肝儿颤。喝酒的气氛极为热烈，高潮迭起，一个接一个地趴在桌上或者外出呕吐。不论喝多少酒，总有头脑清醒的，相互搀扶，醉话连篇，步履踉跄地把每个人都送回家。

　　早晨起来拜年的时候，每个人都说自己没喝多，是其他人喝醉了，从大家据理力争的热闹劲头来看，到底是谁喝多了永远都是个值得考证的话题。除夕喝酒实行轮流做东，今年就会在酒席上敲定明年到谁家去喝酒。每年喝酒不在乎下酒菜的多寡和好坏，重在一年甚至更长时间分离后的团聚，重在情感的交流和激发，重在酒酣中升华邻里相助的兄弟感情。"悠悠迷所留,酒中有深味",陶渊明真是写出了饮酒的深意。

家族里的女性和老人、孩子也会聚在一起吃饭聊家常。饭前,未成年的孙辈要给爷爷奶奶磕头拜年,边磕头边说"给爷爷奶奶磕头了"。看着满地的孙辈,想着家族人丁兴旺、后继有人,爷爷奶奶都会非常高兴。无论生活状况怎样,不论钱多钱少,奶奶都会爽快地从兜里拿出早就准备好的压腰钱(压岁钱),一一分给孙辈。接过压腰钱,小一点的转手就交给母亲了,大一点的就立即带着弟弟妹妹跑到外边放炮仗或者买好吃的东西去了。对于特别喜欢的孙子,奶奶往往会偷偷地多给一点,在偷给的时候会反复叮嘱"别给谁说"。这里的"谁"不是指具体的某个人,而是指所有的人。孙辈如果不磕头,爷爷奶奶是不给压腰钱的。老人要的是拜年的仪式,要的是这份理儿,要的是儿媳妇和孙辈的尊敬,要的是其乐融融的团聚氛围。成年的孙辈一般是不给压腰钱的,即便给,也没有收的。现在的条件好了,无论孙辈大小,爷爷奶奶都会发压腰钱的,怎么推辞都不行,非收下不可。

因三四代人坐在一起,这种聚餐多少会有点拘束,除了逗孩子之外,很难调动氛围。老人象征性地吃点容易消化的东西,就借口还要给神烧香,起身忙其他的事情了。没有了老人的约束,大家的状态都放松了,情绪也上来了,张罗着喝酒、敬酒和斟酒,嘻嘻哈哈的笑声在屋里回荡。大家所聊话题从孩子的学习开始,逐渐聚焦于给孩子说媒的多寡、逐年增多的彩礼、"八月节"的花销、盖房子的花费和买车买房的压力。独生子女政策和一定要生个儿子的传统观念混杂交织,造成了当前男女性别比例的失调,大龄未婚男青年越来越多,适婚男青年订婚越来越难、成本越来越高。

从我记事起,村上第一次出现了四十岁左右的光棍汉。"早知道这,还不如要个闺女呢!"诸如此类情绪性的话语经常出现,那些有订婚压力的家长总把这句话挂在嘴边。说到这些,大家的情绪明显低落了。县城里

家乡旧俗 053

有楼房是媒人登门说媒的前提条件，可在县城买房子和按揭还贷的钱还没有着落，高额彩礼、三金、婚前买车也是沉重的负担。聊到邻村有人为给儿子订婚而买了辆车，一年到头都停在家门口，从来没有开过，这滑稽的背后其实满含辛酸。见话题沉重，大家赶紧把注意力转到春晚，劝劝酒，为谁的杯子里酒少一点多一点争执一下，气氛渐渐好转，心情也轻松起来。先好好把年过了，其他的留待年后再说，这种乐观主义心理成了村民面对各种困难而百折不挠的基石。

除夕夜，最快乐的是孩子。不独过年，孩子永远是快乐的，只不过除夕尤甚罢了。特意为过年置备的新衣服上身了（现在随时都有新衣服反而无法体验那种欢愉），平时不易吃到的鸡鸭鱼肉可以大快朵颐了，平时光净的口袋里有了自己可以支配的压腰钱，平时很难开火的链子枪终于有了充足的火药。这天可以呼朋唤友到各家玩耍，可以在院子里、在大街上、在砖缝里、在冰面上、在雪地中、在人群旁边尽情放炮，可以没有父母的唠叨而一晚上不睡觉，可以奔走各家捡拾药蔫的炮仗。每个孩子身上似乎都蕴藏了无穷无尽的精力，无论怎么跑、怎么呼喊、怎么打闹，都没有累的。快乐的源泉很简单，那就是自由、无拘无束。人生，只有这几年、这几天，才是难得的无忧无虑。

在外面疯够了，玩累了，孩子回到家中，围坐在火前，与父母整夜守岁，边看电视边给父母念叨刚刚经历的趣事，"儿童强不睡，相守夜欢哗"。除极个别的"儿童不谙事，歌吹待天明"外，大部分都是未待"故岁今宵尽"，已经在凳子上东倒西歪了，睁开眼时已是"爆竹声中一岁除"了。真正能够守岁的，反倒是"萧疏白发不盈颠，守岁围炉竟废眠"的大人。虽然未能坚持到最后，留下了些许遗憾，但"努力尽今夕，少年犹可夸"。除夕重在守的仪式，重在家庭团圆的氛围，重在聊过往话来年，对好日子的期求是所有人都会有的朴素愿望。

正月初一在老家俗称为大年初一，是一年之中最为隆重、最为重要、最为热闹的日子。据考证，中国人过春节已经有四千多年的历史，虽然在不同的朝代，春节的名称、日期多有变化，但其敬天畏地、渴求美好生活的内核始终未变。在漫长的演变过程中，累积下来非常多的讲究、规矩和禁忌。

"昨夜斗回北，今朝岁起东"，老家讲究的是早起迎岁接福。各家各户都起得非常早，争相成为全村第一户放炮仗、吃饺子的人家，力争成为第一个给白玉奶奶上香、放炮的人。起得最早的人家不仅能够最早开门纳福，还能成为拜年时的焦点话题，换来村民的羡慕眼光和交口称赞。

村民一般都在三四点钟起床，起床后的第一件事是要把大门和所有的房门都打开，让冬日凌晨的寒风裹挟着神灵和祖先的庇护、新年的祥瑞，吹遍屋里的每个角落，把旧年的不顺不快都吹走。燃放几个震天响的两响炮，震天动地，敬告各路神仙、祖先，年下已到，贡品已经备好，可来享用了。把屋内外的灯都打开后就可以洗脸了，洗脸的时候讲究慢洗少用水，不能把水溅到脸盆外，洗脸水要倒进专门预备的筲桶里，中午十二点过后才能倒出去。这与水在农业社会中的重要地位有关，也与水即财的传统观念相吻合。

洗脸后，正常的仪式是点蜡、烧香和摆供。每个神像面前都要点上两根红蜡烛、烧上一炷香，所有的屋门、院门两边都要插上一根香，井边、茅厕、牲口圈也不能落下。特别要注意的是，围墙或者院门口的"泰山石敢当"和无人居住的老宅子也要烧香。有的老人还会在院子中间放个小方桌，摆上香炉，烧上一炷香，不清楚是在给哪路神仙烧香。上香后，就要给神仙和先人摆供了，贡品都为油炸食品，以前是花糕、酥鸡、假鱼、鸡蛋饼、素丸子、方肉或蒸馍，现在变成了花糕、鸡鸭鱼肉和水果。摆供的时候，也需要哼唱相应的歌谣："大年五更起得早，梳头洗脸去摆供。前

家乡旧俗　055

边摆上大花糕,后边摆上五样蒸。蒸的馒头白又光,蒸的酥鸡好又香。蒸的假鱼味道好,蒸的丸子喷喷香。蒸的方肉红亮亮,请来天爷下天堂。大囤满来小囤尖,各样贡品敬老天。前面摆的都是供,一碗一个把供圆。"

摆好贡品,大人直接点火烧锅(三十晚上就提前在锅里添好了水,放好了鸡蛋和要馏的碗装油炸食品)。小孩子被从床上拉起来后,在大人的监督下睡眼惺忪、极不情愿地洗了脸。听着外面此起彼伏的炮仗声,立即来了精神,恨不得立即跑到院里放几个炮仗。刚放了两个炮仗,起了兴头,就被大人督促着到院外的大街上去唤牲口。

走出院门,才发现整个村庄已经灯火通明,灶屋冒出的热气和炮仗升腾起的青烟,氤氲在每家的院子上空。顺街往东走几步,开始了唤牲口的仪式。在呼唤的时候,要模拟牲口的叫声,"哞哞哞,过年回家了""咩咩咩,过年回家了""咯咯嗒、喔喔喔,过年回家了",一边不停地唤着,一边往家走,直走到牲口棚为止。然后出去接着再往家里唤。家中无论喂有多少牲口,都要呼唤一遍。每次只能唤一种牲口,一个也不能落下。据说,大年初一有很多游荡的孤魂野鬼,它们会摄取牲口的精魂,没有精魂的牲口会变得瘦弱无力,既不产仔也不下蛋,只要在天亮之前唤牲口,它们的精魂就会跟随着呼唤声回来,往后将会长得更加壮实。这当然为无稽之谈,但却反映了在农耕社会,牲畜在一个家庭中的重要地位。

唤过牲口,锅已经烧开了,馏的食物也已热透,马上就要下过年的饺子了。大人用锅蓖子端来500响或者1000响的炮仗,从整盘炮仗的中心扯出挂头,拴挂在晾衣服的铁丝上,或者找根绳子,把炮仗拉到大树上。准备完毕,待孩子捂上耳朵后,就用香火点燃了炮仗。以前的炮仗都是用俗称炸药或者黑火药的东西做成的,炮仗粗大,响声震耳欲聋,炮仗之间的捻子燃烧得慢,俗称单丢,炮仗的砰砰声一个接一个,每个响声都听得清清楚楚,一挂炮仗要响一二十分钟。即便捂着耳朵,那沉闷的响声仍然震得耳膜颤动。在明灭的光亮中，只能看到别人张嘴，具体喊的什么内容是一点也听不清楚。稍微离得近点，人的耳朵会被震得嗡嗡作响，即便炮仗停了，明明离得很近的人，却感觉说话的声音都变小了，似乎在很远的地方说话，耳朵里的嗡嗡声还要持续一段时间才能消失。

大年初一五更下饺子时所放的炮仗要够大、够响，时间要够长，要吸引全村的小孩都来捡拾药蔫的炮仗。在震耳欲聋的炮声中，素馅的饺子下锅了。所下的饺子要超过全家人的饭量，一定要有剩余，这样才能年年有余。吃素馅饺子，是因为只要一年的第一餐素（肃）静了，一年都会肃静，寓意新的一年能过上肃静的日子，一年到头都会清净无忧。

饺子出锅之前，要多准备些碗，碗的数量能够摆满锅台才好。盛饺子的时候，每个碗里有几个就行，但汤一定要多一些，这样才有圆满之意。饺子盛好，谁也不能吃，要先给家里供奉的神灵和先人原意（祷告）一遍。在神像前点燃折叠好的黄表纸，从碗里倒出一个饺子和一点汤，口中念念有词："老天爷，过年下了，来吃饺子吧！"或者哼唱相应的歌谣："小扁食，弯又弯，金勺舀，银碗端。两手捧着敬老天，老天看了心喜欢，一年四季保平安。"念完后，跪下磕一个头。除老天爷、老灶爷外，在给其他的神灵烧纸磕头的时候，只倒点饺子汤就行。神灵和先人享用到了饺子后，还要派孩子端着满满一大碗饺子给家里和本族亲近的老人送去，从吃饺子的次序上可以看出尊神敬老的乡村习俗。

终于轮到自家人吃饺子了。在饺子、鸡蛋和馏的食物端上桌之前，父母已经反复叮嘱孩子，今天吃饺子的时候一定要多吃饺子少说话，免得得罪神灵，影响家里的运气。屋里氤氲的香火、晃动的烛光、方桌上的贡品、地上成堆的黄表纸灰，屋外此起彼伏的炮仗声，形成了浓郁而神秘的心理暗示氛围，使孩子收敛了许多，正襟危坐，一脸严肃地拿起了筷子，边吃饺子边瞅大人的脸色。吃饺子的时候，人人都很安静，邻居家燃放的两响

家乡旧俗　057

炮像在耳边爆炸一样，吓得人一哆嗦。门外传来小伙伴的招呼声，孩子的心立刻飞到了街上的小伙伴那里，又加上起得早，对饺子的兴趣越来越小。

老家过年吃饺子不论个数，只论碗数。大家拜年时不说吃了几个饺子，只问吃了几碗。基于这样的原因，给孩子的碗里往往只盛两三个饺子，但只吃一碗是万万不行的，要多多益善。老家认为能吃是福，是身体好的表现，父母都会要求孩子至少要吃两碗才能出去玩。吃了饺子后，还要吃一个水煮鸡蛋，美其名曰鸡蛋滚运，可以滚去霉运、小人和疾病，滚来好运、贵人和平安健康。在父母的注视下，孩子极不情愿地将鸡蛋放入口中，噎得直挺脖子，在饺子汤的帮助下，艰难地把鸡蛋咽下，这才被放出去找小朋友去了。

跑出去的孩子赶紧叫上小伙伴，三五成群地聚在一起，竖起耳朵，仔细辨别是谁家在放炮仗，然后撒丫子跑过去，气喘吁吁地捂着耳朵，在爆炸的明灭中找寻药蔫的炮仗。一家捡完，立即跑向另一家。有时跑得快了，与其他小朋友撞个满怀，一屁股坐在地上，来不及喊疼，揉一下屁股接着跑。一个早上，每个人都能捡拾到不少的炮仗，收获丰富，心里高兴得要死。把炮仗剥开，把里面的炸药小心地倒进小玻璃瓶中，看着炸药越来越多，心里别提有多高兴了。更让人高兴的是，走进别人捡过的人家，还能在角落里、满地的碎纸屑里找到其他孩子没有发现的炮仗。这是值得欢呼和向其他人炫耀的事情。

在孩子为药蔫的炮仗而来回奔跑的时候，大人则在家里一炷接一炷地烧香，一直烧到天亮。在老家，烧香不仅是心意虔诚与否的问题，还有度量时间的作用。在拜年问候的时候，大人之间不问是几点起床的，只问"恁今年起得早吗，一共烧了几炷香啊？"。

吃过饺子后，穿上特意为过年置办的新衣裳，就开始了集体串门的大拜年活动。走家过户和集体拜年，是这个隆重节日全民狂欢的典型特征。

兄弟几个或者平时要好的伙伴约到一起,到长辈和家里有老人的人家去串门拜年。老家拜年讲究亲疏远近,秉持由内及外和由近及远的原则,也就是先到爷爷奶奶、父母家中拜年,然后是本族老人和辈分较长的人家,再往后就是从离自家最近的邻居开始,一家接一家地拜年。隔山隔海不隔人,每家都要走到,除非某家没有老人或辈分较低,否则将会有人说闲话,说某某太大(看不起人)了,连我的家门都不踩。

家中有老人的,儿子要协助老人做好迎接拜年的准备。拿来两盒香烟,拆开后放在桌子上,备好茶水、糖果、花生和瓜子。如果生有炉子,要保证炉火旺盛;没有炉子的,要拿来劈柴,生好火,确保屋里比较暖和。如果老人身体不好或者长期卧病在床,能起床的,一定要起床穿上新衣接受拜年;实在不能起床的,也要披上新衣服,倚坐在床上与大家见面,接受祝福;躺在床上无法起身或者无法动弹的,只要家人不拒绝,都要到床前问候一下,热情地聊上几句,送上美好祝福。

大家来到一家,一进院门就会齐声高呼:"大爷大娘,给恁拜年嘞!"如果家里没有其他拜年的人,老人会走到堂屋门口甚至是院子里迎接大家,如果遇到身体不好的,家中都会留个成年人招呼接待一下。拜年的人七嘴八舌地问老人起得早不早、吃了几碗饺子,然后就是烤火、各种闲聊。如果拜年的人不是每年都回家,还会高声笑问老人:"我是谁,恁还认识我吗?"老人认出后,照例会说:"咦,我嘞乖乖,我怎么能不认识你,恁媳妇和孩子回来了没有?"善谈的老人一般会拉着其中一个人的手,说家里的发展,聊某个人的变化,整个屋里都是热闹、亢奋的话语。不善谈的老人在说完什么时候起的床、吃了多少饺子后,就只会让大家抽烟吃糖了,好在拜年的人多,屋里倒不至于冷清。

一听到院子里有人高喊"拜年来了",屋里的人就赶快结束聊天,既是要到下一家拜年去,也是要给新来的人腾开地方。在拜年的时候,平时不抽烟的小孩也可以接过烟来装模做样地抽几口，在一阵阵剧烈的咳嗽声中引来满堂哄笑。如有因琐事发生过矛盾的，集体拜年是个消除怨气、重归于好的最好机会，在响亮的拜年声中，那羞赧的一笑，抵得过一万句的道歉，旧恨矛盾即刻翻页，新年会有新气象。

村子不大，到各家都拜完年后，天才刚刚亮。村民都不回家，按年龄、性别和感情的亲疏聚拢成几堆，在大街上热火朝天地聊天。刚才拜年的时候，不停地走路，没有感觉到冷，现在刚停下一会儿，聊天的热闹狂欢开始无法抵挡冬日早晨刺骨的寒冷，每个人都不约而同地跺起了脚、打起了哆嗦。初一的另一个习俗——在大街上烤火——在大家的期盼中登场。

有人随手从街边的柴火垛里拽来棒子秸，生起火来，升腾的火焰驱走了寒冷。棒子秸火大，烧得快，一捆很快就烧完了。有人就近跑到别人家的院子里，抱来劈柴和树疙瘩，慢慢引燃这些硬柴火。还有的跑回自己家里，拉来废弃的檩条放到火堆上。火越来越大，人离火越来越远，再也没有人伸手烤火了。围着火堆大声聊天，你一言我一语，话题从身边的小事到儿时的趣事、从各家买的车到在县城买的房、从计划生育到订婚的彩礼、从孩子的学习到沉溺于手机、从干活的辛苦到父母的身体、从近几年的变化到今年的打算。初一聚在大街上烤火，既可以取暖、交流感情，也有希望新的一年红红火火之意。

口舌干燥，双腿发木，腰酸背疼，火堆渐渐熄灭，聊天要告一段落了，但依然很少有人回家。有的人张罗着打麻将、推牌九，有的人搬来拍摄设备，找来道具，简单分配一下，开始了短视频的拍摄。从参与人群来看，玩牌的人没有几个，均为男性，年龄也明显偏大，参加拍摄短视频的人比较多，男女都有，以年轻人为主，即便是刚才大家聚在一起烤火聊天，也有人开启了直播，从不同的角度拍摄直播，只是不知道会有几个人观看。作为中年人的我，就不参加这些活动了，还是按照老规矩，到自家地里走一圈，去看看麦子的长势和墒情，到河边上去看看结冰的情况和今春的水势。

来到自家地头，点燃两个两响炮，老家称之为"震一震地"，应该是有给麦地过年、迎接春神、祈望丰收的意思。走在麦地里，明显感到土地比秸秆还田之前松软了许多，绿莹莹的麦苗已能遮住脚面，因长势太旺，叶尖被冻得微微泛黄，在晴好的阳光下泛着微光。极目远望两千多米外的其他村庄，映入眼帘的都是透着鹅黄的麦子，偶有作为地界的稀疏杨树和槐树，间或杂有长势较差的地块，方可辨识出灰黄的土地。

村边的小河经过清淤治理，比以前宽了、深了，但河里的水再也不是以前的清澈见底，靠近河岸的冰面隐约可见泛着七彩颜色的油污，衬得在寒风中颤抖的枯黄芦苇更显萧瑟。可惜了，家乡的小河已经多年看不到澄澈见底、颜色微绿的河水了，多年看不到随水流舞动的簇簇水草了，多年不能无忧无虑地扎猛子、打水仗了，多年不能用罐头瓶钓鱼、用窗纱网鱼了，怕是再也不能在玩耍时偷喝河里的水了，村里的孩子怕是少了一件可堪回忆的童年趣事。

在自家的麦地走一遍、转一圈，就到了吃午饭的时间，即便不到饭点，也没有精力再转了，从凌晨两三点钟开始，已经活动七八个小时了。大年初一的午饭才是真正的团圆。父母、兄弟、自家的孩子，十几个人围坐在一起，支起火锅，热好年前炸好的蒸碗，随意喝着珍藏多日的白酒，畅谈共同经历的往事，平静幸福的感觉在心里荡漾开来。过年少不了祭拜、喝酒、拜年、放鞭炮、烤火聊天这样的集体狂欢，更不能缺少家人幸福团聚的平静时光。无论何时何地，狂欢都是短暂易逝的，平静安康才是幸福的内核。

在拜年的时候，我悲哀地发现，除我父母之外，村上比我辈分长的人竟然不多了，我喊大爷（伯父）的只剩下卧病在床的两人，我喊大娘、婶子的也只剩下四五人了。这与我家的辈分在村里最长有关，更与村里老人的经历有关。他们都经历了吃不饱、穿不暖的苦日子，经历了长期繁重的体力劳动，经历了持续三十多年泡在冰水里、睡在窝棚里的挖河清淤，经历了小病忍着、大病吃止疼药的辛酸生活。老人们的腿脚普遍不好，都有心脑血管疾病，坐在轮椅上或者卧床不起的几乎占到了一半。在欢庆的氛围中，我的心情复杂而沉重。

奶奶在世的时候，是村里辈分最长的人，村上的人都会到家里给她拜年，在送走最后一波人之后，她总会站在院门口，看着东方的天空满怀感慨地说："唉，年下又远了！"那个时候，我总觉得一年很长，现在，我觉得一年很短。

正月十五拉舞鞭

东风夜放花千树。更吹落,星如雨。宝马雕车香满路。

凤箫声动,玉壶光转,一夜鱼龙舞。

蛾儿雪柳黄金缕。笑语盈盈暗香去。

众里寻他千百度。蓦然回首,那人却在,灯火阑珊处。

——宋代 辛弃疾《青玉案·元夕》

在中国传统节日中,除了春节,最热闹、节日氛围最浓郁的恐怕就是元宵节了。无论是"闹元宵"还是"闹花灯",都在突出元宵节的火热氛围和热闹场景,似乎要为春节这个全民狂欢的节日画上一个圆满的句号。

那么为什么会有元宵节呢?有人认为,元宵节与上古时期的农业祭祀活动"孟春元日祈谷"有着深厚的渊源关系。在传统的农业社会里,在一年第一个满月的日子里,祈求丰年、渴望五谷丰登是人们最大的愿望,这种解释的合理性成分更大一些。但流传更广的说法与汉文帝有关,这也与中国很多传说喜欢攀附帝王和权势的人物有关,似乎没有权威的支持就缺乏了合理性一样。相传在西汉时期,一众大臣平定诸吕之乱、拥戴汉文帝登基的日子恰好是正月十五，为了庆祝这个具有历史意义的日子，汉文帝就将这一天定为与民同乐日，每年都要张灯结彩，以示庆祝。时间一长，各种官民纪念活动就相沿成俗，并逐渐流传开来。

后来，这种庆祝又与汉武帝在正月十五祭祀太一神、道教的上元节、佛教的燃灯节聚合在一起，庆祝的内容越来越丰富，节日的氛围越来越浓烈。只不过在早期的庆祝活动中，这个节日只是被称为正月十五、月望、上元节、元夕、元夜等。唐朝才开始偶有元宵之名，宋代以后，元宵这个称呼才逐渐为世人所认同，并延续至今。

元宵节最为显著的民俗活动是张灯结彩。在每年的正月十五，隋炀帝都要举行盛大的灯会，在宫门外搭建绵延数里的灯棚和戏台，奏乐者、表演者数万人。他曾用"灯树千光照，花焰七枝开"来描写当时元宵花灯的盛景。到了唐朝，元宵灯会越办越豪华。唐玄宗时期，花灯发展成为灯市，最大的灯树高达二十丈，巨型的灯楼高十五丈，以金银装饰，可挂五万盏灯。我们可以想象这棵灯树、这座灯楼点灯之后的金碧辉煌。即便放在今天，如此雄伟的灯楼都会让人瞠目结舌。

卢照邻曾在《十五夜观灯》中描写过灯会的盛况："接汉疑星落，依楼似月悬。"这不是浪漫主义的夸饰，恰是现实主义的描摹。唐宋时期，元宵节的宗教氛围逐渐减少，逐步成为官民庆祝、市民狂欢的重要节日。宋代的灯会更加精致，庆祝活动更为隆重，增加了杂耍和歌舞百戏，乐声、欢呼声可传十余里外。活动的重心也从宫廷走向民间，民间艺人和百姓喜欢的歌舞百戏成为最吸引游人的活动。为了营造举国同庆的节日氛围，全国要放假三到五天来赏花灯、猜灯谜。

明代时最为夸张，不仅将灯会的日期从初八持续到十七，开创了中国最长灯会时间的先河，还将宋代开始出现的焰火发扬光大，以此来追求天上的灯火辉煌。焰火技术的发达，远超很多人的想象。元代赵孟𫖯有《赠放烟火者》一诗："人间巧艺夺天工，炼药燃灯清昼同。柳絮飞残铺地白，桃花落尽满阶红。纷纷灿烂如星陨，耀耀喧阗似火攻。后夜再翻花上锦，不愁零落向东风。"诗歌不仅形象地写出了元宵佳节燃放焰火的喜庆喧闹的场景，还创造了巧夺天工这一成语。

真正写出了明代焰火技艺高超的是《金瓶梅词话》，在第四十二回有这样的精彩描写："一丈五高花桩，四围下山棚热闹，最高处一双仙鹤，口里衔着一封丹书，乃是一枝起火。起去萃山律，一道寒光，直钻透斗牛边。然后正当中，一个西瓜炮迸开，四下里人物皆着，霹剥剥万个轰雷皆燎彻。彩莲舫，赛月明，一个赶一个，犹如金灯冲散碧天星。紫葡萄，万架千株，好似骊珠倒挂水晶帘箔。霸王鞭，到处响亮；地老鼠，串绕人衣。琼盏玉台，端的旋转得好看；银蛾金弹，施逞巧妙难移。八仙捧寿，名显中通；七圣降妖，通身是火。黄烟儿，绿烟儿，氤氲笼罩万堆霞；紧吐莲，慢吐莲，灿烂争开十段锦。一丈菊与烟兰相对；火梨花共落地桃争春。楼台殿阁，顷刻不见巍峨之势；村坊社鼓，仿佛难闻欢闹之声。货郎担儿，上下光焰齐明；鲍老车儿，首尾迸得粉碎。五鬼闹判，焦头烂额见狰狞；十面埋伏，马到人驰无胜负。总然费却万般心，只落得火灭烟消成煨烬。"绚烂多姿的焰火、变化万千的形象、虚实相生的氛围营造，确实令人目不暇接，叹为观止。

清代的时候，宫廷彻底退出举办灯会，民间灯会则盛况空前，焰火助兴的环节愈加重要。在《红楼梦》第五十四回中，写到贾府的焰火精巧别致，各色焰火可以演绎各色故事，诸如满天星、九龙入云、一声雷、飞天十响之类的焰火只能被归为零碎的小爆竹，这种大场面着实令人神往。到了今天，焰火已经发展成为元宵节狂欢的顶点，观灯赏灯反倒退居其次。

唐宋时期，诗人对于元宵节的关注远超前人，对元宵节的描写也变得更为形象和生动，诞生了很多名载史册的不朽诗篇。苏味道的《正月十五夜》、崔液的《上元夜》、李商隐的《观灯乐行》、欧阳修（一说朱淑真）的《生查子·元夕》、辛弃疾的《青玉案·元夕》可谓其中的代表。苏味道诗中的那句"火树银花合，星桥铁锁开"，开创了用"火树银花"来描写元宵灯会盛况的先河。崔液诗中的首句"玉漏银壶且莫催"从侧面写出了京城人们乐游的投入，欢娱苦日短呀，这应该是对苏味道的"玉漏莫相催"的化用。"谁家见月能闲坐，何处闻灯不看来"中的"谁家""何处"正好写出了万人空巷的热闹场景，把熙熙攘攘、火树银花的京城元宵夜景一语道尽。欧阳修和辛弃疾不仅写出了元夕的"灯如昼""花千树""星如雨"，写出了灯会上的集体狂欢，更写尽了青年男女之间无法言说的情愫，写出了爱情的美好和爱而不得的痛苦。

有人据此把元宵节称为中国情人节，我总觉得这是诗人的浪漫想象和文学言说。在一个滴水成冰的寒冷夜晚与佳人相约，总觉得少了点浪漫的氛围和暧昧情调，有点不合时宜。我们可以想象，在刺骨的寒风中，男女双方都冻得双齿咯咯作响、浑身打战，哪还有心情说出打动人心的情话？即便说出来，情话的效果也会大打折扣。但不论元宵节是否可以被称为情人节，但月与人、灯与人永远都是元宵诗歌永恒的主题，正如唐伯虎在《元宵》中所写的那样："有灯无月不娱人，有月无灯不算春。春到人间人似玉，灯烧月下月如银。"

值得注意的是，从明代开始，冰灯开始在元宵节上出现，为人们带来了一种奇幻的人造景观和惊为天外的震撼。冰灯的晶莹剔透和流光溢彩，冰灯的如梦似幻和光彩陆离，对于初见冰灯的人来说，绝对可以称得上震撼。明代散文家唐顺之的《元夕咏冰灯》就写出了初见冰灯的震撼和奇幻景观："正怜火树千春妍，忽见清辉映夜阑。出海鲛珠犹带水，满堂罗袖欲生寒。烛花不碍空中影，晕气疑从月里看。为语东风暂相借，来宵还得尽余欢。"直到今天，在元宵节举办冰灯盛会，给人营造梦幻、晶莹剔透的童话世界，仍是北方一些城市的保留节目。

进入近代社会以来，很多地方戏也出现了传唱广泛的"观灯"唱段。其中，最有特色的是吕剧的"观灯"，简直就是蔬菜和水果的大聚会：白菜灯、芫荽灯、芹菜灯、菠菜灯、大蒜灯、小葱灯、蔓茎灯、辣椒灯、黄瓜灯、茄子灯、扁豆灯、北瓜灯、南瓜灯、西瓜灯、面瓜灯……这恰恰道出了地方戏能够深入民心的密码——接地气，更道出了元宵节形成、发展、植根于农耕社会的密码。民以食为天，永远是最大的政治和民生。如果离开了民生，离开了民间疾苦，任何艺术都将沦为形式主义的技巧铺陈，缺乏震撼人心的崇高力量。

换个角度来看，元宵节不仅有火树银花和游人如织，还有民脂民膏、亡国之痛和故国之思。宋代诗人王迈的《元宵灯》不仅写了灯会的斗巧争妍，还跳出了单纯的民俗风情和节庆场景的层面，旗帜鲜明地指出了是民脂民膏点亮了绚丽的花灯，使这首诗在众多歌咏元宵的诗歌中显得独树一帜："元宵灯火出游遨，斗巧争妍照彩鳌。官府只知行乐好，谁知点点是民膏。"宋元之交的诗人刘辰翁面对异族入侵和都城沦落，以我观物，"银花洒泪，春入愁城"，真是个花灯含泪满城春愁呀。无心赏灯，独面青灯，只能遥"想故国、高台月明"，遥想以前临安繁华的节日景象。生活就是如此，任何日子都不会只有欢愉、美景和团聚，还会有民生疾苦和忧国忧民。

如果还要说出元宵节另一个人所共知的民俗活动，那就是吃元宵了。元宵能够成为应节食品，与其形和味有关。从外形上看，元宵状如十五的满月，有亲人团圆和睦、幸福美满之意。从口感上看，入口甜香、软糯，有生活甜蜜美好之意。在新一年的第一个满月之夜，吃上一口表达团圆幸福的食品，其文化意味跃然而出。元宵其实由来已久，在宋朝的时候就已经出现，只不过那时候人们呼之为"浮元子""浮圆子""乳糖圆子"。周必大写过一首《元宵煮浮圆子前辈似未尝赋此坐间成四韵》诗："今夕知何夕，团圆事事同。汤官寻旧味，灶婢诧新功。星灿乌云里，珠浮浊水中。岁时编杂咏，附此说家风。"明代《酌中志》记有元宵的详细做法："其制法，用糯米细面，内用核桃仁、白糖、玫瑰为馅，洒水滚成，如核桃大，即江南所称汤圆也。"

到了清初，元宵不仅成为节日的必备食品，还出现了名动京城的名牌产品。符曾的《上元竹枝词》写道："桂花香馅裹胡桃，江米如珠井水淘。见说马家滴粉好，试灯风里卖元宵。"这是一首画面感极强的诗歌。早早备好桂花裹着核桃仁的馅料，用井水淘洗好像珍珠一样的江米，用石磨磨好糯米粉，就开始了繁忙的元宵制作。因为馅料鲜甜可口、米粉软糯弹牙，吃在嘴里、甜到心里，人人都在交口传颂马家的滴粉元宵好。当其他人都在忙着张灯结彩、查看花灯的效果时，马家已经趁着试灯的亮光在风中售卖元宵，引来了排长队的大人小孩。马家元宵是否真的能引来食客无数，生意兴隆呢？我们可以从赵骏烈的《燕城灯市竹枝词》中来一辨真假："辇毂茶坊尽可观，马思远店尽盘桓。微行显达纷谈笑，各就相知饮凤团。"

从宋代至今，元宵的制作工艺日渐精致和讲究，口味丰富，种类繁多。就面皮而言，有糯米面、黄米面、黏高粱面、黏玉米面和新兴的冰皮等。从颜色上看，有晶莹剔透的白色、雍容华贵的黄色、富贵大气的紫色、神秘深邃的黑色等。馅料上更是丰富多彩，咸甜荤素，应有尽有，有山楂、豆沙、黑芝麻、花生、五仁、各种水果馅和肉馅等。在食物丰富、讲究健康生活和注重养生的今天，元宵成了生活的点缀，甚至是成了高糖和身材焦虑人群唯恐避之不及的食品，但在物质生活较为匮乏的过去，元宵一直是很多人向往的节日美食，吃上一口，甜在心里，这个甜可以持续一年。

在我的记忆中，老家的元宵节却是另外一个样。既没有五色斑斓的花灯，也没有馅料丰富、甜得黏牙的元宵，更没有神秘剔透的冰灯，只有简单的快乐、划破夜空的焰火、震耳欲聋的鞭炮和让人奋的舞鞭。那个时候各家都不富裕，都没有隆重的庆祝仪式，没有丰盛的节日伙食。黄昏降临，满月挂天，大人在神像前点上香、烧了纸，开锅下饺子的时候放挂鞭炮，吃完饺子，去开阔地燃放两个花炮，仰头欣赏远处喷向高空的礼花，羡慕地感慨一番，议论一下这是谁家燃放的焰火，元宵节的时光就这样被打发了。如果不是邻村老王一家（说是邻村，其实两个村的道路早已是犬牙交错，你中有我，我中有你，外人根本不会想到这是两个村子），我儿时的元宵节将会缺少很多色彩，当然也会少了很多可资回忆的素材。

邻村老王是在镇上有工作的人，儿子是镇上的税务员，生活条件是两个村中最好的。每月逢五逢十，镇上都有大集，税务员会到每个摊位上收税，要交多少钱，全靠税务员的嘴。无论应交多少税款，摊贩都会说还没有开张或者还没有回本，手里没有钱，再少点吧。为了自证所说的是实话，有的摊贩还把装钱的黑色塑料包打开，让税务员看清里面的零钱。收不到现金，那就以货抵税。于是，应收税款变成了芹菜、辣椒、西红柿、甜瓜、西瓜、红薯、南瓜、烧饼、缸贴子、包子、油条、猪肉、羊肉和烟花炮仗。自然，这些货物的价值要高于应收税款，于是邻村老王的家里也就有了一些多余的抵税货物。烟花炮仗不能长期存放，一定要找个日子把它燃放了。按照老家习俗，不节不年燃放鞭炮，会让人误以为家里出了什么大事，是惹人议论的。

每个元宵节的晚上，老王家里都会聚满人，大人小孩，男人女人，都在高声谈笑，议论去年让人惊艳的焰火，争辩今年能有什么样的阵仗。在大家的期待中，老王招呼两个村上比较活跃的男青年搬来两三箱焰火，略作分配和安全提醒后，就开始了焰火狂欢。于是乎，两响炮在不同的角落里轰然响起——墙边、房前屋后，爱开玩笑的人还在人群中点燃，震天的响声和倏忽而逝的亮光吓得人四散逃开，跑到自认为安全的地方指着放炮的人大声呵斥。呵斥声哪里能盖得过两响炮的响声？只看见故作愤怒的脸和大张的嘴，如同默片时代的演员一样夸张滑稽。

几波两响炮后，人的耳朵都被震得嗡嗡作响，空气中弥漫着淡淡的烟气，这刺鼻的火药味，驱散了正月十五晚上的寒冷。先是一两个小型旗挂子（窜天猴）试探性地钻进夜空中，在灰白色的空中发出清脆的响声，然后七八个、十多个小型旗挂子争先恐后地在空中完成使命。小的去了大的来，大型旗挂子登场。大型旗挂子长约两米，需要站在凳子上燃放。点燃后，旗挂子冒着黑烟，吹起尖锐的哨子，拉起一道明光，在空中发出闷响，点点亮光四散开来，急迫的噼啪声随之而来，引来喝彩一片。

吆喝人群在院中腾出空间后，大小呲花成了大家关注的重心。小呲花一般一次燃放三四个，大呲花则一次燃放一个。呲花是那个时候最为常见的焰火，颜色单一，只有明亮耀眼的黄色。呲花刚开始燃放的时候稀稀落落，在你以为它要筋疲力尽、将要熄灭的时候，一刹那满血复活，明亮的焰火越来越高，像一棵挂满了黄色彩灯的大树光彩夺目，这棵大树仅仅持续燃放一两分钟的时间，就砰的一声偃旗息鼓、萎缩在地了。红色的火焰挣扎几下，扑哧一声一切归于沉寂。偶尔会遇到没有呲起来或者刚点燃就爆炸的呲花，院子内外一片惋惜声。

在人们的欢呼声中，炮打满天星被摆在了院子中间。噗的一声，一团火光裹挟着尖锐的哨声冲向空中，火光在空中炸裂，点点火花在空中闪耀，如彩蝶飞舞，夜空中"小降落伞"徐徐落下，闪光珠似朵朵黄花在空中绽放，惊得孩子们张大了嘴巴。手持闪光雷一个接一个地打向空中，似五彩的珍珠被洒向了空中，绚烂无比。

元宵节的压轴大戏——拉舞鞭隆重登场。拉舞鞭这三个字，在老家各有特定的含义。所谓拉，指的是一挂鞭很长，需要挂在人的身上曳拉着前进；舞指的是放鞭炮的人采用了诸如奔跑、跳跃、躲闪和挥舞等舞蹈性动作；鞭是震天响、呲花、旗挂子等多种焰火的集合。拉舞鞭的人一般要胆大、身体好、性格诙谐幽默。舞鞭一般是五百响或者一千响，要盘挂在人的身上，点燃后由人在地上拖拽着奔跑。震天响的鞭炮声、呲花的嗞嗞声、旗挂子的尖哨声、大人小孩的惊呼声，交汇成了欢乐的海洋和狂欢的舞台。看到旗挂子飞来，赶快欢呼着跳跃躲开，看到呲花落到了面前，瞅准时机一脚踢向拉舞鞭的人。拉舞鞭的人兴奋起来，一边跳跃躲闪，一边挥舞起舞鞭，把鞭炮、呲花、旗挂子甩向人群，把人逗得四处躲闪、叫声连连。这且不说，拉舞鞭的人会专门盯着人多的地方，喊叫着冲向人群，由此展开了一场火龙追逐战。一挂舞鞭下来，拉舞鞭的人累得气喘吁吁，围观的人也是心跳加速，小孩子更是惊喜交加，满头是汗。有跑得慢的，棉袄、棉裤被烧个窟窿是常有的事。

自从老王家的柴火垛被舞鞭给烧没了之后，大家就再也没有机会在他家狂欢了。要想体验拉舞鞭的刺激，只能寄希望于村上的女孩嫁个好人家。老家风俗，闺女出嫁后的第一个元宵节，娘家人要把闺女接回家来过十五，以了解女儿在婆家的日子是否顺心。"正月十五好日子，家家户户叫妮子"，这个谚语说的就是这个风俗。

老家还流传着一则民间歌谣，讲的恰好也是这个风俗："小铲子，挖胶泥，正月十五请闺女。请来闺女吃啥呢？咱们就杀那只鸡。鸡说，我的肉少，你咋不杀那只鹅？鹅说，我的鹅蛋大，你咋不杀那匹马。马说，套上鞍子人人骑，你咋不杀那头驴？驴说，我天天拉磨把面磨，你咋不杀那只狗？狗说，我会看家赶小偷，你咋不杀那头牛？牛说，我会耕地会压场，你咋不杀那只羊？羊说，我能纺线织衣服，你咋不杀那头猪？猪说，喝你家的恶水（泔水）吃你家的糠，今天杀我见阎王。"歌谣从元宵节请闺女回家过十五写起，用顶针续麻和拟人的手法，诙谐地点明了各种家畜对于人类的价值。歌谣中出现的事物争相证明自己的价值，是很多该类歌谣推进下去的叙事动力。

如果婆家的生活不是太拮据、有能力购置礼物，那新女婿一般都会陪着回来的。回娘家的时候，其他礼物不论，但一定要买一挂舞鞭和各种焰火，在十五的晚上邀请村上的人去放花和拉舞鞭。在正月十五的夜晚，村里和邻村的人都会聚在大街上，等候新女婿出来一一敬烟。在正月初二回门的时候，新女婿已经认识了不少近亲和村里的老人，此时仍然很客气，嘴里是各种尊称，得到尊称的女性都会夸赞新女婿"口甜"（懂礼貌、会说话）。寒暄过后，主家把新女婿买来的焰火一一拿来，分给早已等在旁边的年轻人，让他们自由燃放。在焰火的映照下，主家和回家过节的女儿都是笑意满脸，惬意和自豪可以与那冲天的旗挂子相比高。人人期待的舞鞭被点燃了，只见它化作一条火龙，随着人群腾挪躲闪，一会儿上下翻飞，一会儿旁逸斜出，一会儿化作旋转的火盘，尖叫声和嘻嘻哈哈的笑声响彻云霄。

时光飞逝，不经意间，我到北京谋生已经二十多年了，元宵节一直在北京和出差的地方度过。无论地方大小，都会举办一些庆祝活动，但从未见过拉舞鞭的。也许，拉舞鞭只适合在乡间旷野举行，只适合世代相处、知根知底的乡土社会，只适合不拘小节、毫无造作的鲁西南老家。如有时间，我一定要跑回老家，再经历一次、体味一下拉舞鞭的狂放。

正月十六"跑百灵"

一出郊原便有情,春风如客喜相迎。

好山示我荆关画,流水清于鼓吹声。

豆麦盈坡新雨足,松杉交翠古香生。

篮舆镇日无些事,聊且支颐看晚晴。

——清代 钟骏声《正月十六日发阆州出郭门有作》

正月十五的拉舞鞭让每个孩子都兴奋得难以入睡,即便躺在床上很久了,那热闹的场景还在脑海里闪现:某个小朋友被舞鞭追得哇哇大叫、乱跳乱跑,某个小朋友被甩到脚下的呲花吓得手足无措,某个小朋友胆怯地躲在父母身后探头探脑地偷看,某个小朋友被旗挂子打中了屁股引来满街的笑声,某个小朋友的棉裤腿上烧了个让人惊讶的大洞。这次的舞鞭比以往的都要响,直到现在耳朵都还在嗡嗡作响。这次的旗挂子飞得真快呀,很多人还没来得及反应,它就已经飞到了脚下、啪啪作响。这次的呲花不仅喷射的时间长,而且噼噼啪啪的闪光珠特别多。兴奋的劲头终于散去,小朋友们的各样表情渐渐淡去,瞌睡终于到来。我想,即便是在难以捉摸的梦中，小朋友们所能梦到的应该都是拉舞鞭的场景。

梦中的兴奋并没有持续多久，就听见了堂屋开门的咣当声和洗脸的哗啦声。还没有反应过来，家中的老人吆喝孩子赶快起来的声音开始在耳边响起，说满大街都是人了，某某人都已经在地里跑一圈回来了，把一年的病灾都给扔在地里了。努力睁开惺忪的睡眼，只模糊看见窗户外边透过来丝丝微蓝色的晨光，隐约可听见屋后大街上村民打招呼的声音。

在大人的再三催促下，身子从被子里钻出一截，靠在床帮上，闭着眼睛，耷拉着脑袋，任凭被子外的寒冷侵袭、刺激着神经。看着孩子用行动抵抗早起的命令，老人的声音逐渐加大，反复念叨大街上一会儿就可以烤火烤馍了。想起烤馍的香味，想起再不起来恐怕会被其他小朋友嘲笑，终于有了起床的动力。有了动力，人慢慢坐了起来，极不情愿地把过年时的新衣服穿上。手一伸进结冰的洗脸水中，一个激灵就驱赶走了酝酿了很久的瞌睡，人也彻底清醒。冰水刚沾到脸上，就夸张地嗷嗷大叫，似乎以此来证明自己为早起所付出的代价有多大，像极了今天部分人在朋友圈中所发的工作夸饰。

在鲁西南老家，正月十六这天的民俗活动被称为"跑百灵"。这天是全家总动员，老的、少的、身体不好的、腿脚不灵便的都要出来"跑百灵"。大人小孩都要把过年的新衣服穿上，成群结队，到自家的麦地里、荒野的树林里去走一走、看一看，到村边的小河里看看水势。大街上、村边的大路上、村南村北的麦地里、村东的树林里，都是一簇簇的人、成群的山羊和跑得飞快的黄狗。

有全家齐动员的，有三五成群的，有踽踽独行的，有挈妇将雏的，有用地板车拉着老人的，有全是孩子的。最热闹的是成群的中年妇女，好半天才往前挪动几步，但爆笑声一阵接上一阵，天知道是什么话题让她们如此兴奋。最嘈杂的是成群的孩子，叽叽喳喳地议论着昨晚的拉舞鞭，争辩着哪个鞭炮最响、哪个呲花最好看、哪个旗挂子飞得最高、哪个小朋友最勇敢和反应最迅捷,对于棉裤被烧了的小朋友,免不了一番安慰。最安静的是处于花样年华的少女,红色的棉袄和白色的围巾在正月寒冷的路上非常显眼,只看见她们在窃窃私语,有人经过时,故作镇定地打声招呼,待人走远了,私语声又起。少女间的姊妹情谊是建立在互相倾诉和严守秘密的基础上的,在婚前非常牢固,婚后则很快解体,中年后则逐步恢复,感情越来越深。知悉了别人的秘密,自己也要说点心里话,否则会觉得愧对别人,也担心被别人当作泄密的怀疑对象。于是,人人心底的小秘密便越滚越大、持续生长。

成群结队的人来到地里,大家因为兴趣不同,很自然地进行了重新组合。大人们会聚在一起,在坡地和洼地、临河和靠路的地方分别拔出几棵麦苗,蹲在地上,比较分析小麦分蘖情况和根须长短,讨论小麦长势和墒情,预测今年的收成,抱怨雨水的多少和化肥的价格,商定哪天浇水或施肥。小朋友们则把麦地当成了撒欢儿的游乐场,大声地喊叫,放肆地奔跑、追逐和打闹,碰拐、跳山羊、扔沙包等游戏持续登场,新衣服不一会儿就变成了土衣服。

走到自家栽种在田边、路边的杨树、柳树、桐树和槐树旁,大人一般都会拍拍树,用手丈量一下树的粗细,仰头看着在寒风中颤抖的树梢,嘴里念念有词,似乎是在祈祷自家的树快快成材。小朋友们也转换了战场,从麦地里来到了路边的大树下,围着一两棵大树转圈追逐,以抓住对方的衣服为胜利,兴奋的喊叫声响彻云霄,惊得树上的麻雀扑棱棱四散飞走,落在远处的树梢上惊讶地看着下面飞奔的孩子。

因为各家的地在村南村北和村东头都有分布,特别是村南和村北,相距较远,所有的地都走一遍的话,运动量还是很大的,再加上不停地奔跑、追逐和打闹,每个孩子都会出一身汗。他们身上都沾满了泥土,看似不讲卫生，但都是快乐的、健康的，在他们的世界里根本就没有"抑郁"这个词。

把自家的麦地、树林都走了一遍，太阳已经升得很高，学生背着书包陆陆续续走向了学校。今天是开学第一天，大家都比平时去得早一点。天气依然寒冷，但活动产生的热量足可以消解天气的严寒。回到村上，关系比较好或者住得比较近的人已经聚拢在大街上了，有的拿来劈柴，有的拿来秫秸，有的拿来玉米芯子，有的拿来芝麻秆，有的拿来柏树枝，有的拿来蒸馍、菜馍和花糕，开始了"跑百灵"的高潮环节：烤火。火生起来后，大人们象征性地烤烤手和后背，就把孩子推到了火边，让孩子烤一下手、脚、脸和屁股，特别是等火小一点之后，要让孩子从火上跳过去。

在让孩子烤火的过程中，大人们还会念叨一些顺口溜："正月十六跑百灵，百病散去好心情。前后大街全聚拢，大人小孩真高兴。火前围定人一群，全身上下都要烤。烤烤手，不冻手。烤烤脚，不冻脚。烤烤脸，不害眼。烤烤头，不犯愁。烤烤腔，不生病。烤烤裆，不生疮。烤烤背，一辈子不受罪。烤得百病它不生，烤得人人不见老！"在氤氲的烟火中，在混合着柏树的清香中，在大人们戏谑的笑声中，孩子们怕火又想靠近于是向后斜着身子向前试探的架势总会招来阵阵欢笑，这样的场景想必也会长留在每个人的记忆中吧。

劈柴火变小之后，人们争先恐后地把旁边剩下的柏树枝全扔进火里，树枝在噼里啪啦声中升腾起阵阵青烟，浓郁的清香冲进了每个人的鼻孔中。小朋友们最喜欢的烤馍活动开始了。随手找来一根细木棍，放在火上燎一下，把带来的食物插在棍子上，就在火上烤了起来。不一会儿，蒸馍、菜馍和花糕就变得焦黄，焦香味伴随着柏树枝的清香味越传越远，吸引更多的人聚拢过来。小孩喜欢焦香、松脆的外壳，牙口不好的老人喜欢暄软的蒸馍芯。大家不分彼此，分而食之，各得其所，兴尽而散。

至此，从祭灶开始的春节正式结束，大人开始了繁重的农活，学生开学上课，未上学的小朋友也要干些力所能及的农活和家务活。

正月十六不仅是人的节日，也是家畜的节日。当天，牛、羊、狗与人一样要"跑百灵"。牛羊被早起的主人赶到麦地里，自由而贪婪地啃食麦苗，饱食一顿在冬日里难得的青苗大餐。到了地里，牛羊可以自己"当家做主"，想吃谁家的麦苗就吃谁家的，想吃多少都没有人过来驱赶。而在昨天或者到了明天，如果谁家的牛羊啃食了别人家的麦苗，要被人给驱赶回家，义愤填膺地要求牲畜的主人道歉和管好自家的牲口，言语不合的话，发生冲突都是有可能的。事实上，经牛羊适度啃食的麦苗，可以促进分蘖，提高小麦产量。跟着主人"跑百灵"的黄狗，仿佛初获自由似的，放肆地在地里狂奔，不停地向主人展示狂奔时紧急刹车或急转弯的技巧，猛然飞奔向旁边的麻雀和喜鹊，吓得它们箭一般飞向远处的树林，惊恐地看着在地里来回展示飞奔急停技能的黄狗，再也不敢靠近半步。

老家的"跑百灵"，在有的地方被称为"跑百病""走百病""烤百病""游百病""散百病"等，名不同而意相同。"跑百灵"的习俗不独流传于鲁西南，在北方很多省份都有分布。据研究，"跑百灵"的习俗起源于南北朝，形成于唐宋，盛行于明清。在这个习俗的演变过程中，"跑百灵"的日期并不完全固定，有的是在元宵节前，有的是在元宵节当天。但不论是哪天"跑百灵"，渴求身体健康、增进朋友间的感情永远都是主旋律。

有些诗歌就生动地写出了人们祛除百病、祈求身体健康的愿望。明代周用的诗歌《走百病行》可为其中代表："都城灯市春头盛，大家小家同节令。姨姨老老领小姑，撺掇梳妆走百病。俗言此夜鬼穴空，百病尽归尘土中。不然今年且多病，臂枯眼暗偏头风。踏穿街头双绣履，胜饮医方二钟水。谁家老妇不出门，折足蹒跚曲房里。今年走健如去年，更乞明年天有缘。蕲州艾叶一寸火,只向他人肉上燃。"另一位明代诗人范景文的《和北吴歌其七》也写了"跑百灵"的习俗:"元宵踏月月如银,士子焚香拜圣人。道遇女郎走百病,南关灯火一时新。"在这首诗歌里,作者关注的重心发生了变化,从渴求健康转变为走百病的女郎,因为光彩耀眼的青春少女的出现,给南关的灯火赋予了别样的意义。在元宵节的阑珊灯火里,借助"跑百灵"的名义,似乎要上演一出才子佳人的浪漫故事。

老家深受孔孟之道的影响,缺乏浪漫故事酝酿和生长的环境,一直到现在为止,我都没有听说过"跑百灵"所引发的男女故事。其实,从腊月二十三的小年到正月十六,老家人一直处在过年的状态里。在这二十多天的时间里,大家天天都在备年货和过年,都在走亲访友和持续饮酒,猪肉、牛肉、羊肉和油炸食品吃得过多,暴饮暴食是常态,饮食肯定油腻。

以前虽然难有营养过剩的情况,但积食总会有的。迈开腿,走出家门,带孩子到地里走一走、转一转、笑一笑,活动活动筋骨,为即将开始的农活做好准备,确实有利于身体健康,自然也可以减少发病的可能。经炭火烤过的馒头有利于消化和祛除体内积食,这是有科学依据的,也是村民长期以来行之有效的生活经验。柏树在中国传统文化中一向有驱邪和长寿的寓意,它在我老家的发音为"bei fu"(百福),燃烧柏树枝既增加了食物的香气,更表达了村民纳福祈福的愿望。

二月二，龙抬头

才过结柳送贫日，又见簪花迎富时。

谁为贫驱竟难逐，素为富逼岂容辞。

贫如易去人所欲，富若可求吾亦为。

里俗相传今已久，谩随人意看儿嬉。

——宋代　魏了翁《二月二日遂宁北郊迎富故事》

二月二原本是个有着丰富文化内涵和特色习俗的传统节日，但在城市化的进程中，这个节日的传统习俗几乎消失殆尽，在很多城市里甚至已经被简化成了理发节，大大小小的理发店在二月二当天都是价格翻番、人满为患，家家排队、户户预约。无怪乎有的民俗学家把当下二月二的风俗总结为这样的顺口溜："二月二，龙抬头，大人小孩都剃头。"但在我的老家，二月二的内涵和习俗比很多大城市都要丰富、有趣得多，令人难忘的记忆和值得一提的事情也是数不胜数。

"二月二，龙抬头，大囤尖，小囤流"，是老家人人耳熟能详的节日俗语，是人们对于丰衣足食的朴素愿望，也是对二月二节日习俗——围囤的典型概括。经过一个多月的烧柴煮饭，各家灶台的锅底门前都堆积了一小堆草木灰。正月底或者二月初一这天，家家户户都特意把草木灰清扫出来，讲究的人家还会用筛子把灰筛一遍，去除里面混杂的柴禾，放在脸盆或者遗弃在墙角的破烂面盆中，以备二月初一傍晚之用。如果清理出的草木灰比较少，就会在做饭的时候有意地多烧点麦秸和棒子秸，以便能多出一点草木灰。

二月初一的傍晚，刚吃过晚饭，各家各户都开始了隆重的围囤活动。换上过年时的新衣服，净手之后，把备好的草木灰拿出来，放在正对堂屋大门的院子中间，用木锨铲起灰，以人为中心，以木锨三分之一的长度为半径，一边慢慢转圈，一边抖动木锨，把灰均匀地围成第一个圆圈。然后再以木锨三分之二的长度为半径，围成第二个圆圈。最后以木锨的长度为半径，围成第三个圆圈。如果家里的院子够大，还可以围五个圆圈。不过那就要借助麻绳和灰盆了，也需要其他人的配合，一个人是无法完成的。如果不借助工具和其他人的配合，围出来的大圈就会出现不圆的情况，围的囤也不被称为完美无瑕了，很有可能会影响一年的收成。围好圆圈后，要在朝向堂屋大门的地方用草木灰画个"井"字形，代表粮囤和钱囤的腿。大囤围好后，还要在院子里围一到两个小囤，小囤一般是一圈或三圈，这要视各家院子的大小而定。

围好囤后，人们会用铲子在囤的中心位置挖个小坑，里面分别埋上小麦、谷子、玉米、大豆等常见农作物和硬币。老家习俗，粮食和硬币一般不能埋在同一个囤里，寓意钱粮丰裕。埋有各种粮食的囤代表粮囤，埋有硬币的囤代表钱囤。小麦、谷子、玉米和大豆等农作物可以埋在同一个粮囤里，但要分开埋进不同的小坑里，可能是因为这些作物的播种时间和生长期各不相同，怕其互相干扰，影响收成。

院子里最大的囤都会埋上粮食，可见粮食在村民心目中的位置，民以食为天的传统思想可见一斑。在围囤的过程中，人一定要虔诚，嘴里还要念念有词："二月二，敲门枕，金子银子往家滚。二月二，敲门框，金子银子往家扛。二月二，敲屋梁，金子银子往家藏。二月二，敲瓢叉，十个老鼠九个瞎。还有一个不瞎嘞，眼里长了醭落花（眼里有斑点，看不清东西）。二月二，来围囤，大囤尖来小囤流。二月二，来围囤，丰年别把歉年忘。街坊邻居要处好，谁家的鸡狗不跳墙！"在简单的仪式中，村民虔诚地用直白的唱词恳请上天眷顾，希望能够实现粮钱充足、没有鼠患、邻里关系融洽的美好生活。完工后，还要在埋有粮食或者硬币的地方烧纸上香，把村民对美好生活的向往送达上天。

围囤是二月二最主要的风俗，除此之外，老家还有很多讲究。围囤剩下的草木灰千万不能扔了，它还有很多用处。院门口、堂屋门口、灶屋门口、东屋门口、西屋门口、厕所门口、压水井边、堆积杂物的墙根等地都要撒上灰。天黑之后，还要在老灶爷的香炉周边撒上一圈灰，撒灰的过程中要连说三遍："二月二撒香台，蝎子不蜇光腚孩"。

从抽屉里找来大年初一剩余下来的蜡烛头，一一在神位前面点上，在点蜡烛的过程中要念叨"二月二点蜡头，蝎子不蜇光腚猴"。以前农村都是土坯房，生蝎子、蜈蚣、蚰蜒、老鼠、长虫（蛇）等伤人的事例每年都会发生，特别是孩子更容易受到伤害。天下父母一样心，都希望自己的孩子能够健康成长，少受伤害。惊蛰一般在二月二前后，正好是百虫生长、开始出没的时节。在虫子初生的时候，用一种特殊的仪式表达消灭害虫、祈求健康正好成了二月二习俗的主要内容。"二月二，围墙根，蝎子蚰蜒不上身"等节日谚语恰切地反映了人们追求健康平安的心声。

节日当天要早点起床，起来后要去看看囤里埋着的粮食和硬币，看看有没有鼠盗鸡啄，如果完好如昨，那就预示着一切顺利，否则就要咒骂害人精，而且要多烧上几炷香，才能抵消由此带来的不利影响。在靠近压水井的灰囤里，因为土壤潮湿，所埋的粮食多少都会发生一些细微的变化，有经验的老农能够从难以觉察的变化中推测出今年应该多种什么作物。看似神奇的事情，恰是多年务农经验的积累，也是对气节变化的直观感受。找来木棍，逐一敲击房梁、床腿、门框、灶台、门枕，在敲击的时候，要把昨晚的直白唱词再唱念几遍，以此来迎接不愁吃不愁穿不愁钱的理想生活，进而驱赶害虫，祈求健康。

二月二当天一定要吃的节日食物是炒蝎乎爪，就是将豆子用盐水浸泡膨胀后炒熟食用。豆子咸香，有嚼劲，越嚼越香，在那个缺少零食的时代里，在小孩子的眼中，这已经是很难得的美味了。炒蝎乎爪还有两种做法，有的会粘上糖面或者咸面炒制，还有就是把面旗子和黄豆一起炒制。每个孩子都会在棉裤兜里装满炒蝎乎爪，一粒接一粒地扔进嘴里，边嚼边比谁家的炒蝎乎爪更香、更大、更好吃。在比的时候，孩子们还会找来木棍，敲击各家的门框、门枕、院墙和堂屋后墙，齐声高唱："吃了我的蝎乎爪，一年不挨蝎子蜇。吃了我的炒料豆，蝎子蚰蜒不敢凑。"吃炒蝎乎爪不仅可以避免蝎子、蚰蜒等毒虫的侵袭，还可以延年益寿，传说是如果有人吃了七家的炒蝎乎爪，那人就可以长命百岁。

二月二的节日食俗是早晨要吃饺子。在我的记忆中，除中秋节外，老家的其他节日都以吃饺子为主。饺子可以代替外界的元宵、粽子、腊八粥、年糕、大鱼大肉等丰富的节日食物，老家节日食物的单调可见一斑。饺子过节，代表一切。与其他节日不同的是，二月二的饺子要捏成麦穗和元宝的形状，恰与围囤的寓意相对应。收成与收入永远是老家人最为关心的话题。

吃完早饭，收拾妥当，家里就开始烧水，准备洗头或者理发。二月二理发的习俗在城市里得到了发扬光大，可见，无论是城市中人还是农村人，除旧布新，旧貌换新颜，都是人所喜欢的。村里的女性在当天理发的很少，即便有，也是邻里之间互相铰头发，但洗头是必须要有的环节，并且洗头的时候一定要在围好的囤里进行，据说这样做同样可以驱除蝎子、蚰蜒等毒虫。

如果下乡的理发师来得晚了，家长会带着孩子去就近的集市赶集，给孩子理理发，讨个好彩头。赶集前，父母会要求孩子洗一下很长时间都没有洗过的头。那时的农村孩子没有洗头的习惯，大都不喜欢、不配合，都是被妈妈强拉到洗头盆前的。您如果这个时候来到村里，无论走到谁家，都会遇到一边哭、一边被妈妈按着洗头的孩子，或高或低的哭声、妈妈的嘟囔声和用手撩水的声音此起彼伏。每每想起这个场面，都会让人哑然失笑，感觉这才是二月二最有生气的场面。

很多人可能会问，二月二这天，鲁西南为什么要围囤和吃炒蝎乎爪呢？这与当地人人耳熟能详的两个传说有关。

在很久很久以前，鲁西南这个地方出了一个神通广大、道行很深的蝎子精。在傍晚的时候，它常常变幻成妖艳的美女来引诱定力不够的年轻人，趁机把人血吸干。没几天的工夫，人们都成了惊弓之鸟，被吓得晚上不敢出门，太阳出来才敢露头，不仅耽误了农活，也闹得人心惶惶、谣言四起。这事越传越远，终于传到了住在黑龙江里头的秃尾巴老李那里。看到老家出了妖怪，老李又急又气，腾云驾雾，裹挟着大雨直奔鲁西南而来，想借着大雨冻死蝎子精。这也是"二月二，龙抬头"和倒春寒的由来。

没有想到的是，蝎子精很狡猾，一看到变了天，立即钻进了温暖的灶火窝，挫败了老李冻死蝎子精的计谋。思谋良久，老李又生一计。二月二的晚上，老李变成了一个英俊的小伙子，来到蝎子精经常出没的地方。这招很灵，把蝎子精给引出来了。老李摇身恢复了原形，伸出龙爪就去抓蝎子精，没有想到蝎子精缩小身子，从龙爪缝里逃脱了。就这样，一个在前面跑，一个在后面追，跑遍了鲁西南所有的村庄，把蝎子精给累坏了，刺

家乡旧俗

溜一下钻进了一个豆子囤里，变成了一粒黄豆藏在里面。看着满满一囤的黄豆，老李傻眼了，哪个豆子才是蝎子精呢？正着急的时候，老李忽然看到旁边有一口大锅，眼睛一亮，有了主意。老李生起火来，把囤里的黄豆全部倒进锅里。锅越烧越热，豆子啪啪作响，一会儿就把蝎子的爪子给炒焦了，无奈之下，蝎子只好现出原形，被老李给除掉了。

蝎子精死后，老李就立即回到黑龙江，鲁西南的人们又恢复了正常的生活。为了纪念秃尾巴老李，村村都用木棍敲打门框、门枕和房梁，响声震天，户户都炒蝎乎爪，驱赶蝎子精，还用草木灰在院子里围囤，埋上黄豆等作物，警告并提醒蝎子精及其后代要永远记住这个教训。

除了秃尾巴老李的传说之外，二月二的习俗据说还与宋朝的开国皇帝赵匡胤有关。老家人常说，蝎子姓赵，越照越多，就是因为蝎子是赵匡胤转世报仇来的。赵匡胤才当了十来年皇帝，他的弟弟赵光义就自持劳苦功高，整天想着篡权夺位。有一天，赵光义让人做了赵匡胤爱吃的吊炉烧饼，和面的时候掺杂了吃了后能立即要人性命的毒药，让赵匡胤最为喜欢的小侄女给送了过去。赵匡胤看到他非常疼爱的小侄女，心里很高兴，毫无戒心，立即就把烧饼给吃了。赵匡胤死后，冤魂不散，跑到天庭去找老天爷告御状，老天爷很同情他的遭遇，准许他用以毒攻毒的方式去报仇。二月二这天傍晚，他变成了大蝎子，下凡寻觅仇人。

皇宫里，赵光义一家三口正在说闲话，小公主忽然大声哭喊起来。赵光义拿起灯一照，小公主的手肿得像红萝卜一样，只见地上有一只大蝎子正盯着他看，吱吱地叫着，而灯影里还有黑压压的一片蝎子。赵光义吓坏了，忙叫御林军用火来烧蝎子，没想到连房子都点着了，还没有逼退成群结队的蝎子。危急时刻，不知道是谁大喊起来："蝎子怕草木灰，赶快用草木灰围住万岁和宫殿！"没想到这招很灵，蝎子不再进攻赵光义，改为攻击粮库。大家迅速用草木灰围住粮库，避免了一场灾难的发生。很快，这个经验就一传十、十传百地传开了，民间开始效仿皇宫的做法。从此以后，二月二用草木灰围粮囤、围房屋的习俗就逐渐形成了。

在老家，二月二还有一些禁忌。这些禁忌都与家乡人们崇龙敬龙的民间传统有关。在人们的传统认识中，龙王是水神，具有呼风唤雨的法力，是人们风调雨顺、吃饱肚子的希望。二月二早晨起来的时候，不能用扫帚扫地，不能动剪刀、菜刀和针线，以免砍伤或刺伤秃尾巴老李，也不能到井里去打水，以免水桶碰伤老李。还有就是女性不能在屋内梳头，以免将来长虫掉到头上。这天早晨，人们最忌讳的是被别人触摸后脖梗子，如果被别人摸了一下，就相当于被触了龙鳞，一年的好运气将会消失殆尽，特别是上学的孩子如果被触了龙鳞的话，将会影响学习成绩。

二月二这天，常会见到让人忍俊不禁的情景：一帮天真的小孩子，聚在大街上玩耍，嘴里念念有词，右手往嘴里扔着炒蝎乎爪，比着谁家的炒蝎乎爪更香、更好吃，左手则死死地捂住后脖梗子，护卫着不久之后成为小学生才能有的学习成绩。当时大家谁也没有料到，他们的自由天性会与学校格格不入。一里之外的那所破旧的学校，将成为很多孩子的梦魇，成为他们儿时快乐日子的终结地。他们糟糕的成绩，将会使很多人的屁股开花、脑袋起包。过去之毒药，今日之蜜糖。这些经历将成为他们成年后标榜自我勇敢的谈资，成为过年聚在一起喝酒时的最佳下酒菜。

清明时节雨纷纷

佳节清明桃李笑,野田荒冢只生愁。

雷惊天地龙蛇蛰,雨足郊原草木柔。

人乞祭余骄妾妇,士甘焚死不公侯。

贤愚千载知谁是,满眼蓬蒿共一丘。

——宋代 黄庭坚《清明》

在二十四节气里,清明最为特殊,兼有节气和节日的双重意义。《岁时百问》云:"万物生长此时,皆清洁而明净,故谓之清明。"《历书》曰:"春分后十五日,斗指丁,为清明,时万物皆洁齐而清明,盖时当气清景明,万物皆显,因此得名。"到了清明时节,天朗气清,大地明澈,河流澄净,万物都在竞相展示自己的风姿,吸引人们的注意:"桃之夭夭,灼灼其华"的桃花、"冷艳全欺雪,余香乍入衣"的梨花、"黄萼裳裳绿叶稠"的油菜花、"碧玉妆成一树高,万条垂下绿丝绦"的柳树、"风里麦苗连地起,雨中杨树带烟垂"的麦苗和杨树、"沾衣欲湿杏花雨,吹面不寒杨柳风"的春雨和春风……

白居易写过这样的诗句"春令有常候，清明桐始发""忽见紫桐花怅望，下邽明日是清明"，恰恰写出了清明的三候之一"桐始华"，意即到了这个时节，泡桐花开放，状如喇叭的淡紫色花朵簇拥在高大的枝头上，仿佛在歌唱春天的清朗明净，播报清明节气到了人间，煞是吸引人的眼球。古人抛弃婀娜多姿、色彩惹人的杨柳和桃李，抛却漫山遍野、招蜂引蝶的油菜花，抛却阡陌相连、始终作为主食的麦花，选择桐花作为清明的物候，恐怕是和泡桐树形状高大挺拔、花色内敛、花形硕大有关吧。

如此特殊的节气，我印象深刻、能够回忆起来的过节习俗，却少得可怜。与祭灶、春节、元宵、端午、中秋等节日的热闹氛围比起来，与这些节日能够吃到的、比平时要丰富的食物比起来，清明简直不能被称为节日。最起码对于儿时的我和小伙伴来说，既没有参加过上坟祭扫先人的活动（大人一般不会要求孩子去上坟，怕孩子会受到邪祟的影响），也没有什么好吃的东西，无法满足孩子的口腹之欲，若无其他的变故，没有印象是很正常的事情。

认真想来，关于清明的记忆多少还能在记忆深处搜刮到一些模糊的、发黄了的印痕，重新打磨一下，大致可以勾勒出童年清明节的轮廓。在清明前上学的路上，我们经常会遇到三三两两的人在坟前哭祭亲人的情况。老人去世未超过三年、条件好点的人家，会抬来方桌、纸扎和炸过的鸡、鱼、方肉、丸子、馓子、鸡蛋饼、假鱼、素鸡、馒头等九碗祭品，在坟前放好桌子，恭敬地把祭品摆在桌上，把纸扎摆在桌边。烧上纸钱、纸扎，开始哭祭。看着色彩斑斓的或素白的纸人纸马化为灰烬，我们都觉得很可惜。有胆子大一点的小伙伴，还会在放学的时候跑到坟前，拔出插在坟头上彩纸围扎的棍棒，耍起了电影《少林寺》中的棍法。

有的因为老人去世时间较长，不带桌子，只是用斗子扛来一些祭品，直接把斗子上的盖布打开，放在坟前进行烧纸祭拜。也有个别出嫁的女儿，出于种种原因（比如嫁得很不如意或者和兄嫂、弟媳有矛盾的）没有置办祭品，仅仅带着纸钱过来祭拜。一边跪坐在坟前烧纸，一边大声哭诉，既是在哭祭老人，也是在哭诉生活的不如意和命运的不公。多种因素叠加，女人哭诉的声音尖锐而凄惨，穿透力很强，让人为之动容。在空旷的麦地里，女人的哭诉声随着升腾的纸灰直冲云霄，让人的头皮发麻、后背发凉，把驻足观看的小伙伴吓得飞奔向学校。胆子大的，不紧不慢地跟在后面，嘲笑着前面的小伙伴，以示自己的勇敢；胆子小的，一气跑到学校，冲进教室，一屁股坐在小板凳上，脸色发白，不停地捂着心口小声地嘀咕着，直到上课神色都未恢复正常。

更有甚者，胆子较小的人会因为惊吓或者跑路出汗着凉生病的，家人在了解情况后，奶奶会拿着孩子的衣服，跑到上学的路上去给孩子叫魂。一同上学的小伙伴们的家长往往会暴跳如雷，大声呵斥自家的孩子，拧耳朵、头上打一巴掌、屁股上踹一脚，总有一样要落到身上，幸运的话，三者都可以体验一番。到了第二天上学的路上，挨打的多寡都成了大家笑谈的话题。

按照家乡习俗，出嫁的女儿在清明节回家祭扫亲人，无论如何都不能回娘家看望亲人，即便在路上遇到亲人，也不要打招呼，以免将晦气带给娘家人。到了坟上，也很少说话，按照事先约定好的流程祭拜即可。有的时候，大家会故意错开祭扫时间，以免将邪祟的东西带给大家。出嫁的女儿一个人祭扫后，再孤零零地回家去。我不清楚这样做的原因，但想来总有点心塞，也就明白了为什么有的人会哭得那样凄惨。老家还有个习俗，清明添坟是儿孙应尽的义务，出嫁的女儿一般是不能添坟的。如果在清明节后看到坟上有新添的土、有刚拔掉的野草，那就显示这个家族是后继有人的。这恐怕也是那个时候，村里家家户户不生儿子誓不罢休的原因，更是农村计划生育难抓的原因。

除了祭扫亲人和添坟，老家还有清明门楣插柳的习俗。清明节的头天下午，大人会让孩子用镰刀从自家树上拉下来一大枝柳枝，折下一把柳条，分插在门楣两边，特别要注意在大门的两边插上两根最长的柳枝，任凭柔软的枝条在风中摇摆。清明插柳的习俗从什么时候流传下来的，具体纪念的是谁，有什么讲究，大家众说纷纭，但有一点是世所公认的，认为插柳可以辟邪驱鬼。

　　很多史料记载，清明插柳与介子推怀抱柳树被烧死以及唐中宗节日赐柳有关，但我觉得应该是与老家对观音菩萨的民间信仰有关。老家流行观音崇拜，很多家庭都供奉有观音像或观音牌位，逢年过节或者遇到困难都会烧纸上香，祈求观音保佑。观音菩萨的造像一般都是左手捧着一个玉净瓶，右手拈着一根细柳枝，用柳枝蘸取瓶里的甘露水，既可以降福人间，也可以驱鬼打恶，游荡在外的孤魂野鬼看见柳枝都会退避三舍。清明节是民间著名的鬼节，肯定会有各路的鬼神出来游荡，给人们带来霉运，而与观音菩萨相联系的柳枝可以确保人们的平安，便形成了这样的民间习俗。

　　清明插柳这种习俗其实流传已久。北魏时期的山东籍农学家贾思勰在《齐民要术》中有"取柳枝著户上，百鬼不入家"的记载。在长期的发展中，除却民间的观音信仰，柳枝被赋予驱邪除鬼的巫术意义，应该与它自身的特性与关。柳树较一般植物发芽早，最先汲取旺盛阳光，常被看作阳气壮，可以趋避阴气。再加上"清明不戴柳，死后变黄狗"的俗语影响，人们对生死轮回中的转世投胎颇为重视。

　　按照中国传统文化中所赋予的意义，柳与留同音，一般具有挽留送别之意。从《诗经》中的"昔我往矣，杨柳依依"到入选过语文课本的"渭城朝雨浥轻尘，客舍青青柳色新。劝君更尽一杯酒，西出阳关无故人"，从杨柳、垂柳、垂杨、烟柳到柔条、烟条、长条和霸陵树、灞桥柳，都在表达人们心中的留恋难舍之意。如此看来，门楣插柳，应该是被赋予了敬挽先人之意。多种因素的交织，造成了这种风俗的延续和流布。

清明时节，印象中老家没有什么我特别爱吃的食物。诸如青团、五色米、薄饼、清明蛋之类的节日食物，我以前只在文学作品中看到过，根本没有吃过，唯一在清明时节经常吃的食物是"多打"。它是用玉米糁子、大豆糁子加上玉米面、白面、辣萝卜丝（老家主要用来腌菜的圆形红皮萝卜）、嫩柳芽蒸制的馒头状食品。两种糁子均用石磨磨制，颗粒较粗，不容易蒸熟，吃起来很有嚼劲，但粗糙得难以下咽。嫩柳芽看似纤细、柔弱，但吃起来又苦又涩。这个多种难吃的食材组合在一起的节日食品，这个一捏就碎、颜色发黄的面团子，您可以想象食用时的情景。大人一改往日吃饭时的风卷残云，都在一点点地细嚼慢咽，似乎只有今天地里的农活不用着急，似乎所有的庄稼晚种一天也不受影响。

在上学的路上，我和小伙伴们不约而同地从书包里拿出了凉馒头，边啃边议论今天在家吃到的最难吃的食物。这种食物早已绝迹，我和父母经过多次对话，才逐渐凑齐了制作的原料，但如放在今天，倒不失为一种减肥的健康食品。食物冠名为"多打"，倒是真切地传达了家乡人们最朴素的想法，多打粮食，多收麦子，天天都有白面馒头吃，把对生活的向往都寄托在了正在开花的麦子身上。这种食物与其说是在怀念先人，倒不如说是在忆苦思甜，将生活的希望寄托在一个月之后的麦收上。

与清明节相联系的食物还有馓子。这种油炸面食经常被作为清明祭品，制作工艺较为复杂，具有松脆咸香、馓条纤细、入口即碎的特点，老人小孩都能吃，赢得了家乡人们的喜爱。苏东坡在《寒具诗》中形象地写出了制作馓子的过程："纤手搓成玉数寻，碧油煎出嫩黄深。夜来春睡无轻重，压扁佳人缠臂金。"从近千年前的苏东坡到今天家乡的人们，清明节喜食馓子的传统仍在延续。

小时候，家里生活很是窘迫，平时很难吃到馓子。偶然吃到的话，总是一根一根地细细品尝，让一小截檾子在齿间变为齑粉，任凭松脆的咸香充斥口腔，那种满足感至今想来都清晰可感。我不记得清明时节吃过多少次这种食品，倒是对清明前后捋榆钱、吃榆钱的印象非常深刻，因为捋榆钱让我亲近了自然、感受到了大自然的馈赠，给我带来了无尽的乐趣，至今想来都是历历在目。

在不事稼穑的文人墨客笔下，在城市人的眼中，清明节正值天气回暖、草长莺飞、鲜花盛开、枯树萌芽的季节，更是顺应天时、怀远思古、踏青游春的好时节。"梨花风起正清明，游子寻春半出城。日暮笙歌收拾去，万株杨柳属流莺。"（吴惟信《苏堤清明即事》）"清明上巳西湖好，满目繁华。争道谁家。绿柳朱轮走钿车。游人日暮相将去，醒醉喧哗。路转堤斜。直到城头总是花。"（欧阳修《采桑子》）"芳原绿野恣行事，春入遥山碧四围。兴逐乱红穿柳巷，困临流水坐苔矶。莫辞盏酒十分劝，只恐风花一片飞。况是清明好天气，不妨游衍莫忘归。"（程颢《郊行即事》）清明节诱人的景色、踏青赏春的盛况、饮酒作乐的肆意、乐游忘归的沉醉，都在诗中一一呈现。满树梨花、万株杨柳、繁花似锦、芳原绿野、落英缤纷，这些文人墨客和城市人眼中的美景，对于家乡人来说，都是眼中常见、触手可及、长居其中的东西，是他们生活中司空见惯的一部分。套用一句古话，那就是与美景居，"如入芝兰之室，久而不闻其香，即与之化矣"。

清明对于家乡的人们来说，节气更重于节日。"清明前后，种瓜点豆"这句农谚说的是到了清明前后，气温升高，雨水增多，正是农忙播种的好日子。棉花、辣椒、茄子、豆角、黄瓜、甜瓜、西瓜等作物都要开始播种或育苗。育苗时打营养钵的记忆最为深刻。大人一般都会在农田的中央清理出一米宽、三四米长的地块，撒上肥料，用水浇透。待土半干时，把地块挖成二三十厘米深的平整浅坑，坑里清出的半干土都堆在了坑边。

小孩子们特别乐于参与打营养钵的农活。这既是农活的需要，更是可以坐在浅坑里一边摆放营养钵，一边揪土里的蚯蚓玩，看细长的蚯蚓在眼前蠕动是件有趣的事情。很多时候，都是大人的呵斥声响起，才发现营养钵已经堆了好多，把该干的事都给忘了。营养钵摆好，就要开始点种了。每到这个时候，我们都会央求大人多点些甜瓜、西红柿和西瓜，在孩子的央求声甚至是哭闹声中，父母都会选择妥协和息事宁人。愿望终于达成，我们非常高兴，似乎看到了棉花地里苗壮成长的秧苗，看到了天鹅蛋（白皮甜瓜）、花吗嘎子（花皮甜瓜）、酥瓜、羊角蜜、西瓜、西红柿和黄瓜的丰收，似乎体会到了大快朵颐、汁水流满肚皮的快感，这也是很多孩子自愿参与劳动的原因。点好种子，覆上一层薄土，折来一把柳枝，像观音菩萨般用柳枝蘸水把土洒湿，盖上塑料薄膜或者湿透了的破衣服。仅仅几天，娇怯的嫩苗就破土而出了，一个季节的希望呈现在了眼前。

"桃花开，杏花败，梨花出来叫奶奶"是老家流传着的一则谚语，说的是杏花最先开花，其次是桃花，开花最晚的是梨花，按照辈分，梨花要称呼杏花为奶奶。清明节前后，正是梨花盛开的季节，这则谚语在这个时节颇为流行，也是小伙伴们争相背诵的歌谣。每到清明节，我就会想起这句歌谣，想起我的奶奶。时间过得真快，从2008年至今，疼我、爱我、教我的奶奶已走了将近15年了。她走的时候，我远在千里之外的北京。至今想来，仍是揪心地疼。

枣发芽，种棉花

山居寂寞绝逢迎，且与桑麻结旧盟。

老我风霜留本色，笑他梅菊误虚名。

一团和气怜寒士，两字炎凉慨世情。

力自轻微心自热，愿教衣被慰苍生。

——现代 萧梦霞《棉花》

"枣发芽，种棉花"是老家人人耳熟能详的农谚，说的是在枣树萌芽长出芽苞的时候，就需要开始准备棉花播种的事宜了。农谚将村里常见的物候与棉花播种联系起来，文辞通俗，简单明了，易于理解和接受，对于村民根据农时安排生产有较强的指导和提醒作用。棉花曾经是村里最重要的经济作物，是村民翻盖新房、娶妻生子、女儿出嫁、购置大宗物件、应对生活变故所需款项的重要来源。棉花曾在村民的日常生活中发挥着不可替代的作用，可用于制作棉线、老粗布、四季衣物、铺体（褥子）、盖体（被子）等必不可少的物品。因此，老家曾经非常重视棉花的种植，村南村北都可见连片的棉田，开花的时候，白色、淡黄色、粉红色、浅紫色的花蕾在绿海中随风摇曳，蔚为壮观，堪比今日郊野公园里的各色花海，真是村里的一景。棉桃绽放，雪白的棉花在黄褐色、青圭色叶片的映衬下闪闪发光，让人忍不住去感受它的柔软和温暖。

在长期的生产实践中，村民逐渐总结出了很多条关于棉花生产的农谚，涉及整地、备种、播种、施肥、田间管理、收获、晾晒、轮耕轮种等多个环节。仅仅与棉花播种相关的就有五六条，其中"清明早，立夏迟，谷雨种棉正当时""清明玉米谷雨棉，谷子播在立夏前"也是流传较广的两条。这些农谚都在提醒村民要抓住农时，千万不能耽误，要抓紧时间备耕备播。

老家的棉花一般实行一年一作和一年两作的耕作形式。一年一作时，就是按照正常的节气进行耕地、播种、田间管理和采收。此种耕作方式的优势是地里仅种植棉花一种作物，有利于土地休养生息，棉花的生长期长、产量高、品质好，缺点是会造成长时间的田地空置，亩产收益下降。一年两作时，就是将棉花与小麦进行套作，优势是土地没有空置时间，亩产收益提高，但对肥力要求高，小麦收割前会影响棉花苗的正常生长，因通风和光照不足，会造成棉花叶片颜色偏黄，植株瘦小柔弱；在棉花收获的后期，因为不能耽误小麦的种植，要提前薅花棵（拔掉植株），致使僵桃过多，最终会影响棉花的产量和品质。

从我开始记事的时候，村里主要实行一年一作的耕作形式。在初春返青的麦田里，常会看到成片的灰黄色空地，与旁边碧绿的麦田形成了鲜明的对比，一边生机勃勃、蕴含丰收的希望，一边灰黄死寂、坑坑洼洼，簇簇野草在冷风中瑟瑟发抖。那时候村里较穷，村民的收入主要来自土地，无钱购置更多的化肥，土地的肥力主要来自土杂肥和少许化肥，土地较为贫瘠，无力支撑一年两作。为保证棉花这个主要的经济来源，只能采用一年一作的方式种植。后来，随着生活条件转好，一年两作才逐渐取代了一年一作。

每年农历二月中下旬的时候，棉花地就要开始撒粪、耕地，把下面的土地翻到上面进行晾晒、熟化，村民称之为养地（也有在初冬时节进行翻耕的）。撒粪施肥是所有农作物的基本要求，棉花尤甚。"棉花不上粪，光长柴火棍""棉花要长好，底粪要上早"，这两则农谚都强调了施足底肥的重要性。棉花属于深根作物，土地要讲究深耕："要使花苗根扎深，犁地不能省力气。"经过一个多月的风吹日晒，土地里的害虫将会减少，土杂肥也将会充分溶解到土壤中，等待棉籽在此安家落户。

谷雨前半个月，选一个天气晴好的日子，将精心存放的棉籽拿出来，放在太阳下晾晒。我特别喜欢用手翻动晾晒的棉籽，它周围残留的纤维绒毛特别软、特别密，触手柔软滑腻，非常舒服。闲着无事的时候，我会和弟弟一起比赛，看看谁能先把一粒棉籽的绒毛撕干净。这个比赛考验的是耐心和细致，绒毛短而密，顽强地附着在棉籽上，需要用指甲捏着，一点点地用力拽下来。我的性格偏急躁，在比赛中的劣势非常明显，最后获胜的永远都是弟弟。我到现在都还奇怪，他是怎么能做到把一粒棉籽拽得光滑如豆的。不知不觉中，棉籽晒得咬起来有响脆声就算告一段落。至于为什么要晾晒棉籽，村民都说可以提高出芽率。我后来查了点资料，竟然真有科学依据。

谷雨节气已到，但村民并没有立即行动，他们每天都要观察枣树的生长变化。我们知道，二十四节气是中国先民在长期的生产活动中总结出来的农业历法，是中国农耕文明的重要组成部分，其科学性、系统性早已得到验证，但需要说明的是，它还有地域性和变动性的特点。二十四节气再辅以当地常见的物候特征就能大大提高其适用性。具体到棉花种植，老家就以枣树作为耕作的参照物。村民每天都要扳着自家院里的枣树枝条，看其发芽状态。只要枣树不发芽，村民是不会开工的。终于，发现枣树萌出了芽苞，村民会欣喜地说道："枣树动势（发芽）了，该种花了！"

晚上，家家户户都在做同样的事情，那就是将沙子药与棉籽搅拌在一起，放在相对封闭的环境中闷一晚上，这样可以有效杀死棉籽携带的病菌，也可以杀死蝼蛄等土壤害虫。

第二天一早，灰黄色的空地一扫往日的死寂，满是劳作的村民，大家高声谈笑，甚是热闹。相对于小麦、谷子等需要耩地的作物，棉花种植就简单了许多。最快捷的方式是三人配合播种，一人用孙镢子（镢头）倒坑（后退着挖坑），一人往坑里丢棉籽，一人用脚驱土覆盖种子。其次就是两人合作，后两个工序由一人承担。无论是两人还是三人合作，速度都很快，一家所种的三四亩棉花，一天就能忙完。在三个工序中，最重要也最累的是倒坑。既要注意控制力度，坑要深浅适度，深了的话，棉籽就可能闷死在土里，太浅的话，容易风干，不易发芽。农谚总结得好："一指浅，二指深，过了三指就要闷。"种棉花还要保证株距和行距，使所有的棉株均匀分布，充分利用养分和光照，这就需要倒坑人的经验了。"稠花拾棉花，稀花看疙瘩"说的就是这个道理。最后是要保持较快的速度，弓着腰，不停地挥动孙镢子，时间长了，腰酸背疼、胳膊肿胀是每个人都会遇到的问题。说实话，干农活，没有不累的。

看着已经种好的花地，心里满是希望，收工回家，似乎可以好好地休息一下了。其实不然，还有一件活计要做，那就是打营养钵，将来要进行移栽补苗。一年一作的时候，所需的营养钵较少，一年两作的时候，因为要全部移栽，就是一个比较大的工作量了。

仅仅七八天的时间，棉田里就处处可见被种子拱起的土块，鹅黄色的叶片头顶黑褐色的种皮，看似柔软娇嫩，实则充满了旺盛的生命力。再过一天，它就可以推翻土块的压制，进入自由生长的阶段。在不经意间，一簇簇、一行行的棉苗就在春风中欢快地摇曳，两片翠缥色的叶片在奋力向四周生长。为帮助棉苗成长，需要进行第一次间苗。每簇只能留下两棵长势良好、较为粗壮的棉苗，其他的都要掐掉。留下的两棵苗之间要有一点间隔，否则容易形成高脚苗。所谓高脚苗就是留苗密度大、幼苗拥挤、叶片互相遮盖而形成的，具有茎秆细长、纤细瘦弱的特征。在间苗的过程中，要注意分辨有无僵苗，也就是叶片明显偏小、叶片颜色发黄发褐的棉苗，遇到这种棉苗，要全部移除，进行移栽。当然，在移栽的时候，也要把那些不出芽的空地一并补齐。此时，营养钵中蓄养的棉苗正好发挥作用。

待棉苗长出四片叶子的时候，就需要进行第二次间苗，也就是定苗。要将两株中相对弱小的剪去或者拔掉，用手拔的时候一定要注意，要用脚把松动的土块踩结实，以免影响另一棵棉苗的生长。这之后，棉花从苗期进入田间管理期。

棉花的一生与人的非常相似，也是命运多舛，需要历经九九八十一难，才最终修成正果。棉株越长越高，需要正常的水肥，就犹如人的成长需要家庭、父母的支持一样。棉株需要掐顶、去边枝、间桃，这就相当于人所接受的家庭和学校教育，要长得正、行得端。棉花与人一样经常生病，需要进行治疗，要把腻虫、棉铃虫、棉蚜虫、红蜘蛛、螨虫等各种害虫消灭掉，要预防枯萎病、白粉病、角斑病、红粉病等多种传染性较强的疾病。虽然影响棉花生长的因素有很多，但其中最为主要的因素有两个：病虫害和杂草。

病虫害不仅会影响棉花的生长，更会影响最终的收成，严重的可以把所有的棉蕾、棉桃全部祸害掉，最后只能收获一堆柴火，半年的辛苦和一年的希望都将付诸东流。不知道什么原因，那个时候的病虫害特别多，一茬接一茬，都是这个病还没有治好，那个病就来了，几种病相互叠加。各种害虫是药不净、逮不完、捉不光的，经常让人欲哭无泪，频频感叹种棉不易。

多则七八天、少则三四天，就需要打一次农药。喷施农药需要根据主要害虫的活动特点来采取合适的时间。棉铃虫、棉蚜虫等喜欢在天气相对凉爽的时候出来活动，就需要在早晨等天气凉爽的时候打药，喷头从上往下喷即可。腻虫、红蜘蛛等喜欢在天热的时候聚集在叶片下面活动，就需要选择炎热的中午进行打药，喷头需要从下往上喷施。中午打药的时候，天气炎热，人会出很多汗，毛孔都是张开的，农药会进入体内，极易引起中暑和农药中毒。我就中过招，浑身绵软无力，头脑昏沉，想睡但又睡不着，不时伴有恶心呕吐的感觉。现在想来，农药中毒是很危险的事情，但在那个时候的村里却很常见，既没有看医生的，也没有吃药的，最多到村南边的小河里泡会儿澡，睡一觉，第二天身体稍微恢复点就接着干活。

对付害虫，除打药外，还有人工逮虫的方式。无论怎样增加打药的频次，棉田里依然有很多害虫。没有办法，只好采取人工逮虫这个原始而低效的方式。无论早晚、无论刮风下雨、无论天气如何炎热，棉田里总有一群群逮虫的人。他们查看每一朵棉蕾和每一个棉桃，找寻发黄或者害虫钻食的孔洞，翻看每一片被虫啃食过的叶片，寻找在叶片上大快朵颐的害虫。逮虫是对人的耐心和体力的考验，也是对人精神的折磨。一块地，你刚刚逮一遍，还没来得及喘口气，就需要开始下一轮逮虫了。就是在这样让人倍感绝望的环境下，大家仍然乐观顽强却不无快乐地干着活。在某种意义上，村民很像希腊神话中的西西弗斯，在看似无意义的重复劳动中，找寻到了生存的意义，而这恰是今天很多象牙塔里的人所缺乏的。

在除草剂引入村里之前，棉田里的杂草种类繁多、生长迅速。棉株的侧枝尚未长大的时候，清理杂草的最好方式是锄草。家乡农谚云："干锄瓜，湿锄麻，不干不湿锄棉花。"这是从保墒的角度来说的。如果从锄草的角度来说，应该是在地块发干、温度较高的时候开工。只有这样，杂草才更容易枯死。此种方法对付大部分杂草都是有效的，在夏日阳光的暴晒下，断了根的杂草很快就会蔫死。但有一种草却是锄而不死、死而不僵，遇水、遇土即刻返劲（复活）过来，那就是马蜂菜。这种草的生命力极其顽强，只要有土，就能活能繁衍。一棵马蜂菜，没多久就能蔓延得满地都是，让人极其恼火。对付马蜂菜，仅仅锄一遍是不行的，还要把它捡拾起来，堆到地头的小路上。即便经过了千人踩万人踏，即便根系接触不到田地，它们依然能抱团存活、开花结子。马蜂菜真是生命的奇迹，却是村民的心腹大患。马蜂菜在今天的大城市里，变身为健康、绿色蔬菜，但在那个时候，村里没有人吃它，即便在它鲜嫩的时候，也是拿来喂猪、喂鸭子、喂鹅，稍微老一点的，连猪都不吃。

农谚云"七月十五蹚花棵""五六月开黄花，七八月拾棉花"说的是到了农历七月中旬，棉桃裂开，白胖的籽棉探出了身子，就进入了收获棉花的日子。事实上，在七月十五之前，村民就提前开始了"蹚花棵"摘除发霉棉桃的农活。因为村里的田地大部分是淤土，土壤保墒效果好，棉花植株高大，侧枝繁多，叶片茂盛，通风效果差，底部的棉桃经久不见阳光，容易发霉腐烂。这种发霉的棉桃被村民称之僵桃。不待僵桃腐烂，就可提前摘除，剥去棉壳，取出里面的僵瓣花（发硬的籽棉），晒干后，用细棍抽打，籽棉逐渐展开变软，只不过纤维较短、易断而已，售卖的时候价格低了很多。也有村民将其轧制成皮棉、絮进棉袄棉裤。

棉桃陆续开裂吐絮，就需要准备拾棉花的工具了。工具非常简单，就是将化肥袋子剪短一些，在口部缝上两根绳子，系在腰间即可。等到袋子里装满了棉花，人就像袋鼠一样，腹部鼓着个大袋子，走起路来，袋子碰撞双腿，跌跌撞撞，趔趔趄趄，有点滑稽可笑。

拾棉花讲究时机和天气。棉桃开裂吐絮后的三四天是最佳时机。采收过早，籽棉没有光泽，弹性差，品质不好，含水多，晾晒不及时的话，容易发霉。采收过晚，籽棉在田间经过多次暴晒和露水浸染，颜色会呈现土污色，同时，棉絮拉长，会有多半瓣籽棉掉落地面，沾染污泥。采收时不

家乡风物

能在早晨进行，此时籽棉经过整夜露水的浸润，正是最潮湿的时候，容易霉变。九点十点钟之后，经过阳光暴晒和秋风吹拂，水汽减少，正是采收的好时机。到下午太阳隐去、天气转凉的时候，就应该停止采收，因为此时湿气加重，露水重现。此时如果继续采收，籽棉经过一夜的闷捂，容易变色，影响品质和售价。

"麦怕三月寒，棉怕八月雨。"拾棉花的日子怕的是下雨，更怕的是连阴雨。下雨只不过会影响棉花的色泽和品质，晒干后还可以出售。如果是连阴雨那就麻烦了，采收的棉花会发霉变黑甚至是腐烂，地里的棉桃也会因为光照不足变成僵桃。每到拾棉花的时节，村民最关心的就是天气，每天都在祈求天脸地（太阳）的笑脸。遇到阴雨天，几乎家家可见烧香摆供的老人。在中国，最无助、最受苦、最让人痛心的是靠地吃饭的农民，他们所求甚少，所付出的却远超他人。无论过去还是现在，不了解农村、不了解农民，谁都不配说了解中国。

卖棉花本应该是件高兴的事，但因为棉花只能卖给国有棉厂，严禁私人收购，村民只能卖到十七八里地远的钟口棉厂。从村里到棉厂，都是坑洼不平的土路，所用工具，也只是地板车而已。和交公粮一样，靠的是人力运输，一大车棉花，三百多斤重，路上的辛苦可想而知。到了棉厂，同样面临排长队、压价、压秤、过度除杂、过度去皮等不公现象。每次卖花，村民都憋了一肚子气。看着手里的钱，心中的不平才会逐渐平复。手里有了钱，但却不敢用，仅仅是给老人、孩子和媳妇买点馓子、烧饼和饼干而已。这钱还有大用场：各种提留款项、翻盖房屋、老人看病吃药、孩子上学和订婚、化肥农药、修路挖河、添置家具、日常开销……需要钱的地方多如牛毛，这点钱哪够啊？棉厂周围此起彼伏的售卖声，营造了一个嘈杂火热的世界，这个世界却与大部分村民隔着一条宽大的鸿沟。

除售卖之外，一些成色不太好的棉花都被村民轧成了皮棉，纺成了一锭锭的棉线。麦子种好后,地里的人少了,看似再无农活,其实不然。村里的女性开始了搓棉剂子(棉花卷)、纺线、经线、浆线、织布、染布的劳作。每天一放下碗,拎出弹好的棉花,先撕成一绺一绺的,再用光滑的秫秸楚子搓成细长的棉剂子,放进包袱里备用。把老式纺车摆放停当,就开始纺线了,从早晨到深夜,嗡嗡嗡的纺车声就想个不停。纺线可是个技术活,讲究的是左右手配合,用力和速度协调一致,否则就会出现初中语文课本《记一辆纺车》中所说的问题:"车摇慢了,线抽快了,线就会断头;车摇快了,线抽慢了,毛卷、棉条就会拧成绳,线就会打成结。"

线纺好后,还要经过经线和浆线两个环节,就可以进行织布了。织机所需空间较大,织起布来声音较大,最好找一间空置的房子。于是,全村上下就变成了这样的场景:唧唧复唧唧,村民当户织,不闻说话声,唯闻机杼声。织成的布匹,有的经过浆洗和染色,变成了家人身上的衣服,有的则直接抱到集上进行售卖。粗布制成的服装,色彩内敛单一,穿在身上,有点发硬,但越洗越软和。这种老粗布与很多自然长大的瓜果蔬菜一样,外表毫不起眼,甚至有点粗鄙,却健康自然,对人体无害。

可惜的是,老粗布后来被各式色彩艳丽的化纤面料代替,纺车和织机也逐渐淡出了人们的视野。让人感到欣慰的是,家乡传统的纺织技术并没有断绝,反而是在现代技术的助推下获得了新生,成为国家非物质文化遗产。老粗布也有了一个高大上的名字——鲁锦。

随着社会的发展,村民的思想观念出现了转变,在家种地不再是唯一的选择,外出打工不再被看作二流子行为。先是年轻人然后是中年人,先是男人再是女人,外出打工成了很多村民的选择。即便留在村里的,也跟着村里的建筑队干起了掂泥兜子的活。虽然棉花的价格提高了,但种棉花实在是件耗时耗力的事,把人紧紧地拴在了地里,连点空闲的时间都没有。村民开始减少棉花种植,改为以小麦、玉米、大豆、绿豆、小米、高粱等作物为主。大块的棉田越来越少，连片的棉花地更是少见。

在我上小学三四年级的时候，县里忽然提出了发展特色农业的设想，镇里用行政命令的形式强制要求村民种植某种作物，并信誓旦旦地许以高价收购。村民都不愿意改种其他作物，但架不住大喇叭里天天吆喝，架不住村长夜夜开会，架不住队长一天三登门，只能高价购买种子完成种植任务。让人诟病的是，镇里的特色农业变化太快，一个特色还没搞明白呢，下一个特色就来了，让村民无所适从，欲哭无泪，造成了资源浪费，招来了无尽的怨言。

因为镇上有菏泽地区最大的条编厂，镇里就有了发展杞条经济的计划，强求各村都要种植一定数量的杞条。于是，村边的土地、临河靠沟的地边、田间地头，都扦插了杞条。到了第二年暑天割条子的时候可就坏了，大部分人都没有技术，杞条去皮后成色不好，条编厂不愿意收购，最后大都变成了柴火。有技术的也不行，种植的面积过大，远超条编厂所需，收购的价格自然也一落千丈。

杞条不行，镇里提出了洋麻经济，要求各村改种洋麻。于是，将近两米高的洋麻在各村铺种开来。洋麻需要放入水里沤制，村里的大坑小沟都堆满了洋麻，弄得里面的水乌黑、奇臭无比，整个村庄都笼罩在浓烈的臭气之中。大人小孩都顶着恶臭和酷热，在树荫下抽麻、剥麻，用板车拉到河里涮洗干净。晒干以后，拉去镇上售卖，却无人收购。镇里和村里集体沉默，仿佛是村民自愿种植洋麻似的。无奈，只能拉回家自用，弄得多年后各家还有用不完的麻，想来都让人窝火。

洋麻走了，来了棉花。为了成为中国最大的种棉县，县里提出了年产百万担皮棉的目标，要求棉田村连村、路边都是棉，规定大小公路两边几百米的距离都必须种植棉花。为了完成目标，镇里要求镇中停课，由老师带队，组织学生把公路两边已经抽穗的麦子全部薅光，迫使村民改种棉花。无论老师还是学生，甚至是公路两边的村民，竟然没有一个人对此表示异议。但我今天想来，一直觉得有愧。说实话，老家的农民太苦了。他们身无所长，但知道如何种地，知道地里应该种什么。少点拍脑袋、办公室里的决策，少折腾，少指挥，多关心，强民生，送保障，他们才是幸福的。

榆钱满枝寄乡愁

> 荡漾。谁傍。轻如蝶翅，小于钱样。
>
> 抛家离井若为怜。凄然。江东落絮天。
>
> 年年苦被东君铸。啼鹃诉。贱卖韶光去。
>
> 涨晴湖，剪春芜。模糊。漫空下五铢。
>
> ——清代 陈维崧《河传·榆钱》

清明过后，北京迎来了春天最美的时刻。桃花、各色海棠、梨花、榆叶梅、紫荆、丁香次第怒放，红的似火，白的似雪，粉的妖娆，紫的典雅。春风过处，花枝摇曳，浓淡交替，落英轻扬，清香怡人。无论是大片花海、几条花径，抑或是独自绽放，都能引来行人的注意，或驻足赏玩，或拍照留念，有一人静观，有男女携观，更有多人围观。春天的恣意喧嚣吸引了太多的目光，很少有人注意到路边的榆钱正当时。

很多人了解榆钱，得益于北京作家刘绍棠的著名散文《榆钱饭》。这篇散文在20世纪八九十年代入选了初中语文课本，部分段落还被要求背诵，以物写情，借物反映社会变迁、新旧对照的写作手法也被老师反复强调。大多初中生怕是很难理解这些，但是捋榆钱的欢欣和吃榆钱的愉悦一下子就全在脑海里复活了。

老家的春天比北京要来得早，花开的日子会早一个星期，榆钱也会提前几天吃到嘴里。进入农历二月之后，历经寒冬禁锢的榆树，开始在枝头聚集生命的力量。一个个红紫色的花疙瘩在不经意间就生长开来，仅仅十来天的时间，花疙瘩就变成了果实，颜色也从红紫变为黄绿、嫩绿直至碧绿。光秃秃的榆树枝上满是生机和绿意，挂满了一簇簇、一团团的榆钱，层叠之处，可以遮住蓝天。在春日阳光的照耀下，小小的榆钱晶莹剔透，绿得可爱，绿得诱人。

口馋的孩子们，不等小伙伴的召唤，就已经脱了鞋，啐啐两声，往手心里吐点口水，两手使劲搓一搓，就抱着榆树往上爬了。爬树是个技巧活，有的孩子噌噌几下，毫不费力就爬到了榆树的枝丫上，捋了一把榆钱，大口吃了起来，有的孩子搞不清楚爬树的诀窍，抱着树干磨蹭，急得小脸通红、龇牙咧嘴，甚至把肚皮磨破了、裤子都撕开裆了，还是爬不到一米高，最后只能秃噜下来，眼巴巴地看着上面的同伴，大声央求同伴赶快撇几串下来。很多时候，树上的都会逗一下树下的，甚至会提及几天前玩的游戏，明明是你输了，为什么不认输呢？现在该承认了吧？树下的为了早点吃到榆钱，大都会连忙答应，甚至会大声嚷着下次玩游戏时大家都痛快一点。榆钱吃得尽兴，各种孩提游戏又开始了，肯定会与从前一样大声喊叫、尽力追赶，直到精疲力竭，谁还记得刚才满口应承的条件呢？

榆钱不仅小孩爱吃，大人也喜欢。爬树捋榆钱是孩子们干的事，大人可没有爬树的。找来细长的木棍或者竹竿，拿来镰刀或者铁钩，用绳子或者细铁丝把它们绑到一起，再找来篮子或者化肥袋子，工具就齐全了。绑镰刀的一般属于文采，削下的都是小枝条，对于榆树来说无伤大雅；绑铁钩的大都属于武采，拉下来的枝干都比较大，很多榆树上枯黑的半截枝干

家乡风物　　107

都是这样造成的。有的枝干比较大,再加上木质偏硬,树皮韧性大,有的时候需要两三个人才能拉下来。无论文采还是武采,拉下来的枝条都归孩子或者妇女了。孩子是边捋边吃,以吃为主,边吃边闹,以闹为主。男人是不屑于干这些活的,拉下枝条就完成了任务,忙着到旁边抽烟或者去干其他农活了。

妇女到井边挑出水来或者从压水井中压出水来,仔细将榆钱淘洗干净,沥干水后,拌入玉米面,上锅蒸几分钟,加入盐、葱花、大蒜或者辣椒后拌匀,堪称人间美味,大人小孩都能吃一大碗。也有的把榆钱放入玉米面和白面中,稍微放一点盐,做成榆钱窝头或者榆钱团子的,趁热吃,既能充饥,也尝了鲜、解了馋。小孩一般不太喜欢吃这些,大人也觉得不好吃,因此蒸着吃在老家最为常见。至于用榆钱摊饼吃,小时候我没有见过。如果与老人分家另过,蒸好后总会让孩子先给爷爷奶奶送一碗,既是尝鲜,也是尊老敬老。尊老与孝道就在言传身教中影响了孩子,在点滴生活中得到了传承。

老家的房前屋后、田边地头、河道两旁,都栽有榆树。正常年份,无论你怎么吃、怎么采,都是吃不完、采不净的。更何况,在春日暖阳和春风的催育下,在黄河淤积平原的滋养下,榆叶很快就会露头,榆钱也从碧绿转为淡绿直至灰白、透明,翩翩撒向大地,再随风飘向各个角落。家乡的人们常把干榆钱用扫帚扫一下,装进化肥袋子收集起来,或作为牛羊的饲料,或等着孩子上交给学校,完成学校收集种子、绿化河山的任务。在上小学的时候,我每年都会积极响应学校的号召,上交一袋子的干榆钱。现在想来,那已经是将近四十年前的事了,那些榆钱应该都长成参天大树了。

榆树耐寒、耐旱、耐盐碱,生命力顽强,甚至不需要特意栽种,榆钱过处,皆可变成小树苗,成为北方最为常见的树种也是很自然的事了。据文献记载，榆树在古代可不是普通的树种，还具有丰富的文化内涵和象征意义。在清明之前的寒食节，人们会熄灭所有的火种。在清明节这天，需要重新钻木取新火，作为新一年的起点，而这种习俗就是改火，也叫请新火。"寒食花开千树雪，清明日出万家烟"，这句唐诗写的就是这个习俗。苏轼的词"寒食后，酒醒却咨嗟。休对故人思故国，且将新火试新茶"，更是直接写照。

"春取榆柳之火"是古老的传统。在请新火的时候，一般要选用榆木进行钻木取火，这就有了古典诗文中"榆火"之谓，而榆分新火也成了古代描写春季节令的惯用语。"槐烟乘晓散，榆火应春开""榆火轻烟处处新，旋从闲望到诸邻""寒食风霜最可人，梨花榆火一时新"等诗歌可被看作其中的代表。不起眼的榆树被赋予了丰富的文化内涵，在某个时间段还成了神树，甚至成为个别少数民族的崇拜对象。而与其相连的，则是流传已久的民间传说——榆钱的来历。

在吉林的榆树市，有一则关于榆钱的传说流传很广，还传到了全国很多地方，因地制宜，根据当地的需要衍生出了很多版本。在很久很久以前，松花江畔住着一对心地善良、生活清苦的老两口，他们总爱在别人有困难时热心相助。一天，农夫外出务农时，遇到一位饿得奄奄一息的老者。农夫心有不忍，就把老者背回了家中。老妇赶紧把家里仅有的一把米煮成稀饭，耐心喂给老者。老者被老两口的热心和善良举止感动，从怀里掏出一粒种子交给他们，叮嘱一番："这是榆树的种子，你们可以把它种到院子里，待长成树后，遇到困难时可以摇晃一下，树就会落下钱来，但切记不要贪心！"

两人按老者的叮嘱把种子种在院子里，长成大树后，居然结出了一串串的铜钱。老两口未起贪心，还是与过去一样过着清贫的生活，只是在非常困难或需要帮助别人的时候，才会到树下晃几个铜钱下来。不知怎的，这件事被村里的恶霸知道了,他霸占了这棵榆树,使劲晃起来,树上的铜钱一下子变大了许多,掉下来砸死了恶霸。从此以后,这棵榆树就再也结不出铜钱了。

不久,遇到大旱,人们一点吃的也没有了,眼看着就要被饿死了。人们突然发现榆树结出了成串的绿色的东西,大家摘下几片一尝,发现有点甜,很好吃,还能充饥。村民就靠这些绿色的东西度过了饥荒。为了感谢榆树的救命之恩,村民就把榆树称为救命树。因为榆树结出的东西很像铜钱,就给它取名榆钱。几年时间,村子的周围长出了成片的榆树,帮助更多的人度过了饥荒。人越聚越多,这个村就被称为榆树村,后来就发展成为现在的榆树市。

鲁西南关于榆钱的传说有几个版本,一个版本是故事发生的地点泛化成了东北,只有榆树村,没有人提到榆树市,这可能与很多老辈人闯过关东,在东北生活过以及与东北的联系比较多有关。还有一个版本的故事发生地变成了当地或者不详,地主恶霸有的时候还变成了欺压良善、横征暴敛的县官。无论怎样变化,不同版本的民间传说的母题都是一样的,都是教导人们要积德行善、不可贪求无度和欺压良善,善恶终有报是所有乡亲渴求的朴素愿望。

《本草纲目》有这样的记载:"榆未生叶时,枝条间先生榆荚,形状似钱而小,色白成串,俗呼榆钱。"农村广泛种植榆树,既与其易于生长、不需要任何管理有关,也与传统文化中的多重寓意有关,更与其和"余钱"的字音相同有关,象征着年年有余钱。在以前的农村,寅吃卯粮是很常见的事情,年年有余钱可是很难实现的愿望。正因为此,榆树在有的地方还被称为"摇钱树"。榆钱虽然没有给人带来余钱,但在饥荒年代确实救了不少人的命。在我很小的时候,奶奶经常给我讲饥荒年代的故事,讲起榆钱、榆叶的功劳,甚至讲起过如何把榆树的老皮刮掉,如何把里面的树皮晾晒、捣烂，如何加水吃掉的事情。在每个时代，对生活富足安康的期盼都是人所向往的。在很多情况下，民俗的生命力往往具有穿透时空的力量。

不独农人对榆钱和榆树充满了感情，历代文人也喜欢歌咏它们。《诗经》有云："山有枢，隰有榆。"这大概是文学作品中最早描写榆树的了。"桃花颜色好如马，榆荚新开巧似钱""林外溪头榆荚钱，风吹个个一般圆"，诗歌浅显直白，是通俗易懂、贴近百姓的好诗。"榆钱阵阵麦纤纤，野菜花黄蝶易黏""榆柳荫后檐，桃李罗堂前"，是在写榆钱生长时节的惹人春色和人人向往的田园生活。"风吹榆钱落如雨，绕林绕屋来不住"，是在写飘落的榆钱。"杨花榆荚无才思，惟解漫天作雪飞""寂寞春风花落尽，满庭榆荚似秋天"，既是在写榆钱，更是有了告诫和伤春的意味了。看尽榆钱翻飞、落红阵阵，文人大都会感叹时光易逝，"抛尽榆钱，依然难买春光驻"。

"房前屋后多栽树，三辈穷汉也变富"，是老家流行的谚语。村民喜欢植树，可能是受此类谚语的影响。近年来，随着桐木加工和板材需求增大，速生杨、泡桐、槐树开始大面积种植，再加之病虫害增多、生长速度慢，榆树在老家越来越少，田间地头几乎绝迹，即或有之，也是新长的小树，很少能见到望之令人生畏的大榆树。只有个别废弃的老屋旁还留有一两棵大榆树，枯枝斜出、伤痕累累，孤独而倔强地活着。将榆钱的都变成了中年人和老人，小孩子因为各式玩具和电子产品的影响，已经很少参与，怕是再也不会看到噌噌爬树、生吃榆钱的孩子了。

槐花飘香去寻根

槐林五月漾琼花，郁郁芬芳醉万家。

春水碧波飘落处，浮香一路到天涯。

——宋代　苏轼《槐花》

  谷雨过后，立夏之前，节令虽然还没有到夏天，但天气已经有了夏天的豪放，火力壮、爱美的年轻人早早换上了清凉的打扮。这时，繁花散尽，路边的颜色开始变得单一起来，除了成片的二月兰、偶然可见的郁金香和散落一地的梧桐花之外，就是成片的深绿、浅绿。装饰春天的各色花卉大都完成了绚丽绽放，或结出青绿色的小果，或积聚力量，等待明年再次绽放。在备感单一乏味之时，在被飘飞的柳絮和杨花弄得心烦意乱之时，一股香甜清香的味道隐隐飘来，这香味淡雅脱俗，似有若无，在空气中浅浅地弥漫着、轻柔地漾着，不仔细嗅来，你将会错过这种清香。循着香味找去，才发现槐树已经接续上了春天。不经意间，又到了槐花飘香的时节。

  在鲁西南老家，此时正是吃槐花的好时节。与榆钱不同的是，槐树的嫩枝条上长有赭红色的长刺，这也是它被称为刺槐的原因。长刺很容易划伤手臂或者刺破衣服，敢于爬到槐树上摘槐花的都是胆大心细的"馋鬼"。

在摘槐花的过程中，被槐刺扎几下或者手臂上被划出细长的血道都是免不了的事，但这点小伤对于皮实的农村孩子来说根本算不了什么。有时候，那点小伤疤不仅可以当作勇敢的象征，还是向小伙伴卖力炫耀的资本。更何况，经蜜蜂采过的槐花有一种蜂蜜的香甜，那清幽的香甜确实让人感到愉悦。即便如此，槐花怎么说都是比不过榆钱，生着吃一点还可以，稍微一多，就寡淡无味、青气满嘴甚至是难以下咽了。再加之有刺，容易扎手，能够找寻到的乐趣就少了很多，孩子参与的积极性就小了很多。

大人经常会将铁钩或者将镰刀绑到竹竿上，拉下或者割下大小不一的枝条，小心翼翼地摘下成串的槐花，淘洗干净后，与面掺和在一起，上锅蒸熟，配上盐、辣椒油和蒜泥，大人小孩都爱吃，既解馋也解饿。拉下来的枝条和未采的槐花都会扔给自家养的青山羊，羊吃得很快，人也吃得很快，好像比赛似的。胜利者都属于孩子，他们飞快地把蒸槐花扒拉进嘴里，把嘴塞得鼓鼓的，扯一下山羊的胡子，捏一下山羊柔软的嘴巴，就飞奔着找小伙伴玩去了。槐花老得很快，在其将开未开之际采来蒸着吃最可口，待槐花完全绽开之后，也就是看到满树都是白花或淡紫红花之时，就有点老了，那种鲜嫩的感觉也就消失了。

老家把这种能吃的开着白色和淡紫红色小花的槐树称为"洋槐树"，将其花称为"洋槐花"。按照我们的命名方式，凡是冠之以"胡""番""洋"等字眼的都属于外来物品，比如胡萝卜、胡桃、番茄、番薯、番石榴、洋芋、洋姜、洋白菜等物品，都是从国外引进来的。大概是从清朝的康熙年间才开始用"洋"字来冠名来自西方的事物，还出现了洋人、洋油、洋布、洋相等词汇，那么洋槐树也应该是在清朝时期引入我国的。我上网查了点资料，发现还真是如此。洋槐树原产于北美，在19世纪后期传入中国，来到中国还不到150年的时间。因为它对土质要求低，能在酸性土地和盐碱地里生长，适应性强，生长速度快，并且树干挺拔，木质较硬，可用于建筑、家具制作，再加上它枝叶茂密，树冠较大，绿荫如盖，在夏天可发挥遮阳功能，还不易招惹蚊虫，很快就在北方广泛种植开来。槐树早已经成了北方最为常见的树种之一。

与洋槐树相对的则是我们古已有之的国产树种，亦被称为国槐，但在我老家却俗称为黑槐，大概是树皮呈深灰色、颜色较洋槐树更深的缘故吧。国槐虽然是本地原生树种，早就适应了我们的气候条件，但与洋槐相较，它对春天的感觉要迟钝很多，不仅发芽晚、开花迟，还长得慢。国槐长出肉眼可见的嫩芽要比洋槐晚两个星期，花期要晚将近两个月，生长速度更是落后于洋槐，但其寿命可长达几百年，远高于洋槐的几十年。可见，在自然界中也存在着辩证法，快与慢都是相对的，慢有的时候恰好是累积、是沉淀、是厚重，快则有了浅薄、速朽之意。

在中国人的文化传统中，国槐可不是一个普通的树种。在北方很多省份，广为流传着这样的歌谣："要问老家在何处，山西洪洞大槐树。祖先故居叫什么，大槐树下老鸹窝。"洪洞县的大槐树不仅是北方中国人的根和心灵故乡，甚至成为很多华人寻根祭祖的精神寄托。小时候，常听到奶奶和村中的老人念起这个歌谣，说起祖先从山西迁移过程的艰辛，说起"解手"的来历，说起喜欢倒背手走路的习惯。讲到最后，总会特意指着小孩子说，脱下鞋来看看，只有左脚小脚趾的指甲盖儿从中间分开的人，才是从大槐树迁来的。

小伙伴聚到一起玩耍的间隙，会经常说起小脚趾甲盖的事情，还会添油加醋地加上一些吓唬人的话，大有小脚趾指甲盖儿不分开就是非我族类之意。为了证明大家都是同类，小伙伴都会立即脱下鞋来，带着好奇、忐忑的心情去检视小脚趾的指甲盖儿，看到是分开的，心情立即放松了，甚至会欢呼一下，然后就催促其他的小伙伴赶快脱鞋查看。遇到不明显的或者刚剪过趾甲的，总会在大家"嗷——嗷——"地起哄声中抽咽着跑回家，向爷爷奶奶哭诉去了。不仅这样，甚至连续几天都会受到小玩伴的嘲笑甚至是孤立，好几天都不能参加藏暮、摔哇呜、打尔那样好玩的游戏了，仅仅是想一想，都会让人伤心流泪。

其实，孩子都是健忘的。第二天上午，小伙伴们就都聚在大槐树下开始了摔哇呜的游戏。每人到旁边的坑里挖来一块泥，仔细团成窝头状，使劲向地上摔去，看谁的哇呜破的洞口大，输了的要从自己的泥里揪下一块把对方的破洞给补上。大人看来不屑一顾的简单游戏，小伙伴们却都玩得投入、玩得尽兴，赢了的像赢了一座金山一样兴奋，输了的则是垂头丧气、暗自难过。不一会儿，每个人的手上、胳膊上、脸上都涂满了泥土，鞋上、衣服上沾满了斑驳的泥点。游戏玩累了，还会集体唱起大槐树的童谣："大槐树，槐树槐，槐树底下搭戏台。人家的闺女都来了，俺的闺女还没来。说着说着来到了，大大看见接包袱，娘来看见接娃娃，哥哥看见搬凳子，嫂子看见一姿扭。嫂子你别耷拉脸，俺今天来嘞今天走。"唱到最后，总会把最后一句重复一下，只不过会把"嫂子"换成输了的小伙伴的名字。在欢笑声中，大家一哄而散。

故事听多了，熟悉之后，其中的神秘含义对孩子的心理影响也就逐渐消失了。时间长了，各种版本的不同演绎真的成了传说和故事，对人心里的冲击和震撼也就不复存在了。直到长大之后，无意中发现村里还立有一块石碑，正面是村名和建村时间，背面刻着本村是在明朝洪武年间由山西洪洞大槐树迁至张破钟村，后又迁至此处的记载。可惜的是，这块石碑后来再也没有见到过，不知道被谁家拿去垒墙、当桌子或者是掩埋到坑道里去了。

看到那块石碑，我的心跳快了起来，血也一下子热了，那些传说和故事不是乡民茶余饭后编造的谈资，而是实实在在的历史。刹那间，儿时听过的故事都活了起来。漫漫迁徙路上的跋涉之苦，背井离乡的心酸况味，永别故乡和亲人的撕心裂肺，对远方目的地的未知恐惧……哪一条都有可能把人压垮。当看到黄河水漫野的定居点后，他们应该是绝望和欲哭无泪的。这哪里能住人啊？都是一个接一个的黄水坑、一簇又一簇的野芦苇，更别提房屋和农田了。祖先们在哭过之后，疏浚坑道、河道，排水搭建容身之所，用双手和生命建立起了生存之所，用勤劳开垦了一块块荒地，饲养起了青山羊和黄牛。在生活的苦难和沉重的思乡情绪下，他们精心栽种了从故乡大槐树上折下的槐枝，在异乡生根发芽，编创了流传至今的歌谣。

《明初晋民东迁与曹县移民建村考》一文中有这样的数据："据地名普查资料统计，曹县共有自然村2776个，系明代移民建村者竟达1606个，占总数的57.9%；现行的31个乡镇驻地，明代移民建村的即有18个，占乡镇总数的58%；资料同时表明，移民时期在明朝洪武、永乐年间，移民大多来自山西洪洞。"可见，这样的故事在很多人身上上演过。元末明初，连年的战乱、持续的灾荒和黄河的多次决堤、改道，使鲁西南成为"白骨露于野，千里无鸡鸣"的荒野之地。出于治国和稳定的需要，也为了充实人口、发展经济，才有了政府主导的持续多年的人口大迁徙。这次人口迁徙规模之大、涉及的省份之多、迁徙的距离之长，在中国移民史上都是罕见的。

安土重迁，故土难离，一直是中国的社会传统，深植于每个中国人的骨头里，流淌在每个中国人的血脉里。如此大规模的人口迁徙如果说都是朝廷强迫的，那肯定是不符合实际的，如果说都是自愿的，那更是睁眼说瞎话。无奈与泪别，一步三回头，应该是常态。在对故乡的怀念中，在与天灾人祸的搏斗中，故乡熟悉的人和物随着岁月的流逝而泛黄模糊，只有来自故乡的槐树越种越多，逐渐泛化为故乡和祖先的象征，成为宗族和族群认同的黏合剂。经过历史的沉淀和世代打磨，对槐树的崇拜成了一个民族心理和文化习俗，独特的大槐树怀祖文化也就形成了。"洪洞大槐树祭祖习俗"，入选第二批国家级非物质文化遗产保护名录，这是国家对以怀祖文化为代表的传统文化的尊重，是对其发挥强化中华民族凝聚力、向心力的认可。

其实，槐树崇拜不独在鲁西南，而是在中国传统社会中一直留存，明显是受到了早期人类社会万物有灵论的遗风影响。《太平广记》里记有槐王和槐神的故事，《夷坚志》中载有槐神送药的故事。《南柯太守传》中的书生淳于梦在古槐树下醉倒，梦见自己变成槐安国驸马，历尽各种荣华和人生盛衰而终究梦醒，留下了南柯一梦的成语。在牛郎织女的神话传说中，大槐树开口说话，促成了董永与七仙女在大槐树下定情，使七夕成了中国的情人节。有的农村，在老槐树下建个小庙或者用几块砖垒个简陋的台子，甚至连香炉都可以省掉，直接在树的根部供上香烛，祈求神灵保佑或者降下灵药。

在我老家那里，一直流传着对老槐树敬畏的传统，比如不能在老槐树下骂人，不能随意折砍大树枝，不能掏上面的鸟窝，等等。如果确实需要砍伐大槐树，一定要挑选既定的时辰才能开工。在开工的头天傍晚要烧上一炷香，焚化几张纸，提前告知树上的神灵另谋安身之所，否则容易出现树枝砸人砸墙或者不利主家的事情。这些都可归结为对槐树的民间信仰，是在农村长期形成的风俗习惯，可被称为小传统。

在官方层面，槐树在古代是三公宰辅朝位的象征。《周礼·秋官》中有"面三槐，三公位焉，州长众庶在其后"的记载，翻译成现代汉语就是前面种有三棵槐树，是三公的朝位，州长与民众代表的朝位在他们后边。三公是周朝最高的官阶合称，因为槐树的关系，后人就用三槐来指代三公，以至于衍生出了槐第、槐府、槐位、槐望等词语。到了汉代，槐市则被用来指代读书人聚会、贸易之所。隋唐时代，因为科举关系，科考的年份被称为槐秋，考试的月份被称为槐黄，读书赶考则被称为踏槐。黄庭坚有诗"槐催举子作花黄，来食邯郸道上梁"，正是这种习俗的真实写照。关于槐树的文人笔记或者民间传说也有很多，比如在庭院栽种槐树、遇见古槐发新芽长新枝、在槐树下做善事而高中的文人雅事不胜枚举。

在文人士大夫层面，咏槐的诗赋历代皆有，名家辈出，名作涌现。"建安七子"之一的王粲不仅有名作《登楼赋》，还有《槐树赋》："惟中唐之奇树，禀天然之淑姿。超畴亩而登殖，作阶庭之华晖。形祎祎以畅条，色彩彩而鲜明。丰茂叶之幽蔼，履中夏而敷荣。既立本于殿省，植根柢其弘深。鸟取栖而投翼，人望庇而披衿。"王粲用华美的辞藻写尽了槐树的树形高挺、姿态俊美的特点。为应和王粲，曹丕也写了首《槐赋》："有大邦之美树，惟令质之可嘉。托灵根于丰壤，被日月之光华。……承文昌之邃宇，望迎风之曲阿。……上幽蔼而云覆，下茎立而擢心。"这既是对槐树外形和长势的描写，更是曹丕的自况和内心抱负的外露。

不甘寂寞的曹植也写了《槐赋》："羡良木之华丽，爱获贵于至尊。……扬沉阴以博覆，似明后之垂恩。在季春以初茂，践朱夏而乃繁。"希望自己能像槐树一样受尽恩宠，有所作为，其心境和气魄确实大不一样。其他诸如"槐色阴清昼，杨花惹暮春""欲到清秋近时节，争开金蕊向关河""绿槐阴最厚，零落今存荚""高槐虽经秋，晚蝉犹抱叶。淹留未云几，离离见疏荚""槐街绿暗雨初匀，瑞雾香风满后尘""去年长比人，今岁高过屋。好雨东南来，依稀满庭绿"等名人诗句，分别写了槐叶、槐花、槐荫、槐荚、槐树和槐街（植有槐树的街道）以及槐树的生长速度快和时光易逝，几乎写尽了槐树的方方面面。

杜甫的《槐叶冷淘》："青青高槐叶，采掇付中厨。新面来近市，汁滓宛相俱。入鼎资过热，加餐愁欲无。碧鲜俱照箸，香饭兼苞芦。经齿冷于雪，劝人投此珠。"详细描写了槐汁冷面的制作过程：采摘鲜嫩的槐叶捣成汁液，与集市上买来的新面粉和在一起，做成面条。入锅煮熟后用水淘洗成凉面，颜色绿莹莹的，很是诱人。配上新鲜芦笋，冰凉的面条经过唇齿，真是鲜美无比，大家快来享用这珍珠般的美味吧。看了杜诗，我们不仅能学会怎样做槐汁冷面，更能体会到古人初尝美食美味的欣喜和欢呼雀跃。如若杜甫生活在现在，把这首诗配上高清图片，发到朋友圈中，应该会引来无数的点赞和转发吧。

不仅槐叶可食，其实槐树从上到下、从里到外都是宝，自古就有非常高的药用价值。据《中华本草》《中药大辞典》记载，槐叶在煎汤后，可以治疗小儿惊痫壮热、疥癣及疔肿等症。槐枝煎汤后可以散瘀止血，可治崩漏带下、心痛、目赤、痔疮、疥疮等症。槐根可以散瘀消肿，能杀虫，可治痔疮、喉痹、蛔虫病等症。槐白皮可以祛风除湿、消肿止痛，可治中风身直、破伤风、牙齿疼痛等症。槐花可以凉血止血。槐米（槐花蕾晾干之物）可以凉血止血、清肝泻火。槐胶（槐树的树胶）可治破伤风、口眼偏斜、四肢拘急、腰背强硬等症。槐角（槐树的种子）可用于治疗肠热便血、痔肿出血、肝热头痛、眩晕目赤等症。就连寄生于槐树上的木耳，都具有止血、止痢、抗癌等功能。一棵普通的槐树，从上到下、从里到外，居然具有如此之高的药用价值，怕是要出乎大多数人的意料吧。这就是我们中国传统的树种，这就是我们身边毫不起眼的国槐！

相较于洋槐树，国槐的颜值要低一些，肤色会稍黑一点，开的花也会小一些，花期也会晚两个月，这恰如那些长期在阳光下暴晒的农民一样，外表质朴无华而内有善心和爱心。国槐一般在盛夏的六月才会开花，黄色的小花在遮天蔽日的绿荫中毫不起眼，也没有引人注意的清香。正是因为它在夏天开花，人们还专门以此为夏天起了个富有诗意的雅称——槐序，为炎热的夏天增加了一点文化意蕴。国槐花味苦，不能食用，又少了一个被人关注的理由。即便能够食用，在其他果蔬集中成熟上市的时候，谁还会想起毫不起眼的槐花呢？六月正是酷暑难耐的日子，大家都忙着避暑，忙着侍弄棉花、玉米，哪里有心情、有闲暇去欣赏这毫不起眼的小花？

村民无人欣赏国槐花，却不会忘记它是一味中药，不会忘记它能换来一些零用钱。小时候，在槐花未开之际，经常见到村民自采或者外村人来收购槐花，采摘后去除叶子、果柄等杂质后晾晒，颜色青绿或者绿中泛黄，个头很小，这可能就是它被称为槐米的原因吧。槐米晾干后，一般都会卖给走街串巷的收货人，换个油盐钱。也有人想卖个好价钱，骑一百五十千米的自行车，跑到安徽亳州去卖槐米和蝉蜕，路上之艰辛可以想象。附近村上就有人干这个营生，那时生活之困难可见一斑。

以前，我常对家乡的贫困不能理解，直到我了解到了近代以来黄河十年九决口的残酷，了解到了从咸丰五年（1855年）至新中国成立前，不到百年时间，鲁西南地区的黄河大改道就有12次，平均每八年就有一次。每次改道，都给乡民带来了无尽的灾难，家园被毁，妻离子散，家家戴孝，户户悲戚。人，能活下来，真是不易啊。特别是读了明朝正德年间的进士——曹县人王崇仁及其弟王崇献的两首诗，我对家乡更多了些理解，对祖先们所遭受的苦难有了切肤的认识，对他们一遍遍遭受灭顶之灾而仍然保持生活的勇气充满了敬意，对他们一次次在淤泥中重建家园而顶礼膜拜。他们身上所展现的历经磨难、绝不向苦难和生活低头的打不跨、压不折的精神，正是我们中华民族生生不息的精神写照。

河入曹南

(明)王崇仁

黄河从天来,发源自昆仑。万里至中华,九折成雷奔。

流入鲁魏间,土坟地不根。东山有长堤,惠爱今如存。

沿河赖滑王,继世犹村村。迩来风浪恶,澎湃冲天门。

居民尽东徙,漂泊谁招魂。世无涂山客,舜瞽何为分。

——张振和、黄爱菊选注《曹州历代诗词选注》,山东友谊出版社1989年12月版,第419页。

河决歌

（明）王崇献

八月九月河水溢，贾鲁堤防迷旧迹。涓涓起自涧溪间，顷刻岸崩数千尺。
我行见此殊衔恤，观者如堵咸股栗。怒气喷却九天风，声若万雷号镇日。
晡时东注如海倒，平原千里连苍昊。人家远近百无存，禾黍高低付一扫。
人民湛溺不知数，牛羊畜产何须顾。仓皇收拾水中粮，拟向他乡度朝暮。
翻思山东富庶乡，百年生育荷吾皇。哀哉河伯何不仁，忍思一旦成苍茫。
闻道当年瓠子河，兴卒十万功不磨。况复曹南水势雄，庙堂发策当何如。
君不见东村子，父兮救子父先死。又不见西村女，母子相持死不已。
安得治河最上策？洒泪匍匐献天子。

——张振和、黄爱菊选注《曹州历代诗词选注》，山东友谊出版社1989年12月版，第421页。

家乡的蒜薹

尧夫非是爱吟诗,诗是闲观蔬圃时。

暖地春初才郁郁,宿根秋末却披披。

韭葱蒜薤青遮陇,蓣芋姜蘘绿满畦。

时到皆能弄精彩,尧夫非是爱吟诗。

——宋代 邵雍《首尾吟 其六十五》

    老爹老娘种在梨树行里的蒜薹丰收了,非要给我快递一袋子来。蒜薹用塑料绳扎成了小捆,蒜薹帽已经被精心摘掉,用黑色的塑料袋包裹得严严实实。收到快递后,赶紧分装,放入冰箱中冷藏起来。爹娘寄来的蒜薹比市场上卖的要短很多,大部分仅及市场上的一半长,也没有那么粗、那么硬,颜色也浅了很多,呈现出鲜嫩鲜嫩的青粲色。蒜薹的颜色如果变成市场上所卖的那种深绿色,那就是有点老了,吃起来会有点发硬,嚼起来能明显感到水分不足、脆度不够。中午赶紧切了蒜薹和干辣椒,待瘦肉和五花肉炒出油脂的香味后,直接放入锅中翻炒三两分钟即可出锅。切记,这么嫩的蒜薹是不能焯水的,否则一炒就过火,那种鲜脆的感觉就没有口福品尝了。吃着脆爽的蒜薹炒肉，我的思绪回到了千里之外的鲁西南老家，儿时提（dī）蒜薹的记忆渐渐复活。

鲁西南农村一直有种大蒜、吃大蒜的传统。不论在哪个村，每家每户都会在菜地里、地头上甚至是院子里种上几行大蒜，堂屋的窗棂旁、厨房的外墙上、院子里晾晒东西的木架子、铁丝绳甚至树杈上，都能看到编成一辫辫的灰白色大蒜，还有的直接放在饭桌底下的，随吃随拽。不论你走到哪个饭场，总能看到光着一只脚、坐在自己一只鞋上生吃大蒜或者鸡蛋蒜的人，一口一瓣或者半瓣大蒜，来口馒头、喝口"糊涂"甚至是整口白酒，滋滋有味，那架势别提有多享受了，让那些不能吃大蒜的人几乎要怀疑人生。吃大蒜的人，聊起天、说起话来都是气壮山河，阵势很大，震得树上的青杏暗自发抖，震得头顶的枣花簌簌而落，那爽朗的笑声和奔放的姿态在城市里是很少见到的。

每年谷雨前后，气温开始升高，雨水逐渐增多，各种农作物都加快了生长速度，蒜薹就在这个时候偷偷地露出了头。蒜薹是大蒜的花茎，只要雨水充足，两个星期左右就可以采摘。我小时候最爱干的农活之一就是提蒜薹。关于蒜薹，需要解释一下，在我老家，人们只说"提"蒜薹，从没有用过"拔"、"采"或者"割"等字眼。提蒜薹不像干其他的农活，什么工具都不需要准备，空着手或者随手拎个篮子到蒜地里去就行了。

走进自家地里，看着哪根蒜薹长得高、长得顺眼，揪住蒜薹往上提即可。小孩子不会均匀用力，性子也急，往往会用力有点猛，劲会使得比较大，常会把蒜薹拦腰提断，剩下的一半还残留在蒜秆里，只能浪费了。有的时候，明明已经从底部提出了，但是因为速度过快，蒜薹在提出一多半的时候，还是会断掉，这是最为可惜的事。再想提出来，却没有了受力的地方，只能把蒜秆剥开取出，如果不取出的话，将会影响大蒜的生长。如果遇到地里有点潮湿，有可能会把整棵蒜连根拔起，那就有点得不偿失了。

遇到这种情况，大人都会趁机传授一下提蒜薹的技巧。一手（小孩子需要两只手）抓住蒜薹的上部，要轻轻地用力往上提，缓缓地拔出，遇到蒜秆包裹的阻力较大的时候，力度要均匀，要有耐心，千万不能用力过猛，更不能速度过快。如果遇到刚下过雨或者土地较湿，另外一只手按住大蒜的根部轻提即可。用心揣摩一下提蒜薹的要领，小心翼翼地轻提，听到啪的一声，整根蒜薹被缓缓地提出来，那种高兴的心情是无以言表的。

蒜薹每被提出一段，都会发出噗噗噗的声音，每次发出声音，我的心都要颤一下，生怕它断了。看着刚刚提出的鲜嫩的蒜薹，小孩子都会很勇敢地放进嘴里尝一下。一口下去，嘎巴脆，夹杂着微微甜味的蒜香味立即充满了口腔。最嫩的那部分，蒜辣味很少。整根吃下去，微微的辣味就压倒了初入口时的那股微甜，并且辣味越来越浓，辣得让人不停地吸气。即便如此，小孩子还是无法抗拒鲜嫩蒜薹的诱惑，非要再吃上几根，直到心满意足为止。

在老家，提蒜薹是讲究时间的。露水还未散去的早晨或者太阳余威散去之后的傍晚，是最佳时间，据说是这个时候气温偏低，有利于大蒜伤口的愈合，对它的伤害能降到最小。碰到在中午或者太阳正毒的时候提蒜薹的，旁人是要笑话的。小孩子干一会儿就完工了，抱着一把蒜薹蹦蹦跳跳往家赶。蒜薹有时掉得一路都是，如若不是路上的人戏谑地提醒，小孩子自己恐怕是不会发现的。

在提蒜薹的过程中，能够从春末夏初的大自然中找到不少乐趣。可以听布谷鸟的清脆叫声，可以追麻雀、逐喜鹊，可以远眺碧波万顷的麦田，也可以采吃刚开始变红、稍微有点甜味的酸桑葚，最有意思的是可以与戴胜鸟互相唱和。戴胜鸟会连续叫两声，停一下后再叫两声，每次的叫声节奏感都很强，你可以赋予它你能想到的字音相近的词语。我们那里的小孩都把它的叫声给形象化为："咣咣倒够，高庄家后。"戴胜叫两声，孩子喊

家乡风物　125

一句。人和鸟配合默契，鸣叫的声音与人心理上的节奏高度吻合，所有的小孩都乐此不疲，似乎可以从中发现无穷的乐趣。每到这时，我们就非常羡慕生活在附近高庄村的小孩，以为漂亮的戴胜鸟飞累了，傍晚都落在他们村后的大树上或者麦地里，那里的小孩随时可以看到戴胜鸟，随时可以触摸它漂亮的头冠，随时可以和它交朋友。

  对于孩子来说，提蒜薹这样的农活与其说是干活，倒不如说是在玩，在亲近大自然，了解大自然，接受大自然给予的美的教育。大人可就没这么幸运了。那个时候没有辅助工具，提蒜薹的速度很慢，考验的是人的耐心、细心和韧劲，考验的是能否上下兼顾、左右互助。活看似不重，但需要长时间保持着弯腰低头的姿势，不到半个小时，腰酸疼得都要直不起来了。稍微伸伸腰，抬头看看天色或者远处小麦的长势，把蒜薹归拢成堆，就又开始了重复的动作。现在虽然有了各种提蒜薹的小工具，速度快了很多，但尚未见到机械化作业，仍是以人工为主，劳累和辛苦是免不了的。俗话说："大蒜，春食苗、夏食苔、五月食根、秋月收种。"这既是大蒜食用价值的写照，更反映了其背后所蕴藏的农民劳动的艰辛！农村人腰腿普遍不好，都与这样长时间的重复劳动有关。

  刚开始的时候，蒜薹不能一次提太多，够吃一两顿就行，蒜薹放一天就开始蔫巴了，口感远不如新提的好吃。等夏至过去一个多星期，蒜薹由浅绿变成了深绿色，蒜薹帽开始膨胀，就需要全部提完了。如果不提，蒜薹帽会越长越大，越来越蓬松，里面的花瓣就要喷薄欲出了。不几天，白色或者白中泛紫的球状花簇就盛开了，这绣球状的花簇很漂亮，白嫩的花丝突破了花蕊的包裹和束缚，在阳光下晶莹剔透，在微风中摇曳生姿，吸引孩子、蜜蜂和麻雀、喜鹊的注意。绣球花很漂亮，吸引眼球，但也会吸收走大部分营养，蒜头此后将几乎不再生长，蒜瓣长得皱巴巴的，没有了大蒜应有的饱满和水灵，大大影响大蒜的产量。

以前那个年代农村很少吃肉，蒜薹一般是和鸡蛋在一起炒着吃，有的甚至连鸡蛋都不舍得放，仅是清炒蒜薹。即便蛋肉都不放，新鲜的蒜薹放入口中，带给人的那种脆爽的口感也是一流的，此时贵在鲜嫩。更省事的吃法是凉拌，切段后用少许盐杀出水分，去除部分蒜辣味，加入酱油、醋，点上几滴香油，配上新蒸的馒头，也好吃得很，就连小孩都能一气吃下两三个大馒头。

因为每家种的蒜都比较多，蒜薹自然也多，即便顿顿炒、天天吃，也是吃不完的。村民常把蒜薹简单地捆扎一下，用废旧塑料布或者孩子不用的书本包裹一下，放到地窖里精心保存，在不讲究口感的情况下，可以放一个多月甚至更长的时间。有的人保存得法，天冷之后还可吃上一顿蒜薹炒鸡蛋，实在让人羡慕。更多的人则是把蒜薹切成段，加入盐、白糖、酱油、少许白醋和高度白酒，能吃辣的话还可加入干辣椒，放入洗净、晾干的咸菜缸，腌成咸菜，味道咸鲜脆爽，是上好的佐餐佳肴，能吃上很长一段时间。

每次想到家乡和老家的腌蒜薹，我的馋虫就立即被勾了起来，似乎肚子都有了饥饿的感觉，闻到了腌蒜薹的香味，尝到了它的鲜味。我在北京曾多次尝试腌制蒜薹，所需的佐料一一备足，腌制的器皿反复清洗，腌菜的步骤也在电话中再三向爹娘确认，但腌制的蒜薹怎么也吃不出儿时的味道。即便配上市场上新买的戗面馒头，还是找不到那时的感觉。看来，腌蒜薹的咸鲜脆爽，只能长留在我的记忆中，化成了我与故乡的一根情感丝带，牵引着我不停地回望故乡，遥想故乡的人和事。

自古山东出好蒜

暑月忆寒月,老身兼病身。

箪谁分长物,酒并缺贤人。

山市冰难致,家园蒜自珍。

黄芽冷香饮,回首叹扬尘。

——宋代 方回《仲夏书事十首》

关于大蒜的俗语和顺口溜有很多,譬如"只要三瓣蒜,痢疾好一半""葱辣鼻子蒜辣心,辣椒专辣前嘴唇""七月葱,八月蒜,九月不栽是懒蛋"等,但我觉得都不如"自古山东出好蒜"来得实在。这不仅验证了大蒜在山东的种植历史悠久、种植面积大、产量高,说明了山东大蒜的口碑好、质量硬、影响大,也证明了大蒜在山东人心目中的位置。正如饮酒一样,对于大蒜、大葱的偏好,似乎成了外地人对山东人饮食习惯的第一印象,甚至成了山东人的标签。从整体来看,种蒜、吃蒜甚至是以蒜为生,在山东相当一部分农村是习以为常的事情,而在鲁西南我的老家更是如此,有的人几乎到了无蒜不欢、无蒜不食的地步。

"过了八月半，种好麦，栽上蒜"，是在我老家广为流传的农谚。把大蒜与最为重要的农作物小麦放在一起来说，可见大蒜在老家人心目中的位置。无论你走进哪一家的院子，在堂屋的窗棂上、厨房的外墙上、晾衣服的绳子上甚至是门楼子的墙角里，总会发现一瓣瓣的大蒜挂在那里或者堆放在那里，总会在饭桌的显眼位置看到几头大蒜，总会在吃饭的时候发现一口馒头就一口大蒜的人。

逢年过节吃饺子的时候，可以没有酒、没有肉、没有醋、没有香油，唯独不能没有大蒜。似乎不吃大蒜，饺子就没有了灵魂，再好吃的饺子也吃得不得劲。走进乡村大集或者县城的饭馆，每个桌子上都摆着一头头大蒜，供食客选用。一口一瓣大蒜，一口半个甚至是一个水煎包，烧饼里夹着牛肉和蒜泥，缸贴子就大蒜，羊羔肉配大蒜，豆面丸子汤里漂着拍碎的蒜粒，这样的场景随处可见。即便是游摊小吃，也会在塑料袋子里装满整头的大蒜。

上至七八十岁的老人，下至七八岁的孩子，无不嗜蒜爱蒜。即便是爱美之心正盛、极为注意个人形象的少女，都很难抵抗得了大蒜的诱惑，常会趁无人注意的时候，偷偷地咬一口大蒜，然后飞快地把大蒜藏在手中，面带矜持而又愉快地吃起来。如果被年龄相仿的异性注意到，那脸上的飞红恰如三月的阳春，是引人愉悦的。男人则是无论老幼，都没有形象负担，吃起蒜来是毫无顾忌，似乎少年时小伙伴吃蒜比赛的游戏锻造了自身吃蒜的本领，能吃蒜、多吃蒜成了一种无法言说的本领。那种吃蒜的狠劲和能耐，总会让那些不喜吃蒜的人感到心惊肉跳、目瞪口呆。到了外地的饭馆，如果碰见有人大喊"老板，有蒜吗""老板，蒜太少了，多来点"，这人十之八九来自鲁西南。

山东种蒜吃蒜的历史悠久。三国时期，山东有一位著名的经学家、训诂学家孙炎，他在研究《尔雅》的时候考证过这样一件事：上古时期，黄

家乡风物　　129

帝在登山的时候，吃莸芋后中毒，头晕眼花、腹痛腹泻、四肢无力，吃什么解药都没有效果。在病重之际，偶然得到蒜的根茎，吃下后，仅一两个时辰中毒症状就得到了有效缓解。可见，在上古时期，蒜的药用价值已经引起了人们的注意。需要说明的是，汉代以前的蒜可不是我们今天耳熟能详的大蒜，而指一种古已有之的野蒜，在很多文献里被称为卵蒜、小蒜、山蒜、石蒜、泽蒜等。张骞出使西域归来后，带回了胡蒜、葡萄、苜蓿等农作物，而胡蒜在很多典籍中还被简称为葫。相较于在黄河流域已经得到广泛种植的卵蒜，胡蒜的个头大、产量高、辣味稍逊一筹且略带微甜，常被称为大蒜。

班固等著述的《东观汉记》可以直接证明山东在汉代时已经种植大蒜，书中有这样一则记载："李恂为兖州刺史，所种小麦、葫蒜，悉付从事，一无所留，清约率下，常席羊皮，卧布被，食不二味。"李恂在汉章帝（公元75—88年在位）时出任山东兖州刺史，那时的鲁西南尚属于兖州管辖。由此知之，在最迟不晚于汉章帝的时候，大蒜已经在鲁西南安家落户，成为人们日常生活中不可或缺的重要作物。

蒜在鲁西南得到了广泛种植，最直接的动因在于它的食用价值及食用方法多样，这也是斗升小民最为关心的事情。作为重要的蔬菜，蒜与大葱、韭菜和后来的辣椒并列，作为重要的调味品，可以与盐、豆豉并重。汉代之后，蒜已经成为重要的佐餐食物，很多典籍已经有用蒜来解除烤肉油腻的记载。

到了北魏后期，山东出现了一位非常著名的农学家贾思勰，他写了一部我国现存最早最完备的大型农业百科全书《齐民要术》。在这种农书里，记载了一种名叫"八合齑"调味料的制作方式和过程。所谓"八合齑"，其实就是八种食材混杂在一起捣碎后调和而成，其中最重要的一味就是大蒜。在八种食材中，贾思勰特意把大蒜单列出来进行强调，强调要去皮和去除坚硬的根部。可见,大蒜在那个时候已经成为制作调味品的主要原料。

唐朝时候,生长于山东的赵璘在《因话录》中有这样的话:"鸡猪鱼蒜,逢著则吃。生老病死,时至则行。"蒜在这个时候已经开始用来解除鸡、猪、鱼等的荤腥,成为人们烹制鸡、猪、鱼的必备调料。

到了清代,山东人吃蒜的方式已经与今天几无差别了。清初的山东农学家丁宜曾在《农圃便览》中详细记载了水晶蒜、糖醋蒜的制作时机、选材、配料、制作流程和注意事项,这种腌制方法至今仍在沿用。

上述吃法不是鲁西南所独有,北方很多地方都能见到。我们那里有一种名叫鸡蛋蒜的菜肴,在外地没有见到过,应该为老家的专属吃法。鸡蛋蒜的做法非常简单,新鲜的大蒜剥皮后去除根蒂,与煮熟的鸡蛋、少许的细盐一起放入蒜臼子中,捣成黏糊状,再加入香油即可。鹅黄色的菜肴让人悦目。新鲜的大蒜香、鸡蛋的软糯、芝麻油的浓郁混合在一起,确实能够让人食指大动。就着鸡蛋蒜,谁都可以吃下几个新蒸的大馒头、喝得下几大碗面条。美味的鸡蛋蒜所需食材少,做法简单,人人可会,却有讲究。让人入口不忘的秘诀是适宜的时节和鲜美的食材,只有新挖出的大蒜才能做出家乡的美味。晾晒后或者经工业流程处理过的大蒜,少了蒜气和水分,没有了新出土时的那股水灵劲,自然失却了家乡鸡蛋蒜入口时的脆爽和幸福。

大蒜的迅速推广,还在于它有很高的经济价值,种蒜能获得较高的经济收益。古时人们常用郤诜高第、蟾宫折桂之类的成语来形容在科举考试中名列榜首,这两个成语都与郤诜有关。他是西晋时期的鲁西南人,博学多才,生性至孝。《晋书·郤诜传》记载有这样一则故事:"诜母病,苦无车,及亡,不欲车载柩,家贫无以市马,乃于所住堂北壁外假葬,开户,朝夕拜哭。养鸡种蒜,竭其方术。丧过三年,得马八匹,舆柩至冢,负土成坟。"仅仅三年的时间,依靠养鸡和种蒜,就能购置八匹马,可见,种蒜获取的经济收益还是比较高的，这样的致富之路在古时应该不少见。

蒜在人民日常生活中的地位越来越重要，很自然地引起了历代农学家、博物学家、医学家的关注。东汉的崔寔在《四民月令》中记载了大蒜、小蒜的收种时间：布谷鸣，收小蒜；六月、七月，可种小蒜；八月，可种大蒜。明确了蒜的成熟收获与栽种时间，有利于种植户根据农历进行耕作。这也说明，在东汉时期，虽然大蒜、小蒜都有种植，但作为外来物种的大蒜，地位已经非常重要了。

在《齐民要术》这部书里，贾思勰详细记载了蒜的种类、不同典籍中的各种称呼，讲述了适宜种植的土地、种植时间、种植方法和间作距离，指出了关键时间节点的田间管理要点，准确地点出了成熟情况和储存方法。一句话，从备种、施肥、耕地、播种、田间管理到收获、储存和运输，整个种蒜的流程和步骤无不完备。即使是对种蒜一点都不了解的人，也可以按照书中的管理要点和流程进行耕作。即便到了今天，老家种蒜的流程仍如书中所记，所不同的是，田间管理少了锄地、除草环节。这之后的历代农书，关于种蒜方面的记述，无出其右者。

医学家关注大蒜，看中的是它具有极高的药用价值。目前，国内关于大蒜能够治疗疾病的最早记录出现在西汉刘向的《别录》里，认为大蒜能够祛毒、消除痈肿。三国时的华佗已经能用大蒜治疗咽塞，而晋朝人葛洪独创了至今仍有人使用的"蒜灸"疗法，用于治疗痈疽疖肿之类的疾病。唐朝的时候，已经有人将大蒜用于治疗蛇咬伤，祛除蛇毒，大蒜的解毒功能受到进一步重视。李时珍的《本草纲目》中则记载了大蒜可主治肿痛、寒湿、疟痢、泄泻、水肿等近五十种病症和相应的药方，无论是外敷还是内服，大蒜都具有较好的治疗效果。真正对大蒜的食疗和药用价值进行系统概括总结的则是清代人王士雄的《随息居饮食谱》，这是我们认识大蒜的医疗、保健功能不可或缺的读物。

当代医学研究早已证明了中国古代药典的科学性，大蒜不仅能够抗菌消炎、消肿止痛、止泻止痢、祛风除湿，大蒜的提取物还能降血脂、降血压、降血栓、降血糖，甚至能够预防和治疗癌症。可见，对于中国传统文化特别是中医药文化我们还缺乏深入系统的研究，其价值也必将随着社会的发展而得到进一步认识。

说到大蒜的医疗和保健功能，我立刻想到了儿时听大人闲聊时提到的一个颇具神奇色彩的故事。邻村有一位老人得了噎食（食道癌），喉咙肿胀，疼痛难忍，无法下咽，本就不胖的人迅速消瘦下来，看着让人心疼忧虑。每次在街上遇到他，大家都会热情而不无忧虑地提供各种在传说中得到了验证的民间偏方，而他都是强挤出一点笑容，用喑哑而无法听清楚的呜噜声表示感谢和豁达。几番周折，孩子们终于凑齐了去县城医院做手术的费用。手术效果不太理想，医生说最多也就有一年的时间了。从医院回来后，大家都去探望，只见他有气无力地躺在床上，对于各种慰问都无法一一回应了。送人走的时候，他仍会坚持从床上起来。人瘦成了麻秆，似乎一场风就能把他吹走。不知道是谁提供的偏方刺激了他在绝境中的求生欲望，他一下子种了几亩大蒜。从此，他每天的食物就以蒜为主，从大小蒜苗一直吃到蒜薹和嫩蒜。烧大蒜、煮大蒜、糖醋蒜成了他的主食。让人感到不可思议的是，他的身体竟然逐渐恢复了，人也硬朗了起来，直到几年后才去世。大家都说，就是那几亩大蒜，给了他五年的时间。

那时农村的日常生活多循例、少变化，但凡有点风吹草动都会引起村民极大的兴趣，成为繁重体力劳动不可或缺的调节剂和缓冲器，村民间的窃窃私语、真诚的援手和鸡毛蒜皮的摩擦把大家捆在了一起。疾病、意外和不公是人类共同的敌人，极易激起大家同仇敌忾的情绪。口口相传的民间偏方和身边的真实案例，似乎印证了大蒜的神奇功效，强化了村民吃蒜的习俗。

当然，村里也有不吃蒜的，比如我的奶奶。她不仅不吃蒜，而且所有辛辣刺激性的食物（如葱、姜、韭菜、芫荽、辣椒等）统统不吃，也就是说，佛道两家所说的"五辛"她都不吃，不仅不吃，还特别反感这些食物的味道。只要我刚吃完蒜后和奶奶说话，她总是会说："满嘴的死蒜气，滚出去！"虽然我再也无法听到奶奶对我说"滚出去"了，但不吃蒜，一点都没有影响我奶奶的长寿。

小满葚子黑

黄栗留鸣桑葚美，紫樱桃熟麦风凉。
朱轮昔愧无遗爱，白首重来似故乡。

——宋代　欧阳修《再至汝阴三绝》

"小满葚子黑"，是家乡的一句农谚，说的是到了小满节气，桑葚成熟，由青绿色变成黑紫色，可以尽情食用了。每到这个时节，京城里的桑葚大量上市，无论是在超市还是在水果店和菜市场，甚至是十字街头或者地铁口、公交站旁，随处可见售卖桑葚的。熟透的桑葚一堆堆、一盒盒，摆放得整整齐齐，紫黑中泛着亮光，的确诱人。买回家尝一下，桑葚很甜，惜乎口感上总觉得差点意思。要么是摘得有点早，果实发硬，少了爆浆时汁水冲击口腔的快感；要么是摘晚了或者运输时间有点长，果实软烂，清洗后一碰就出水，只有单一、要命的甜，少了层次多样的甜中隐酸和酸中蕴甜。更何况，清洗后的桑葚失去了其应有的亮光，少了满树桑叶的映衬，堆叠的紫黑色配上碗碟中溢出的黑水，多少会影响人的心境和食欲。在淡淡的缺憾中，儿时骑在高大桑树上大快朵颐的满足感、幸福感在脑海中慢慢漾开，我的心也飞到了千里之外的家乡。

家乡的桑树很多。村里有一条穿村而过的老河道，河道内外都栽满了常见树种。桑树、柳树、杨树、槐树、桐树、榆树都得其所，一行行、一排排，高低起伏，错落有致。每到夏天，不同树种的枝条都交织到了一起，你挨着我，我扶着它，共同把毒辣的太阳给遮挡起来，给村民（特别是小朋友）带来了一个嬉戏、乘凉的好地方。

　　遇到新河水多或者雨水大的时候，老河道会倒灌进一米多深的河水。这个时候，老河道就成了一个热闹的场所，成群的柳叶鱼在岸边划出条条迅捷的水线，时而跳出水面，细长矫捷的身姿让人眼前一亮，既会引来成群的鸭子，也会引来嬉水洗澡和钓鱼、网鱼的孩子。无论是在岸边坐着玩的、用罐头瓶钓鱼的，还是在水里洗澡、网鱼的，都会一遍又一遍地唱着这样的歌谣："拿着网，去逮鱼！蹚着杂草踩滋泥，滋泥滋了你一身。嘎牙扎了你脚心，鲫鱼咬了你的腿，泥鳅钻进你肚脐眼，柳叶鱼撑得你气光喘，水长虫吓得你腿发软。慌里吧嚓爬上岸，裤子掉了也不管！"特别是唱到"水长虫吓得你腿发软"时，大家还都会即兴创作，把在河里网鱼小孩的名字放进去，玩笑之意易于言表。调皮的还会向网鱼的身边扔一块坷垃，大喊一声："长虫！"吓得网鱼的一个激灵，甚至会坐倒进水里，吓得觅食或者浮游的鸭子嘎嘎嘎四散开去，引逗起满河道的笑声。

　　在笑声中，河道南沿的几棵桑树成了孩子们的主战场。这几棵桑树有个共同的特点，树干虽然只有两米多高，但树冠都出奇的大，好多低垂的枝干伸手可及。抬头望去，每片官绿色的桑叶下面都藏着一簇桑葚。有的呈淡绿色，有的绿中透白，有的绿中泛红。有的浅红，有的深红，有的红中泛紫。有的赪紫，有的齐紫，有的紫中泛黑。有的浅黑，有的深黑，有的黑中泛红。风影过处，可爱的、诱人的桑葚扭动身姿，似在召唤孩子们。一眨眼，枝干上已经有了几个小脚丫。人在树下，只能看到枝条被扯来扯去，虽然看不到人，但可以想象，一定都是眼里盯着成熟的桑葚，手里捋着桑葚，嘴里塞着桑葚，任凭黑紫色的汁液从嘴角滴向肚皮。有的齁甜，有的甜中藏着一丝酸味，有的酸中回甜。颗颗香甜，粒粒幸福。确实是难得的、不受约束的、肆无忌惮的满足和幸福。

　　一口气吃到了肚子胀，嘴开始闲了下来，手可不会闲着，故意摘些红色的桑葚向下丢去，河道里的或者岸边的都成了攻击对象。下面的哪受得了这样的挑逗？有用手捧起水向上泼的，有挖起滋泥向上扔的，有拿起坷垃向上扔的，有捡起地上的拖鞋向上扔的，也有大声呵斥吓唬人的。这些方法都不管用，密织的枝条和层叠的树叶是最好的保护伞，树下的享受到的是更多的桑葚砸在头上和身上。"战斗"使人成长，树下的很快发现，最有效的方法是用棍子捅树上的脚丫子。在闪转腾挪中，在故意装作受伤的哎哟声中，树上的一会儿就败下阵来，求饶不已。为了表示惩罚之意，下面的都会要求树上的晃下些桑葚来。

　　树上的只能深吸一口气，双手抓住两个主要的枝干，双臂用力，双腿猛蹬，使劲晃动树冠。树冠就像打摆子一样来回颤抖、晃动，幅度越来越大，黑色的桑葚像雨点一样砸向地面、掉进水里。砸向地面的，熟透了的变成了一摊深紫色的泥，没有熟透的也会变形发软。树下的捡起来，使劲吹一下，放进嘴里，照样吃个痛快，吃得舒畅。

　　掉进水里的，噗噗作响，桑葚在水里潜了个泳，马上就翻转着身子浮到水面上进行仰泳了。这是小孩们最喜欢的，他们争先恐后地捞起桑葚，兴奋地吃了起来。调皮的趴在水里，半张着嘴，下嘴唇在水里，上嘴唇在水上，像鲤鱼在水面吃东西一样，张开嘴去吞食水里的桑葚。桑葚进嘴后，一边从嘴角吐出河水，一边嚼食桑葚。有的看准桑葚所在的位置，张开嘴，一个猛子过去，除了呛了满嘴的水和收获一通剧烈的咳嗽外，怕是什么也没有吃到。还有的扎进水里，从水底下游到桑葚聚集的地方，慢慢地露出头，伸出手，抓一把，塞进嘴里，迅速游向下一个目标。还有的浮在

家乡风物　　137

树下的水面上，采取守株待兔的方法，静待树上新掉落或者从其他小伙伴那里漂来的桑葚。还有的不吃桑葚，只在水中潜来潜去，故意把桑葚拨走或者在水下扯小朋友短裤。吃桑葚的无论用哪种方式，都能吃得过瘾，玩得尽兴。

连续晃了几次后，树上成熟的桑葚越来越少，水面上的桑葚则是随着水波的荡漾慢慢聚拢起来，东一撮，西一堆，高低起伏，遥相呼应。树下的都吃得差不多了，任凭桑葚在身边漂浮，看都不看一眼，专心打起水仗或者摸起鱼来。树上的看到这种情景，迅速跳进水里，欢快地游起来、吃起来。不觉间，夕阳西下，河里洒满了赪霞，热气散了，热闹劲也消失了。到了喝汤的时间，该回家了，否则就该挨骂或者遭到训斥了，正所谓"积水照赪霞，高台望归翼"。小伙伴们都摸着圆鼓鼓的肚子慢慢磨蹭回家，只剩下成群的鸭子还在不知疲倦地追捕柳叶鱼、啄食桑葚。时光流转，吸收了一夜的天地精华和露水滋润，桑树又变戏法似的挂满了黑色的桑葚。欢快的场景再次重现。

村里还有一个吃桑葚的好地方。那就是沿着老河道向东走，在接近村东头的地方，有一个单场，在单场的边上长有四棵桑树。这四棵桑树挨得很近，都长得高大挺拔，高的有五六米，矮一点的也有四米多，树冠较河道旁的桑树明显偏小，没有旁逸斜出的长枝条。奇怪的是，四棵桑树上的桑葚成熟之后，颜色各不相同，一棵呈乳白色，一棵是游离于黄白之间，还有一棵呈苏梅色，最后一棵则是最为常见的紫黑色。如果不到成熟的时候，前两种桑葚放进嘴里，味同嚼蜡，一点甜味和汁水都没有。成熟之后，细长的桑葚晶莹剔透，犹如两种泛着白色的晶莹水晶，真是我见犹怜。放进嘴里，则是汁水丰盈，甜美可口，一点酸味都找不到，甜度远胜于常见的紫黑色桑葚。苏梅色的桑葚比其他颜色的要粗壮一些，吃到嘴里是甜中隐隐有一丝酸味，不仔细咂摸是品尝不出来的，这是所有小伙伴的至爱。

因为树干挺直高大，一般的小朋友都不敢爬，即便努力一下，也少有人能爬上去的。聚拢在树下，大多只能眼巴巴地望着树上的桑葚，直咽口水，心里默念，老天爷赶快来场风，把树上的桑葚多吹掉一些。似乎是大家对桑葚的渴念感动到了老天爷，微风拂过，几颗成熟的桑葚掉了下来。大家争先恐后地扑过去，抢到手里一看，只剩下果柄上还残留有一点果肉，赶紧放到嘴里，砸吧几下，故意发出夸张的声音，似乎天下至美也不过如此。胆子大、爬树快的似乎都不信邪，非要与这几棵树较量一番。走到最矮的那棵树旁，把拖鞋扔在一旁，手里抓点湿土搓几下，深吸一口气，双手抱拢树身，双脚分踩在树身两边，猛地上蹿，噌的一声就离开了地面。越爬越高，速度越来越慢，下面小伙伴的心越提越高，眼睛紧盯住上面，连眨都不敢眨一下。在即将抓住树杈的时候，爬树的一下子滑了下来，也许是力气用尽，再也无力爬高一点，也许是树太高了，胆子怯了，心气自然也就泄了。其他小伙伴的尝试也都以失败告终。

为了吃到美食，小伙伴们只好再想其他办法。有的赶紧跑回家拿来绑有铁钩或者镰刀的竹竿，几个伙伴合力举起竹竿去钩枝条。因为树的高度远超小伙伴的想象，加之没有细长的枝条，很少能钩取到树枝的上半部分。无论大家怎样努力，哪怕是双手拽住竹竿悬在空中，树枝也仅是象征性地晃动几下，桑葚自然没能落下多少，远不能满足小伙伴们的需求。

无奈之下，只能去寻求外援了。有的跑回家或者跑到地里，把哥哥生拉硬拽过来，央求他爬到树上去，帮大家晃点桑葚下来。遇到脾气好的，会很痛快地答应，爬到树上给大家摇落一地的桑葚，让大家吃个够。遇到脾气不好的，挨顿骂、挨顿打是常有的事。看着啜泣的小伙伴，大家都觉得犯了罪，你一言我一语地安慰起来，还有的赶紧把刚捡到的桑葚放进小伙伴的嘴里。美食可以治愈不快，驱赶忧伤和委屈。桑葚的美味让人忘记了训斥和疼痛。

看到有大人从旁边路过，小伙伴们仿佛看到了救星，赶紧把大人围起来，七嘴八舌地央求起来。看到大人似乎有松动之意，就前拉后推，把竹竿递给大人，让他帮忙拉拽树枝。小伙伴费了九牛二虎之力，才能摇晃下几颗桑葚。到了大人手里，似乎没费多大的劲，就下起了一阵又一阵的桑葚雨。大家兴奋地冲进桑葚雨中，半蹲在地上，左手捂着头，右手飞快地捡起桑葚扔进嘴里，连桑葚上的泥土都忘记吹了。

那时的农村孩子都不讲究，"不干不净，吃了没病"，是通行的俗语。这既是大家在长期物质匮乏的生活中总结的生存真理，也是与生存条件相互妥协退让的结果。奇怪的是，那时的孩子很少有生病的，个个健壮如牛犊，可飞快地上树摘果、掏鸟窝，可迅捷地入河潜水、摸鱼、踩河蚌，充满了乡野的生气和活力。

令人惋惜的是，在我上初中不久，有人家在单场上堆起了土砖窑，从夏天到冬天，一直在烧窑，长时间的炙烤把四棵桑树的叶子全都烤焦了。到来年春天，离砖窑更近的苏梅色桑树和黑色桑树再也没能长出一片新绿，彻底死掉了。另外两棵树，背向砖窑的地方有一多半的树枝竟然正常发芽结果，照样给人带来美味。不清楚是在什么时候，这里盖上了房子、垒起了院子，那两棵桑树自然也就消失了。有关它们的美味只能在记忆中去寻找和回味了。

听老人讲，村里之所以有这么多桑树，是因为村里兴起过养蚕之风。至于后来为什么没人养蚕了，原因不详，我推测应该与环境变化、技术不成熟有关。去除养蚕之用，桑树在老家就毫无用武之地了。桑与丧同音，多少都会有些忌讳，没有人用它来盖房子、做家具，也很少有人把它栽种在庭院周边，剩下的恐怕只能是用来劈柴烧锅了。这应该是目前村里很少见到桑树的原因。村里的小孩再想吃桑葚，怕是只能到田地里寻找或者去集市、网络上购买了。我们那一代人的经历，他们是很难再有体验的机会了。

　　桑树的历史悠久，在人们的生产生活和文化中占有重要的地位。中国是世界上最早种桑养蚕的国家，距今已有五千年的历史。相传黄帝的妻子嫘祖发明了养蚕的方法，并用它化育万民。中国的丝绸一直享誉世界，在对外的交往和贸易中占据主导地位，这也是丝绸之路名称的由来。在长期的种桑养蚕的历史中，出于对自然的敬畏和对丰收的渴求，逐渐产生了丰富多彩的民间信仰，进而形成了影响深远的桑文化。

　　桑树是我们的祖先最早崇拜和神化的植物。据传，女娲在抟黄土造人的时候，用桑树的枝干来做人体的骨架，桑树与人类的起源产生了联系，奠定了其被崇拜、被神化的基础。据《山海经》所载，宣山有赤帝女火焚升天的一棵帝女桑，树"大五十尺，其枝四衢，其叶大尺余"。在十个太阳洗澡的汤谷，水中长有一棵高大的扶桑树，一个太阳住在桑树的上枝，九个太阳住在下枝。《拾遗记》中提到了五方天帝之一的少昊生活在一棵巨大的桑树下，"西海之滨，有孤桑之树，直上千寻，叶红椹紫，万岁一实，食之，后天而老"。而被称为扶桑的那棵大桑树，在不同的记载中越来越大，从五十尺变为八十丈，再变为数千丈、三百里，直至上达于天、下通三泉冥界。桑树成了太阳树、世界树、宇宙树和生命树，能沟通三界，连接神、人、鬼。夸饰而浪漫的手法凸显了桑树的高大和神性，而且认为桑葚是使人长生不老的仙丹妙药。真是望之令人生畏，思之令人膜拜、遐想。

　　这之后，神奇的、令人膜拜的桑树与贤者圣人的诞生产生了联系。据说，曹县的文化名人，著名的商初名相伊尹是有莘氏女子在采桑的时候，在空心的桑树之中捡拾到的。从伊尹诞生地向东走三百多里，会遇到另一位出生于空心桑树的文化名人孔子。名士贤人的出生向来是民间演义的绝佳材料，不是受孕或出生方式与众不同，就是出生时伴有各种神奇的自然现象。

在中国传统文化中，桑树还与社稷吉凶、求雨祭扫、宗族祭祀、生殖崇拜和子嗣繁衍产生了联系。《史记·殷本纪》记有商朝太戊帝执政时发生的神奇故事。朝堂之上，一夜之间长出一棵一搂粗的桑树，用以提醒执政者的失误。待太戊帝听取规谏而提升品行修养之后，桑树竟然神奇地枯死消失。《诗经·鄘风·定之方中》中记载，卫文公是通过观察当地桑树的长势才确定在楚丘修建宫室。桑树不仅可以预测吉凶，还可以兴云作雨。商汤代夏之后，遇到连年大旱，于是商汤在桑林之中设置祭祀场所，剪发断爪，把自己作为祭品，召集四海之云，唤来千里之雨，解万民于倒悬之中。桑林不仅是生产和祭祀场所，更因桑树高大、枝叶繁茂、果实繁多而成为人类再生产的象征。古典文献中常见的桑林、桑园、桑野、桑田、桑中、空桑、上宫等词语，都蕴含着这方面的意味。爱情的萌发、欲遮还羞的心跳、对良人的思念、炽热的相恋、火热的情感、爱情消退的隐忧、思念不得的痛苦、被人遗弃的幽怨等种种复杂微妙的感情变化，都可在《诗经》中涉及桑林的题材中找到。

"五亩之宅，树之以桑，五十者可以衣帛矣"，是孟子对田园桑舍的现实描摹。在更多文人笔下，田园桑舍是很多文人心中挥之不去的桃源仙境，是他们对山野生活的浪漫想象。陶渊明的"狗吠深巷中，鸡鸣桑树颠"，与其说是在写乡野的生活场景，倒不如说是在写"复得返自然"之后的惬意和闲适。唐人储光羲的"种桑百余树，种黍三十亩"，可以衣食无忧，时时与亲友聚会，开怀畅饮直至酩酊大醉，在醉眼蒙眬中，可以望银河清浅，看北斗低昂。明明醉了，却都不承认，还在絮叨"明朝能饮否"。遥想这样的生活场景和诗人可爱的样子，不禁莞尔。王维的"雉雊麦苗秀，蚕眠桑叶稀"，写尽了田园生活的闲逸之美：夕阳西下，牛羊归巷，农人晚归，倚柴而望，想见问候，笑语依依。这样的生活怎不令人羡慕？表达同样感情的，还有孟浩然的"开轩面场圃，把酒话桑麻"。

把赞美桑野生活的主题发扬光大的是范成大，他的"桑下春蔬绿满畦，菘心青嫩芥苔肥""百花飘尽桑麻小，来路风来阿魏香""童孙未解供耕织，也傍桑阴学种瓜"等诗，是唱给早春、晚春、夏秋乡村生活美景的赞歌。写得最为生动、最令人叹为观止的是苏东坡的"日暖桑麻光似泼，风来蒿艾气如薰"。雨后的乡野景色倾心，充满生机，温暖的阳光照在泛着碧绿光泽的桑树和苘麻之上，微风过处，蒿艾如薰的香气扑鼻而来，沁人心脾。从"何时收拾耦耕身"的向往到"使君元是此中人"的感慨，感情层递，却又有未尽之意。真是用最平常之物，写出了千古未有之奇境，把中国传统文人对桑野生活的向往推向了最高峰。

桑树之所以在古人的生活中占有重要的地位，更多的是来自它的实用价值。且不说它的叶子可食、可以养蚕，开拓了丝绸之路这样影响世界的文化和贸易通道，成为中西方文明对话交流的代名词，且不说它的果实美味可口，在饥荒年代成为人们的救命粮甚至是军队的口粮，且不说它的枝条可以勒制成三齿杈，成为黄河流域小麦收割、晾晒、打场的重要工具，桑树的全身都是宝，从上到下、即便烧成灰都有药用价值。

桑叶能疏散风热、清肺润燥、清肝明目，可治风热感冒、肺热燥咳、头晕头痛、目赤昏花等症。桑叶汁能清肝明目、消肿解毒，可治眼红肿痛、痈疖、甲状腺瘤、蜈蚣咬伤等症。桑叶露能清肝明目，可治目赤肿痛等症。桑枝切片晾晒后能祛风湿、利关节，可治风湿痹痛、中风、半身不遂、水肿脚气、肌体风痒等症。桑葚能滋阴养血、生津润肠，可治头晕目眩、腰酸耳鸣、须发早白、失眠多梦等症。桑葚酒能补益肝肾，可治肾虚水肿、耳鸣耳聋等症。桑根能清热定惊、祛风通络，可治惊痫、目赤、牙痛、筋骨疼痛等症。桑柴灰能利水、止血，能治水肿、金疮出血等症。

"小满葚子黑"是在家乡流布甚广的农谚，特别是小孩，更是熟悉。

读书人更为熟悉的应是元朝人吴澄在《月令七十二候集解》中所说的："小满，四月中。小满者，物至于此小得盈满。"小满有三候，分别是苦菜秀、靡草死、麦秋至。说的是到了小满，苦菜因气温升高而茂盛起来。五天后，不耐热、感阴而生的柔软靡草则成熟枯死。再过五天，小麦进入灌浆成熟期。为了打好麦收这场大仗，这时就应该着手修理或者新添诸如用于割麦、拉麦、打麦、扬场、储运之类的工具了。

此时，在老家还有"麦梢黄、看爹娘"的习俗。在小满麦梢发黄的时候，出嫁的女儿要回娘家走亲戚，看望老人和兄弟，经常携带麦黄杏、黄瓜等时节礼物，了解娘家麦子生长和麦收的准备情况，看看是否需要回来帮助收麦。在大多数情况下，爹娘会心疼女儿，反而会在最需要人力的时候，派儿子去女儿家干重活、出大力。

端午前后，节气到了芒种时节，繁重而又充满喜悦的抢收抢种开始了。只要是能动的，老人小孩都要起早贪黑，投入持续多日的麦收秋种，而这也应和了"小满葚子黑"的下半句——"芒种吃打麦（mei）"。

芒种吃打麦

前年麦田三尺水，去年麦田半枯死。

今年二麦俱有秋，高下黄云遍千里。

磨镰霍霍割上场，妇子打晒田家忙。

纷纷落碴白于雪，瓦甑时闻饼饵香。

老农食罢吞声哭，三年乍见今年熟。

——清代　沈德潜《刈麦行》

"芒种吃打麦（mei）"这句农谚是与"小满葚子黑"连在一起出现的，说的是到了芒种时节，当地的小麦进入了收割期，很快就能吃上新打的小麦了。芒种是夏季的第三个节气，标志着仲夏时节正式开始，气温会大幅升高，走在日光下会有暴晒的感觉。《月令七十二候集解》云："芒种，五月节。谓有芒之种谷可稼种矣。"

芒种其实具有收割和播种两方面的含义。"芒"指的是有芒的农作物（如小麦、大麦等）进入成熟收割期。小麦肆意吸纳仲夏时节灼热阳光的能量和黄河淤积平原的养分，尖尖的麦芒已经从"垅上麦芒犹绿嫩"变为

家乡风物

"麦陇无际黄云平"。整个鲁西南平原都像披上了一块巨大的缥缃色鲁锦，随处可见连片的麦子在阳光下闪着耀眼的光，随时可以听见风吹麦浪的沙沙声，随地可见手搓麦穗、吹开麦芒、拂去麦糠查看小麦成熟度的村民，随处可见交流麦子收成、渴求上天眷顾少风少雨的老农。古老的鲁西南平原即将迎来一场土地的狂欢和丰收的盛宴，奏响一曲与时间赛跑、争抢农时的战歌。而"种"指的是玉米、谷子、红薯、大豆、绿豆以及有芒的水稻和旱稻等农作物需要抢时播种。同时，春播的作物（如棉花等）需要加强田间管理。大人小孩齐上场，忙着收、忙着种、忙着管，乡民因此把芒种称为"忙种"。"麦熟一晌，龙口夺粮""小麦上场，小孩没娘""麦收一晌，豆种一时""收麦种豆不让晌""夏种早一寸，顶上一茬粪"等众多农谚都在反复强调麦收夏种的急迫性，毕竟"一麦顶三秋"啊。

不仅是在传统的农耕社会，即便是在当今社会，小麦都是北方大部分省份的主粮，在鲁西南这样以馒头、面条、"糊涂"、烧饼等面食为主的地方更是如此。小麦的耕作、播种、施肥、治虫、浇水、收割、运送、打场、晾晒、上交（公粮）、入囤等各个环节都是乡民的大事，特别是收割、运送、打场、晾晒等环节，一两个人是无法完成的，需要全家甚至是亲朋好友共同上阵，相互帮衬、相互协作才能完成。"人多力量大""众人拾柴火焰高"，在需要集体合作的繁重劳动中得到了充分体现。

麦收其实从小满时节就开始了。俗话说的好，"小满三天望麦黄"，小满刚过，麦穗就从顶上开始发黄。看到麦子黄梢，乡民就像听到号令似的，人人都立即明白已经到了麦口儿，需要马上忙起来了。家家都把镰刀、磨刀石、地板车、木杈子、铁叉子、木锨、大扫帚、竹笆子、筛子、簸箕、长麻绳等用具找出来，看看哪些需要修补，哪些需要重新购置。如果能自己修补还好说，不能自己修补的，需要请木匠来修，或者拿到集市上去修。需要新购买的，就要到大一点的集市或者县城北关，那里卖农具的比较多，既可以货比三家，也可以讨价还价，少花两个钱。能买到价格便宜和趁手的新农具是一件令人高兴的事，也有了聚在一起相互比较、互通消息的谈资。

在准备麦收工具的时候，有一件大事需要格外关注，那就是要把石磙、磙锅子（石磙架子）、石砘子（磅石）、牛梭子等压场用具仔细检查一遍。查看石磙和石砘子上的条棱是否磨光了，石磙的磙眼是否需要凿深一点，磙锅子是否需要用楔子和铁丝紧一下，牛梭子上面的套绳是否需要更换，等等。整修好这些重要的工具，就要开始整修碾压单场。头天下午先把单场上的杂草清理干净，从旁边的河里提水，把水均匀地泼洒在单场里。小孩子特别喜欢在单场里泼水洒水，不仅可以欢快地将水泼向空中，欣赏水练在夕阳的映照下从淡黄到浅红之间的变幻莫测，在叹为观止中领悟光的魅力，还可以观看水滴打在醭土上激起的土烟，在夏日的微风中腾飞消散，更可以把水洒在自己或者弟弟的身上，在躲闪和喊叫声中体悟肆意的欢快。洒好水后，还要在单场上均匀地撒上一层薄薄的麦糠。

第二天早起把牛喂饱，把磙锅子套在石磙上，套好牛，牵着牛拉着石磙奔向单场。一路上，那吱呀吱呀的声音撩拨着村民的心弦，惊醒了即将成熟的麦子，宣告着最忙的日子马上到来。经过一夜的滋润，单场有点发潮，正是碾压的好时机。村民吆喝着牛，一圈一圈地碾压空单场。反复几遍后，麦糠被碾压进土里，醭土与大地融为一体，单场变得硬实、干净。即便再经历一番风雨和阳光暴晒，单场也不会再起（生）醭土了。单场备好，静候小麦入场。

在准备农具和修整单场的同时，家庭主妇还要准备麦收夏种的食材。所备食物少有刻意购置的，都是自给自足和就地取材。把精心预留好的鸡蛋、鸭蛋、鹅蛋从面缸或者杞柳编制的篓子里小心拿出，用盐水清洗干净，控干水分，家里有高度散酒的可放在酒里浸一下，放进洗干净的腌菜缸里，

家乡风物　　147

整齐码好一层后，洒上一层食盐，然后再码蛋撒盐。用高粱莛子制作的锅䦆子盖住腌菜缸，放置在堂屋的阴凉处，到了十天后的麦忙时节，正好可以吃上冒油的腌蛋。

常备的食材还有解腻开胃的糖蒜，取新鲜且无伤疤的大蒜，清洗干净，沥干水分，整头堆放进坛子里，加入陈醋、白糖、冰糖，几天工夫就可以吃了。吃得差不多了，还可以再往里加蒜。麦收时节还有一样常备的食材——祛暑解毒的绿豆。当然还要打一袋子白面，压点面条晒干备用。因为需要抢收抢种，乡民很少有时间坐下来吃饭，大都是早起熬上一大锅绿豆汤，蒸上一大锅馒头，煮一锅面条，就着备好的食材，就把一日三餐的问题解决了。

您可以想象，站在或者蹲在麦田的阴凉处，眼望着沉甸甸的麦穗、割好的麦子和整齐的麦茬，盘算着今年的收成，一手拿着新蒸的大馒头夹冒油的腌蛋，一手拿着酸甜的糖蒜，再从暖壶里倒上一碗清凉的绿豆汤，暂时驱赶走灼热的干风，虽然不会吟诵"趁晴割麦收云黄，熬炉新熟饼饵香"，但一刹那的心满意足还是能从脸上看出来的。素朴的日常饭食，在劳累的村民心里成了人人向往的美食，足可以驱散半日的辛劳和酷热。

在繁忙的准备中，最先迎来的不是小麦成熟和收割，而是传统节日端午。在那个年代里，端午应该是最没有存在感的节日，很少有人提及这个节日，更没有什么庆祝活动。村民的重心和精力全放在了麦收准备工作，放在了对天气的担忧上。担忧大风和小麦倒伏，增加收割难度，影响收割进度；担忧热风吹过，小麦提早成熟，收割时麦粒撒丢；担忧大雨导致麦地黏软无法及时收割小麦；更担忧连阴天致麦穗发芽，一年的期盼化为泡影。村民的所忧甚多，这是一年的口粮，是全家人活下去的希望啊。

在我小的时候，遇到过麦忙时节连阴雨的情况。村民蹚着泥水，一步一辙（陷进泥水里），用肩挑背扛的方式，把一捆捆湿漉漉的小麦弄到田边小路。那一年的小麦全都生了芽，蒸出的馒头像没熟似的发黏，特别难吃，秋后耩麦所需的种子都是花钱买的。惨痛的记忆容易口口相传，反复提及，让人印象深刻。人人都清楚，"长在地里的是庄稼，收到囤里的是粮食"，眼看到手的粮食却霉烂在地里，这样的惨痛经历被不时提起、一遍遍地强化，村子的空气里飘浮着淡淡的隐忧和不安。在这样的氛围中，人们很难有心情过端午，大都是在门前挂两把艾草以示驱蚊辟邪而已，粽子是既没人包也很少有人吃的。至于很多文人所推崇的菖蒲，在村民眼里只不过是长在河沟里的水草罢了，从没见过有人悬挂它。

在丰收的喜悦、隐忧与不安的交织混杂中，麦收终于来了。"趁晴割麦收云黄"，是自古至今生活的积累和农民生活经验的总结，称得上人们对麦收时节天气的期许。麦子熟了，"千畦细浪舞晴空"，天气晴好，乡民的担忧一扫而空。天工造化，天空像被罩上了一大块蓝灰色的画布，东方的天际被涂上一抹赪霞色，颜色洇染了周边的画布，变幻出灰白的间色。大一点的孩子被大人从熟睡中揪扯起来，揉着眼、打着哈欠、带着哭腔，迷迷瞪瞪地就被拉扯出家门。即便如此，有的孩子还不忘从馍筐子里抓起个凉馒头，一边睡眼惺忪地耷拉着脑袋，深一脚浅一脚地走在土路上，一边还要啃着馒头，接受爱开玩笑的村民的打趣："呦，××，你跟着大人到地里干啥去？不怕麦芒扎你的眼、麦茬扎你的腔啊?！"

磨蹭到麦地，天已经亮了。天空变成了灰蓝色，太阳掩映在远方村庄的树丛间，树丛形成了一道缥缈的屏障，像是给太阳戴上了一层面纱。太阳光芒的颜色变成了耀眼的石榴红，石榴红长在树上光艳亮丽，这时对人却不是那么友好，有点刺眼。放眼望向远方麦地，真是千顷麦浪、万顷云黄，田间地头点缀着的零星的杨树、桑树和桐树给麦地增加了别样的感觉。小麦收割、装车都会扬起不易察觉的黑灰色粉尘，黏附在田边的树叶上，使其变得有点厚拙。叶子失去了碧绿的灵性，变成了成团的青古色，整棵树都有点发乌。即便如此，它们矗立在稍显单调的大平原上，仍然装点着丰收的大地，给广阔的麦地增加了层次和起伏，带来了不一样的颜色，使弯腰低头割麦的村民在直腰远望时，眼睛有个落脚的地方。

仔细看去，才发现有的人起得更早，已经割了好几垄了，更夸张的是有的人家整块地都快割完了，正准备回家套车拉麦子。村民既是为了抢时收割，也是为了贪图凌晨的凉爽和痛快，否则，仅是中午的暴晒就能让人有火烧火燎的感觉，更别提还要抢时割麦了。真是人人争先，户户抢时。

即便是抢时间，慈爱的奶奶、细心的父母也不会完全忘记孩子。为了鼓励孩子保持干活的劲头和积极性，不至于泄了心气，虽然一垄麦子有三行，但孩子只割两行就行了，更小一点的仅割一行或者是只干点提水送饭的活也可以。青壮劳力大都是一次割四行甚至更多，而割麦好手可以一次性割两垄，关键是还能在前面领割，想来都是让人敬佩的事。那些割不动麦子的老人也不会闲着，在家里熬好绿豆汤，往地里送水送吃的，在家人吃东西的间隙，还会去收割完毕的麦地里捡拾麦穗。"乡村四月闲人少""农月无闲人，倾家事南亩"等诗句，就是对农忙时节村民劳作的最好写照。

大人在前面唰唰唰地割着麦子，不一会就在前面摆好了很多堆麦子。旁边有邻家的小朋友在等着一较高低，似乎听到了他已经发出了挑战。那些成熟的麦穗在风中轻轻摇头，发出轻微的沙沙声，似乎在嘲笑孩子的左顾右盼。哪受得了这样的气？再不动手就说不过去了！按照大人所教的方法，比照大人割麦的架势，腰微躬，左脚向前探出小半步，左手抚过麦秸秆的中部，顺势揽住一把刚刚嘲笑过他的麦子，右手把新磨的镰刀插到这一把小麦的根部，稍微用劲向后平拉，在刺啦声中，一把小麦就被割了下来。看着平整的麦茬和手里的小麦，心里满是惬意和自豪。随手堆放在身后，就朝前面的麦子发起了冲击。仅仅两三把，就割好了一堆可以用木杈挑起的麦子。真没想到割麦这么轻松，毫不费力，孩子的心中泛起了莫名的骄傲，感觉自己已经长大，再也不是白吃馒头的孩子了。恍惚间，割麦能手的光辉笼罩在自己周围。莫名的骄傲给了孩子巨大的动力，速度不自觉地就提了上去。

没多久，唰唰唰的声音就变得迟钝和时断时续。麦芒和麦茬扎破了骄傲的气球，麦地里激起的黑灰色粉尘遮盖了骄傲的色彩，右手的镰刀失去了轻盈的身姿，越来越沉，再也不能骄傲地舞蹈。孩子一霎时明白了，大人常说的"小孩没腰"那句话是错误的，如果没腰，怎么会感到酸痛呢？镰刀怎么会变得沉重和滞钝了？东边的太阳光线太强了，蒸走了身边的空气，感觉有点呼吸困难。开始感觉并不长的麦垄好像被前面割麦的父母给拉长了，怎么使劲都割不到头。骄傲化作脸上的汗水，被夏日的阳光给一点点地蒸发了。在农田里劳动，来不得半点机巧，更不能有分毫的骄傲，否则就会被弄得灰尘满面、狼狈不堪。颗粒饱满的麦穗总是含胸沉思，没有长成的麦子才会昂首挺胸。这是麦地给孩子上的一堂人生课。

终于到头了，孩子的腰像折了一样，几乎无法伸直。露出的小腿、胳膊、小脸都蒙上了一层黑灰色的粉尘，汗水滑过的地方，留下了一道道深黑色的印痕。被麦芒扎过的地方，刺痒难耐，疼痛难忍。镰刀有了千斤重，一下子就掉到麦茬上了。孩子瘫坐在麦子堆上，一点都没有感觉到麦茬透过麦子扎住了屁股。两行麦子割完，应该感到高兴和自豪，但孩子一点高兴的劲头也没有。他呆呆地盯着最远处的那道缥缈的树丛屏障，思绪越过屏障，四处游走，似乎想了很多，似乎什么也没想。奶奶递过来的水一直在他手中的碗里晃着，他的心也跟着水在晃。

中午时分，太阳挂在头顶，笔直地炙烤着麦地和割麦人。头上的草帽再也无法抵挡阳光的暴晒，摘下来虽然晒得难受、刺得眼睛无法睁开，却可以享受干燥的热风带来的片刻舒畅。在太阳的暴晒和热风的吹拂下，麦穗比早上膨胀了，麦芒从根根竖着变成了四散开来，有的麦粒已经从麦芒的里侧偷偷地露出了头。这种情况已经不适宜再继续割麦，需要先把割好的麦子拉到单场，免得麦粒脱落，造成粮食浪费。趁着这个时机，赶紧拿过饭来，或蹲或坐，开始吃起馒头和腌蛋。长时间的体力劳动，大家都饿坏了，吃得狼吞虎咽。唯独孩子的心似乎还停留在远方的那道屏障上，吃得很慢，吃得沉默。

相较于割麦，装车是个轻省活。装车至少需要两三个人合作，这样才能装得多、装得结实，否则麦子容易在路上成把地滑落，甚至发生倾翻事故。地板车是车把翘起，车尾着地，需要有人驾扶着车把才能保持大致水平，麦子才不会滑下来。装车时最轻松的是踩车，这个活一般都是孩子干的。当麦子装到一定高度的时候，就需要踩车的爬上去了。踩车时需要在上面来回走动，把蓬松的麦子踩得瓷实一些，同时需要把大人用木杈扔上来的麦子给摊平整。踩车的时候务必注意，一定不要踩到车帮的外部，因为会很容易顺势滑下来。新割的麦茬很锋利，滑下来时把腿脚刺得血流不止是很常见的事。

把周围的麦子装完，地板车需要往前拉动，以便于就近装车。车拉动的时候，整车麦子都在颤抖，孩子爬在麦子上，像坐船一样，多少有点刺激和兴奋。车越装越高，麦子的抖动越来越厉害，孩子再也不敢来回走动，只敢躬着腰，小心翼翼地用手脚试探踩踏。

车终于装满了，几个人合力用麻绳使劲把麦子捆绑好，踩车的小孩子有点胆怯，不敢像大一点的孩子那样，勇敢地跳下来。大人把木杈使劲插进车上的麦子里，双手紧握木杈，让孩子踩着下来。孩子双手拽着捆麦子的麻绳，胆战心惊地向下慢慢试探着，双脚落地，心才踏实下来。

车子装得很高，也很沉，人拉起来很是费劲，如果遇到麦地潮湿，会更加沉重。装好车，从麦地拉到地头这段路，需要多人协助。男人拉，小孩和妇女推，需要全家人共同努力，才能把车拉出去。遇到陡坡或者麦地松软的地方，拉车的人右肩挎着扳带，绳子绷得笔直，身子向前俯冲，脸几乎要贴到地上，后面的人呲牙咧嘴地使劲推，车子才缓慢挪动。有的小孩因为过于用力，缺少经验，使车子前行而收不住力，俯冲在地上被麦茬扎哭的事每天都会发生。车子到了路上就轻松多了，如果孩子大一点，大人会放手让孩子拉车，只会在上坡或者有车辙的地方推一下。如果不放心孩子拉车，就让孩子跟在车后推，遇到成把的麦子滑落到地上，捡起来就行。如果捆绑不当，一遇到颠簸或者晃动，麦子会大把大把地滑落，没人在后面跟着就被别人捡走了。到了单场，捆麦的绳子一解开，麦子就哗啦一声倾泻在地上了，把车厢里的麦子挑出去，拉麦的活就算干完了。

哪怕阴天，只要不下雨，都需要把麦子摊在单场上进行晾晒，去除潮气，便于脱粒。摊麦的时候需要注意，要把麦子全部抖散、打乱。小孩都爱干这个活，随手抓起一把麦子，随意抖动，随便乱扔，肆意挥散，没有任何约束，全凭自由发挥。一把麦子撒向太阳，在空中四散开花，麦芒在阳光下熠熠生辉。一把麦子撒向兄弟，落在他头上、脸上和脖子里，在欢叫声中，更多的麦子被撒回来撒回去。有的农活很累很乏味，有的农活很累却杂有很多意想不到的乐趣。麦子杂乱，横竖都有，相互支撑，蓬松而多孔，易于晾晒和压场。上面晒干后，还要及时用木杈翻过来，把下面的麦子也晾晒风干。从中间随意捡起一根麦穗，轻轻一搓，麦粒全部下来，说明麦子已经完全干透，可以开始摊场了。

摊场就是用木杈把晒干的麦子平铺在单场上，为压场做好准备。摊场讲究圆周厚、圆心薄，就是四周边上可以多放麦子，中间少放些。因为人主要是站在圆心控制牲畜，周边碾压的频率高，中间反而不容易压到，经常能看到完整的麦穗。如果牲畜的力气比较大，能在石磙后面挂上磅石，就可以把麦子摊厚一些，能有六七十厘米厚，否则只能摊四五十厘米厚。

家乡风物　　153

压场前要再检查一下碌碡子连接石碌的碡榫是否松动，用斧头噗噗轻击卯榫，调整一下松紧。在牛、骡子和驴等大牲畜进场前，要牵着它们遛一遛，热热身，活动一下筋骨。还要让它们在场外拉屎撒尿，免得懒牛（驴）上场、屎尿直淌，清理时既耽误工夫，也会玷污粮食。给牲畜上好套后，还要检查、调整套绳的长短。套绳过短，碌碡子容易碰牲畜的后腿，套绳太长，转圈费劲，还会消解拉力，石碌后面如果不挂磅石，碌碡子前面的横梁就会不时前倾触碰麦子，增加阻力。

在没有拖拉机、脱粒机和联合收割机等机器之前，压场打麦全靠畜力，牛和骡子是主力，个别也有用驴的。驾驭大牲畜压场看似简单，只是慢悠悠地转圈，吱呀吱呀的声音像一首单调而古老的歌谣，其实需要丰富的经验和技巧。两头牲畜讲究搭配，不能都是没有压过场的生瓜蛋子，那样容易顶牛。里圈的牲畜要温顺、有力气，有压场的经历，易于控制，能够带动外圈的牲畜。

老黄牛看似温顺忠厚，出苦力、干重活、挨鞭子都一声不吭，其实脾气很大，脾气上来了，爱用牛角抵人。虽然鼻钳子和缰绳可以控制牛的行动，但其发起脾气来还是很可怕的，任凭你怎样拉拽缰绳，哪怕你把牛鼻子勒出血来都无法制止，严重的时候，还能把拉拽缰绳的人拖倒在地上滑行。这个时候千万不能用鞭子抽打，要对其进行安抚，更要恩威并施，要"因牛施策"，缰绳的松紧全靠人的经验和对牛的了解。骡子的力气很大，刚上场的时候跑得很快，如何控制速度、如何应对㤭蹶子的骡子更需要经验。驴子看似灵巧，其实没有长力，很难长时间应付繁重的农活，一般不用驴子压场。有经验的村民能迅速熟悉大牲畜的秉性，对其进行安抚，使其平静下来，这种从精神上将大牲畜制服的能力令人叹为观止。

压场时控制牲畜讲究撒绳先紧后松、鞭子高扬、轻点牲畜。先紧后松说的是压场人对速度的把控。刚开始的时候，牲畜精力充沛、劲头十足，有股子刚上场的兴奋劲,拉起石磙来跑得飞快。此时需要拽紧手里的撇绳,控制压场的速度,使其慢下来,否则就会力竭而不能持久。待牲畜的兴奋劲过去,就需要将撇绳松松垮垮地放在手里,只在偏离方向的时候轻拽一下,掌控好方向即可。撇绳的松紧还可以控制压场的进度,每转两三圈要拉动撇绳,挪动一磙榫的距离,这样圈圈相连、环环相扣,直至把全场压完。何时拉动撇绳、挪动那点距离,需要压场人用经验和眼睛来判断。

压场的时候,需要把手里的鞭子高高扬起或者扛在肩上,还要不时地啪一声抽向空中,让牲畜能够时刻看到鞭子、听到鞭响,以免速度过慢。等象征性的惩罚不足为惧时,某头牲畜的套绳会一直松松垮垮,要用鞭梢精准地抽打它的屁股,用轻微的体罚表达不满,提醒它加把劲,保持应有的速度。两种手段交替使用,保证了压场的进度。如果连续轻抽牲畜的屁股甚至是抽击背部和肋部,牲畜仍然走得非常慢,粗重的喘气声清晰可闻,并且发出低沉的嘶鸣和喷鼻声,那就需要暂停休息了。

暂停休息就是把石磙卸掉,把牲畜牵到旁边的空地上,有经验的村民都不会把辕套卸掉,否则再往牲畜身上套的时候就费劲了。除非天气特别炎热,牲畜喘气的呼哧声远近可闻,鼻子里有长长的黏液悬着,可以让它们饮点经太阳晒热的河水,千万不能喂刚从井里打出来的凉水,那样很容易得绞肠痧。稍事休息,就要继续压场了。压场人还要时刻关注牲畜是否要拉屎撒尿,随时冲上去做应急处理工作。可见,压场人不仅要有技巧和经验,还要手脚并用、眼观六路,这也是压场以中老年人为主的原因。

压场时,孩子们可以暂时放松一下,扑通一声跳进单场边的小河里。河水里漂浮着一层灰白色的麦糠、麦芒和扬场时吹来的秸秆碎屑,看似很脏,其实下面的河水清澈见底。跳进河里时产生的波浪把漂浮物向河边推去,一下子就可以洗净身上和脸上黑灰色的粉尘,去除裸露肌体的刺痒感。泡在河里,感觉通体舒泰。年龄虽小,大家都有农忙意识,没有一个打水仗的，都是泡一下就赶快回到了场边。小孩能得到片刻休息，大人可没有这个待遇。大人需要拿着扫帚站在场边，把最边上的麦秸、麦粒往里扫拢，以免裸露的麦粒被压进土里，还要不时地到场里检查麦子的碾压情况，如果发现哪个地方的麦秸太薄或者是露出了麦粒，要不时从不易压到的地方挑些麦秸铺贴到这里。

孩子在场边席地而坐，偶尔起身给大人拿一下扫帚或者木杈，出神地看大人扫拢麦粒和挑起麦秸，看压场人左手中时紧时松的撇绳、右手中高高扬起或者扛在肩上的鞭子，看鞭稍旋转着抽向牲畜的屁股，看黄牛或者骡子一起一伏地拉着石磙，长尾巴不时地甩起来驱赶牛虻、蚊子，看石磙缓慢地碾压铺好的麦子，看磙石上的钩子不时地钩起一簇麦子，需要人看准时机用脚把它踩掉。望向远处，还可以看远方的云，看偶尔飞过头顶的麻雀，看河两岸的杨树、槐树，看地里割麦拉麦的人，看灰黄无边的麦田。看得厌了，就去听石磙碾压麦子时的吱呀吱呀声，听磙石划过麦子的簌簌声，听鞭子甩在空中的清脆响声，听牲畜时重时粗的呼哧声，听麻雀掠过头顶的啾鸣声，听大人间交流收成的说话声。

"翻场啦"的喊声扼杀了遐想的自由生长。压场人和牲畜已经都挪到场边的沟沿上去休息了，最上面麦秸秆的颜色已经从灰黄变成了乳白，几乎找不到完整的秸秆了，需要用木杈把底下的翻到上面来。这个活可轻可重，但需要从周边翻起。周边的麦子压得彻底，麦秸秆已经碎了，很轻松地就能挑起来翻过去。越往中心位置，麦子摊得越厚，麦秸秆越完整，翻起来也费力。等翻到最厚的地方，小孩子需要咬牙切齿用上全身的力气，才能翻动一小块。翻完全场，满脸灰尘，满嘴腥味，胳膊酸疼，双腿发沉，嗓子发干，肚子发饿。刚才积聚的力气给用得差不多了。

翻好场，用扫帚把周边裸露的麦粒再往里扫一遍，场上的麦子显得比开始的时候少了很多。碾压第二遍的时候，明显要比第一遍快很多。因为大多数压第二遍的时候,石碾后面就不挂磅石了。部分秸秆已被碾碎,单场显得单薄、平整,石碾遇到的阻力小了很多。完整碾压两遍,抓起一把麦秸,很难发现有完整的秸秆,这时压场宣告结束,挑场开始了。

挑场就是用木杈挑起麦秸,轻轻上扬,上下抖动,把裹挟在其中的麦粒抖落。抖好一杈麦秸,放在面前,再挑起另一杈进行抖动,然后放在刚才抖好的麦秸上面。没多久,单场上就出现了一个个大小不一的麦秸堆。大人用撒笆把剩在场上的麦秸笆一遍后,就要在场边选择垛麦秸的地方。麦秸垛都选在单场最边上的下风口,这样既不会影响下一场打麦,也不会影响扬场时所需要的风。

选好地方,全家人立即行动起来,开始把堆好的麦秸挑到那里垛起来。麦秸垛到一米多高的时候,就需要孩子上去踩麦秸垛了。刚爬上去的时候,麦秸很软很滑,身子立即陷了进去,跌跌撞撞地四处踩着。跌倒的时候,身子深陷进麦秸的包裹之中,新麦秸吸收的阳光的味道直冲脑门。虽然很想躺在那里尽情体验麦秸的柔软光滑,很想再呼吸一下新麦秸的味道,但一杈子麦秸一下子就盖在了脸上,随后又是一杈子麦秸盖在了上面,只能赶快钻出来,拂去头上、脖子里的麦秸。深一脚浅一脚,不停地转着圈儿踩。木杈不停地挑起麦秸,放到麦秸垛的中央。麦秸垛越来越高、越来越结实。等到麦秸垛高出人的头顶,上面的孩子就有了发号施令的权利,不停地指挥下面的人把麦秸扔向手指的地方。站在高高的麦秸垛上,一边看着更远的地方、更远的风景,偶尔还能看到归鸟飞向树丛,一边指挥着下面的大人,心里多少都会有点不一样的感觉。

麦秸垛踩好,单场上只剩下了厚厚一层的麦粒、麦糠和残留的麦秸碎片,粮食终于快到手了。用笆子把场上碎小的麦秸搂到一处,再用扫帚把麦粒上面的秸秆碎屑轻轻地漫扫一遍,就可归拢麦粒了。撒笆推,木锨铲,扫帚扫,全家各司其职,分工合作。麦粒越拢越多,越积越厚,撒笆就推

家乡风物

不动了。人手一把木锨，一铲一铲地往场中央铲，直到堆成一个圆锥形的大麦堆。收拾停当，如果还有风的话，就可以开始扬场了。

"庄稼不让时，扬场不让风。"只要有风，哪怕只是树梢上的几片叶子微微颤动，都可以扬场。最绝的是，即便是没有一点风，树梢上的叶子像风景画中的叶子一样纹丝不动，仅仅是利用麦粒和麦糠撒向空中的高度和下坠速度的不同，扬场高手照样可以把麦粒和麦糠分离开来。每次只在麦堆边缘铲起一点，看似漫不经心地撒向空中，落到场里的时候，麦粒和麦糠竟然神奇地分离开来。再配合扫帚漫扫，竟然也能不可思议地把场扬出来。只有扬场经验丰富、准确感知风向、熟悉麦粒麦糠特性、手感精巧到位的人才能做到，这样的人是扬场行家，是农活专家，可以称得上黄土地上的艺术家。在鲁西南的广大农村，每个村上都会有几位这样的行家里手，他们凭着认真、耐心和细致，充分发挥追求完美的探索精神，把每一样农活都干得像艺术品。每每谈起这样的人或者看到他们干的农活，大多数人都只有啧啧称奇和羡慕的份儿。

让人抓狂的是，每到准备扬场的下午或者傍晚，西方的天空总是霞光万里、色彩绚丽，深红、枣红、玫瑰红、橘红、粉红、桃红、银红、深黄、金黄、姜黄、橘黄、浅黄、明黄等各色的云霞，堆聚在淡蓝色的半空中，像一幅浓墨重彩的油画。村民不需要也不懂得欣赏油画，只渴求有风，哪怕是时断时续的微风都好。大自然慷慨给予它的美丽，却非常吝啬它的风。在人们的盼望中，甚至在很多人已经离开单场去割麦的路上，树梢上的叶子在不易觉察中微微动了一下。等待中的人敏感地捕捉到了，立即跳起来，奔向麦堆，抓起木锨，从麦堆的边上铲起一点麦粒，斜着撒向空中，在麦粒即将离开木锨的瞬间，双手回转木锨，麦粒在空中翻滚，形成圆弧形的带状物，麦粒与麦糠完美分离。

如果是两个人扬场，不能同时向上撒麦，那样麦粒会相互碰撞，影响麦粒与麦糠的完美分离，需要两人配合默契，你一锨，我一锨，讲究的是顺序井然，互不影响。扬场的时候，还要注意旁边拿扫帚漫扫细碎麦秸的人，不能把麦子扬到人的身上。风小就扬得高些，风大就扬得低些。几千斤、上万斤的麦子就这样一锨一锨地扬出来，这不仅需要技巧和细心，更需要耐力和体力。一场麦子扬出来，哪个人不是胳膊肿胀、腰疼的要命、双腿麻木的？

遇到天气不好的时候，就坏了，需要立即把麦子装袋运回家，那将是对人的体力特别是耐力的极大考验。此时，你如果来到河边的单场，会经常看到瘫坐在地上耷拉着脑袋的人，他们只顾大口喘气，偶一抬头，也是面无表情，目光呆滞，这是体力极度透支的症状，也是很多村民的噩梦。至今想来，我都能清晰体会到那种身体被抽空了的极度劳累。很多事情，没有经历过，只靠想象和他人的叙述，是无法逼近现实的。

"朝霞不出门，晚霞行千里""傍晚出现鱼鳞斑，明天晒麦不用翻"。只要是晚霞漫天，扬好的小麦就不需要装袋运回家了。用大块塑料布遮盖，四周压上木杈、扫帚、撒箔等农具，第二天上午直接摊开晾晒，可以省不少力。只不过晚上需要有人睡在单场里，看守麦子。孩子都喜欢在单场里看守麦子。抱来麦秸铺在麦堆旁边，被子对折铺在麦秸上，一半铺，一半盖。躺在松软的麦秸上，双手放在脑后，仰望着凝夜紫的星空，空旷的夜空显得神秘而高远。适应了夜空的颜色，才发现，没有了月亮的映衬，天上的星星显得比以往更亮，似乎拉近了与人的距离。

打开手电筒，向天上最亮的星星照去。强光撕开夜幕，光柱似乎照得很远。顺着光柱细看，在深紫色的天空中，隐约能看到瓦块大小的片片云朵。仔细找了很久，都没有发现牛郎星和织女星，他们俩应该是精心准备两个月后的年度约会去了，无暇顾及把清辉洒向人间。单场受够了白天的繁忙和嘈杂，也乏了累了，寂静无声，只有场边的杨树和槐树偶尔发出沙沙的声音。默念着牛郎织女的故事，疲惫的人很快就进入了梦乡。

第二天，强烈的阳光把人从梦中喊醒，揉着眼一看，发现家人已经摊开麦子开始晾晒了，而自己不知道什么时候已经被转移到麦秸垛旁边。家人都在打趣他睡得真死，被人偷走都不知道，更别提看守麦子了。晾晒麦子很简单，只要不下雨，每隔一两个小时用木锨平推翻一下就行了。到了下午三四点钟的时候，麦子已经晒干（如果天晴得不好，还需要再晒一两天），可以装袋运回家了。

装袋、装车、拉车、搬运、入囤，每个环节都是极为繁重的体力活。每袋麦子上百斤，每家都有七八十袋甚至是上百袋，两三个人干活，劳动强度有多大是可以想象的。麦子运到家，每个人都会累瘫在地上，连脑子都不会转了。看着满囤的麦子，多日的担忧和提心吊胆终于转化为平静、淡然和淡淡的喜悦，今年能够吃饱饭了，再也不用为一年的口粮担心了。村民都是经过风雨的，即便面对丰收，也是淡然和平静的，没有溢于言表的喜悦，也没有任何欢庆。多日的超负荷劳累抽尽了他们的精气神！因此，每看到媒体中关于庆丰收的娱乐活动，总觉得那些报道者、参与者根本不了解农民的辛劳，更没有参加过超负荷的体力劳动，里外都泛着矫揉造作。

平静和不易觉察的喜悦很快就消失殆尽，明后天又要早起，要把预留出来的最好的麦子拉到十多里远的镇上，拉到粮所去排队交公粮，这将是又一场耗时耗力耗尽尊严的"战争"。交完公粮，种好秋收庄稼后，村民才能安心吃起新麦做的馒头、新面熬的"糊涂"。只有到了这时候，村民脸上才会露出舒心、恬淡的笑容。少年时代那些惨痛的挨饿记忆使他们格外珍惜粮食，看重眼前的收获。他们蹲在地上，什么话都不说，满脸微笑地盯着手里的白面馒头。手里的馒头成了他们的世界和最大的幸福。每每想到这样的情景，都会让人动容。

后来逐渐有了拖拉机、脱粒机，有了联合收割机和各种机动车，很多农具没有了用武之地，慢慢离开了人们的视野，被堆放在院里不起眼的角落，渐渐腐烂进而成为烧锅的柴火。村民再也不用顶着烈日、撅着屁股、呼吸着黑灰色的粉尘割麦，再也不用装车、踩车、龇牙咧嘴地拉车，再也不用摊场、翻场、压场、挑场、扬场，再也不用因为暴雨来临而手忙脚乱、大呼小叫，再也不用因晾晒、装袋、搬运、入囤而累瘫在地上，再也不用早起拉着一千多斤的麦子走十几里的土路，陪着笑脸，送上自己都舍不得吃的西瓜和冰糕，苦苦央求粮站检验人员高抬贵手、少扣点损耗。每次想起那个时代的辛苦麦收路，眼睛都会模糊一片，感慨不已，觉得很有必要重温一下白居易的《观刈麦》：

  田家少闲月，五月人倍忙。夜来南风起，小麦覆陇黄。

  妇姑荷箪食，童稚携壶浆。相随饷田去，丁壮在南冈。

  足蒸暑土气，背灼炎天光。力尽不知热，但惜夏日长。

  复有贫妇人，抱子在其旁。右手秉遗穗，左臂悬敝筐。

  听其相顾言，闻者为悲伤。家田输税尽，拾此充饥肠。

  今我何功德，曾不事农桑。吏禄三百石，岁晏有余粮。

  念此私自愧，尽日不能忘。

交公粮

老父田荒秋雨里,旧时高岸今江水。

佣耕犹自抱长饥,的知无力输租米。

自从乡官新上来,黄纸放尽白纸催。

卖衣得钱都纳却,病骨虽寒聊免缚。

——宋代 范成大《后催租行》

在取消农业税之前,交公粮是农村的一件大事,也是人人谈起都会义愤填膺的痛苦记忆。村民还没有从多日繁重的麦收中缓过气来,队长就在傍晚喝汤的时候上门了。往日队长上门,村民都会热情相迎,拿凳子、递茶水、让香烟,今日却冷淡得很,仅仅是毫无感情地打声招呼,就自顾自地大声喝着汤,任凭队长尴尬地站在门口。队长已经习惯了村民的冷淡和故意给的难堪,自己找个凳子或者干脆在门槛上坐下,拿出烟点上,边吸烟边说,今年你家要交的公粮标准是一亩地多少斤,一共需要交多少斤,你家有几口人,要交的提留款是多少钱。

听到要交纳的公粮和提留款都超过了去年,村民都会把饭碗重重地放在桌子上，啪的一声把筷子放在碗上，一边质问队长，发泄不满——你们的心太黑了，良心都被狗吃了，怎么公粮和提留款年年涨，一边大声诉说生活不易和负担之重——老人看病花了多少钱，孩子上学需要多少钱，化肥和农药又涨价了，家里还欠多少饥荒，看看能不能少交点或者缓几天再交。队长不为所动，既不辩解，也不讲大道理，任凭香烟在嘴里明灭。看到队长的脸沉如水，死活都不松口，也明白胳膊拗不过大腿，"皇粮"是逃不掉的，诉说就变成了指桑骂槐、骂天骂地，安心吃饭的孩子也莫名其妙地挨了骂，直到队长走出院门才戛然而止。

指桑骂槐也好，抱怨和怨恨也罢，人人心里都明白，公粮还是要交的。自古以来，有哪一个种地的不交"皇粮"？那些不交"皇粮"的哪一个有好下场？邻村的某某某，人送外号"飞天能豆"，那么厉害的人，见谁都敢骂，见谁都敢打，天天喊着老子就是不交，看谁敢把老子抓进去！大话喊得震天响，牛皮吹得那叫一个大呀，仿佛孙猴子一样不可一世，最后还不是没有逃脱如来佛的手掌心、没有少交一粒粮吗？自从盘古开天地、三皇五帝到如今，种地纳粮，是古已有之和天经地义的事。老百姓还是多一事不如少一事，乖乖地准备麦子吧。看着堆在粮囤边上的十来袋麦子，这些都是按照去年公粮的标准预留出来的，没有想到还要从囤里往外舀出一袋麦子，想到秋天还要卖麦子买化肥，这就可能影响一年的口粮了，心里就堵得慌，憋屈得很。

第二天的天气晴好，赶紧在院子里铺上大块的塑料布，把要交的公粮倾倒在上面，让麦子在夏日阳光的暴晒下彻底干透。晾晒的时候，除了经常翻动之外，还要仔细挑出麦子里残留的细小秸秆、小石子和其他杂物。这些可以忽略不计的小杂物都是粮所质检人员趁机压价、多扣除杂质甚至是拒收的借口。抓起一把麦子，手掌微微倾斜，让麦子从小拇指那一侧缓慢滑落，如果手心里留有尘土，就说明麦子扬得不干净，还需要再扬一遍。

如果遇到无风天气，那就麻烦了，需要用筛子把麦子过一遍。否则，交公粮的时候肯定会遇到麻烦。那些质检人员不仅举止粗暴，眼睛还都又贼又奸，不能给他们留下找麻烦和压价的由头。到了下午，经过一天暴晒的粮食都有点烫脚，随手抓起一把麦子，捏两粒扔进口中嚼一下，麦子啪的一声崩开，那就是干透了，符合公粮标准，否则还需要再晒一天。

如果哪一年雨水不足、浇水不及时或者麦子灌浆时发生大面积的病虫害，小麦不仅产量很低，成色差，还会比较秕，这样的麦子，粮所是肯定不会收的。谁家如果遇到这种事情，那真是称得上摊上大灾了。即便如此，公粮还是得交，一粒也不会少。为了完成公粮任务，要四处赔上笑脸，苦苦哀求亲友四邻进行麦子交换。比较秕的麦子不仅出粉率低，还吃着黏牙，口感很差，正常时节拿到集市上售卖都很少有人要，只能与其他的麦子掺在一起磨面或者换西瓜吃。因为是亲友邻居，大家都会在力所能及的情况下伸出援手，每家承担一些，助人渡过难关。亲友邻居之间也有矛盾，但看人遇到难处，都会忘掉以前的不快，伸出手，拉一下，扶一把，在村里是很常见的现象。单纯素朴的互助情谊拉近了人与人之间的距离，成为村里的民风流传，给小村增添了丰富的色彩。

交公粮的头天下午，把最干最净最饱满的麦子用最大的化肥袋子装好，一袋袋地称重过秤。在过秤的时候，一定要让秤硬一些，要让秤砣翘得高高的，否则遇到粮所更硬的称，会完不成公粮任务，到时候就是想哭都找不到坟头。称好要交的公粮，一遍又一遍地仔细算计，生怕算错再有麻烦。反复计算过了，终于万无一失了，这样还不行，还要再加上一袋麦子。这是惨痛经验的总结，也是应对社会风雨的无奈之举。村民都在担心粮所压秤太狠，担心杂质扣得太多，担心检查时计算损耗太多，更担心压价太低、完不成提留任务。在地板车上铺上两个剪开的化肥袋子，免得车上的钉子划破麦袋。把公粮一袋一袋地码到车上，用麻绳捆扎结实，裹上防雨防潮的塑料布，就可以静等明天到镇上去交公粮了。有大牲口的要搬来铡刀，把特意从河道里割取的青草铡碎备用，用袋子装好麸皮，挂在地板车的车把上。同时还要把牲口套、套绳、笼嘴等用具备好，牲口明天要出大力、赶长路，头天晚上和当天早晨一定要喂好。

东方的天边没有一丝亮光，仅有一两颗星星睡眼朦胧地在天空中强忍着瞌睡。大地还在夏日的酷热中沉睡，院子外边的杨树、槐树和枣树仍在打盹，树叶低垂，偶然有一只睡蒙了的知了发出短促尖锐的叫声，引得村里的狗跟风似地汪汪两声。村民已经轻手轻脚地起床给牲口喂了两槽饲料了，厨房里的灶火也烧起来了，邻家传来了房门开启时的咣当声和洗脸声。咣当声好像有魔力和传染性，你传给我，我影响他，村子一下子从睡梦中醒来，声音开始嘈杂起来，间或还有小孩子喊叫"娘来"的哭喊声。匆匆喝碗"糊涂"，就着新蒜吃下两个大馒头，就赶快套上牲口拉着公粮到村头集合了。队长早已蹲在路旁的河沟沿上抽烟了，看到有人赶车或者拉车过来，赶紧站起来，大声打着招呼，叮嘱着注意事项，比如遇到质检人员的刁难务必不要当面骂娘，在路上要注意帮衬那些没有牲口拉车的村民，有牲口的各家轮流用绳子拉他一段，遇到上下坡要小心，注意不要翻车。队长今天成了话痨，见谁都要叮嘱一番。

队长还在唠叨，性急的村民已经赶着牲口或者拉着车子赶路了。从村里到镇上的粮所，有十七八里的距离，都是坑坑洼洼的乡间土路。路上还要经过一个河闸，河闸旁边的那段近两百米的路就是一道深沟，经常有水，坡度很大，有三个急转弯，稍不注意或者下坡转弯时拽不住车子，都有可能翻车。这段路必须两三家合作，互相拉拽，才能安全下坡上坡。一路走来，差不多需要三个多小时。天亮之前正是最凉快的时候，如不赶早出发，天气燥热、人畜难耐不说，到了镇上，粮所前排队的车子肯定在两三里地之外了，那就不知道什么时候才能交上公粮了，闹不好的话，要在那里排一夜的队。

刚出发的时候，东方天边才刚露出一丝晨曦，人人都精力充沛，对附近的路都很熟，那里有个坑，这里有个辙，都烂熟于胸，闭着眼都能通过。大家交流着今年的收成，谈论着以往交公粮时遇到的刁难，愤慨着公粮、提留年年涨。大家的愤慨很快变成了或高或低的骂娘声，认为村里的、镇上的、县上的那帮人心狠手辣，不仅计划生育下得去狠手，还多一点口粮都不给你留，往后这日子还怎么过？在咒骂声中，大家的愤慨得到了肆意发泄，心中憋的那口怨气得以舒缓。

刚走出二里地，人拉的车就远远地落下了，距离也越来越大。村民拽住牲口，待后面的车子跟上后，就拿过粗麻绳，一头拴在自己的车尾，一头拴在后面地板车的车杠上，这样就可以助力后面的车了。仅仅是二里地，拉车的人已经气喘如牛，短袖完全湿透，头发一绺一绺地贴在头上，脸上就像刚洗过一样。推车的妇女或者半大小子情况稍微好点，头发还没有湿，但上衣都露出了被汗水浸湿的鲜明印记。一千多斤的麦子，仅靠人力拉车，长途跋涉在乡间土路上，放在什么时候都是费时费力且让人煎熬的事情。

在不经意间，天已大亮，还没等眼睛适应，太阳就蹦了出来，热情洋溢地炙烤着大地，人立即感到了太阳的热情。幸运的是，除了村庄之外，道路两旁都是刚露头的玉米苗、麦茬和小片的棉花，视野开阔，没有什么挡风的东西，阵风过处，还能体会到初夏友好的一面。

经过一个村庄，碰到了一队交公粮的人。无论认识与否，大家都互相招呼，询问公粮的标准。遇到交得高的，大家的气就更顺了，对村长、队长的恨就没那么强烈了，想着不应该骂他们的娘，他娘还是本家的长辈呢。遇到交得低的，大家的怒火就像此时的太阳，发出灼热的光，炙烤着村长、队长他娘，镇长包括粮所的那些人都未能幸免。刚才有点顺的那股气又堵在了心里。

在堵气和顺气的交替中,车队走到了河闸旁边那段最难走的路。大家停下车来,前面的人走到下面,探查路况。最深处有一米多宽的积水,水不深,也就是没过脚踝。坑边、水底都很硬实,不会陷在里面,顺着车辙过去就行了。最难的是积水前面有一个坡度很大的下坡急转弯,怕刹不住车,伤了牲口,需要把牲口卸下来,一人驾车,多人在旁边和后边死死地拽住车子,以免速度过快来不及转弯,那就可能冲进河道里了。牲口被牵到河道里饮水休整,村民开始集体合作,虽然很顺利地转过弯了,但有几个驾车的人因为刹车时用力过大,把鞋都撑破了。套上牲口,集体合作,一辆接一辆地渡过积水、上坡路和弯道。通过河闸后,路程已经走了大半,越靠近镇上,道路也越宽越平整。走在这样的路上,人和牲口都省不少力。

交公粮的车子越汇越多,以至于联结成了一个车辆和牲口的长龙,绵延在通向镇上的大路上,头尾都在视野所及之外,每辆车上都装满了麦子,场面煞是壮观。这时候已经能看到交过公粮返回的空车,村民都兴奋起来,也不管认识与否,一把拉住牲口的缰绳,大声询问粮所前排队的情况、等候了多长时间,询问公粮卖了什么价,询问多交的公粮是开白条还是给钱,询问粮所的大秤有多硬,询问扣了多少杂质和水分,询问一条化肥袋子要除皮多少斤,询问质检员喜欢吃什么以及怎样刁难大家的。

村民的心情急迫,很想了解今年的情况,问题很多,连珠炮似的,你一言我一语,不停地询问。那些交了公粮的,无论遇到了多少刁难,心里如何憋屈,但能够交完公粮,总算是完成了一件大事,都有停下来闲聊的心情。面对村民连珠炮似的问题,大家都是热情待之,不仅会一一解答,还会补上几句注意事项。回答完问题,热情的人还要免费奉上几则排队时看到或听说的奇闻逸事,奉上一些听起来高大上其实一点用处都没有的心得体验。

人人都清楚,那些拿着铁皮喇叭来回呵斥人排队的、提着中空的铁皮

家乡风物　167

锥子（粮食扦样器）质检的、坐在那里一动不动过秤的和记账的、粮库门口监督村民倾卸麦子和检查有无夹带的、财务室那些在屋里吹着风扇嫌弃大家满身尘土和汗味的……这些人的心情都和六月的天一样，说变就变，晴转阴、晴转雨甚至是转为雷暴天气，那都是太常见的事了。往往都是这样的情况，明明那些人对排在你前面的人还是正常对待，你正在暗自庆幸今天运气好、不会受到呵斥和刁难的时候，或者因为你快了一点、慢了一拍，或者因为你车子停得靠前、靠后一点，或者因为车上捆扎麦子的绳子太多，或者因为最下面那袋麦子他不容易检查，或者因为你问了不该问的问题，或者因为你脸上的笑容不够灿烂，或者因为你递过去的香烟太便宜了，或者因为你没有说要请他吃西瓜或者冰糕，骂人的话就从他嘴里出来了。

当着村民的面，年轻人都受不了这无端的羞辱，立即回骂过去。性急的人甚至是摩拳擦掌，准备扑过去发泄心中的怨气。老人、中年人每年都会经历这样的事，知道争吵和动手都无益，最后吃亏的还是自己，硬说你的麦子杂质多、水分大，让你拉出去再晒晒、再过一遍筛子都是可能的事。村民一把拉住上火的年轻人，把他推到路边的树荫下，转过身满脸笑容地对质检员赔礼道歉，递上平时不舍得抽的好烟，点上火，说着乡下年轻人没见过世面不懂事、不要跟他一般见识之类的话。

车子刚到镇上的南街，就走不动了。村民早就有了排长队的思想准备，但却从没有想到会从南街就开始排起，以往都是从中街或者从粮所门前的柏油路开始排起，也就是两三里地的队伍，现在却多了一条街的距离，今天晚上能够排上就是万幸的事了。村民焦急地向排在前面的人打探消息，委派年轻人挤到前面的街上和粮所门口去探探信儿，了解一下什么时候能交上公粮，今年的收粮标准是什么、检查得严不严。

街上比逢五、逢十成集的时候还热闹。马嘶、牛哞、骡子叫，震耳欲声,此起彼伏。牲口的撒尿声、屙屎声混杂其中。"包子,刚出锅的包子,现炸的油条!胡辣汤、豆面丸子汤!"卖早点的吆喝声随着锅里的蒸汽四散开来。"西瓜,井水泡过的西瓜,祛热解暑的西瓜!""黄瓜,现摘的带刺黄瓜!""冰糕、冰水,开水拔凉的冰糕、冰水!"推着自行车、提着箱子的流动商贩在每个人面前驻足停留,对着新到的村民卖力地吆喝着,尽情展示着各自吃食的新鲜诱人。每个人都一边用胳膊擦着脸上的汗,一边像吵架似地扯着嗓子说着话。牲口屎尿的骚臭味、人身上的汗腥味、水煎包的肉香味、炸油条的油腻味、空气中的土腥味,各种气味混杂在一起,扑面而来,一开始人都不适应,感觉憋得慌。时间一长,这些难闻的气味就像消失了一样,包子照样吃得香,油条一根根进了肚子,胡辣汤喝得呲溜响,黄瓜啃得嘎嘎响。

村民的适应能力都很强,随遇而安是他们应对生活的法宝。你可以扯着嗓子聊天,也可以倚在车上饶有兴趣地看牲口、看排队的人、看摊贩、看吃饭的人、看喝冰水的人,可以看男人、看女人,看年老的人、看年轻的人,看高兴的人、看满脸愁容的人,看新鲜物件、看常见的东西,看街头的大树、看地上的碎屑,看眼前的风景、看天上的云彩。真实的生活、丰富的生活、苦中作乐的生活,就在这个嘈杂的街上,活生生的在你眼前展现。

打探消息的人挤回来了,来不及喘口气,更来不及擦一下脸上的汗,就被人围了起来,周围全是急切的眼睛和焦急而没有完全失去希望的脸。带回来的信息很多:今年新增了一个磅秤,称重和记账的看着有点阴,质检员是一个面相凶恶的胖子,已经有人被迫拉到旁边晾晒麦子了,粮所东西两边都是一眼望不到头的排队的人,感觉速度比去年慢……没有一件儿是听了让人舒心的消息,沮丧、失望甚至是茫然都堆积到了脸上。有经验的人清楚,今天肯定是要等到后半夜了,村民带的饲料都不多,牲口撑不到那个时候。大家立即聚在一起商量一下，进行了简单分工。村民把牲口卸了套、腾出一辆车，让几个人把牛、瘦弱的骡子和用不着的笼套护送回家，再回来的时候给大家多带点吃的。饲料汇集在一起，责成一人专门去旁边的牛羊市场看守、饲喂留下的骡子和马。剩下的人一人负责一辆车，机动人员前后照应。

这种排队最是无聊，大家都聚在旁边的树荫下胡侃。大家聊天聊地，聊眼前和村里村外的事，聊交完公粮后去哪里掂泥兜子（建筑队和泥、运泥的工作），聊今年的收成，聊年底谁该娶媳妇谁该出嫁了，聊腰疼腿疼膝盖疼，聊谁得了癌症该吃他的杂菜了，聊邻村某人的花边新闻，更聊交公粮的难题。看着前面的车子往前移动了，大家赶紧起身，努力拉起车子往前挪动。放下车子后，回到树荫下接着闲侃。聊得口渴，走到旁边院子里的压水井旁，咕咚咕咚灌下一肚子凉水，凉水下肚，凉意沁及全身，就连脸上的汗水都收敛了许多，浑身上下都感到舒服惬意。

回家的人骑着自行车返回来了，不仅带来了家人的关心，还带来了馒头、油馍、烙饼、咸鸡蛋、咸鸭蛋、咸菜和大蒜，甚至还有两瓶碧波老窖。有人立即回到牛羊市场换回看牲口的人。大家兴奋起来，团团围坐在一起，满脸幸福地吃了起来。主食下肚，就你一口我一口地对着瓶子喝起了白酒。以往的时候，并没有觉得碧波老窖有什么好喝的地方，只是用来解馋、过过酒瘾的，今天大家却都觉得这酒不愧是粮食酿造的，好喝不上头。

天色渐渐黑了，远处的粮所灯火通明、人声鼎沸，映衬了临街店铺的昏暗、逼仄。在街上待了一天了，每个人的精力都被耗干了，再也没有了聊天的气力，都在期盼赶快交上公粮，回家睡觉。

再无聊的等待也有过去的时候。终于，质检员的胖脸清晰地映入眼帘，粮所门口的磅秤也隐约可见。一天的等待马上就要结束！突然，激烈的争吵毫无征兆地爆发了。大家的心一下子收紧了，只要发生争吵，总要耽误一段时间，赶紧挤到前面一探究竟。从争吵中得知，质检员认为麦子杂质多、水分大，不符合收购标准，坚决拒收。交公粮的坚称自己的麦子没有问题，是反复扬过和晒过的，是家里最好的麦子，自己已经排了一天的队了，质检员这是故意难为人、欺负人。看到有人质疑自己的权威，质检员也大声吼着，眼睛瞪得像铜铃似的，脸上布满灰尘，嘴角沾满了白沫。考虑到大家都有可能遇到这种情况，大家都齐声支援，七嘴八舌地求情，纷纷诉说往返排队的难处。也许是担心犯了众怒，也许是不想多耽误时间，质检员让人拿来筛子，扔给交公粮的，让他当众过一遍筛子。

这对于交公粮的来说是种侮辱，但总比拉回家再拉回来要省事多了。在众目睽睽之下，在众人的围观中，交公粮的强忍泪水和怒气，捡起筛子，一点点地筛起来。大家看得不忍，纷纷伸出手，搬的搬、倒的倒，很快就把麦子筛了一遍。质检员拿过锥子，每个口袋又都插孔取样检查了一番，说是含杂质合格但是水分过大，考虑到天晚了，就不让他拉回去晾晒了，但需要多扣除几斤的水分。不用拉回去就是谢天谢地的事了，多扣水分就扣吧，大家都习惯了粮所的伎俩，拉来的麦子都远多于应交的数额。

在盼望和担忧中，终于等到质检员走过来了。他用铁锥子指着车上的麦子问："这是你家的吧？"被点到的村民赶紧满脸堆笑地连连点头，趁机拿出刚买的冰糕和西瓜，说这是俺村给您和过秤、记账大哥买的，我们不着急，您先吃口冰糕。质检员不为所动，拿起锥子对着袋子的底部就是一下，取出一把麦子，捏起几颗扔进嘴里，麦子刚进嘴里，手里的麦子就顺着手指缝慢慢滑落，凑近灯前看看手里灰尘多少，拍拍手，又把锥子对准另一袋麦子扎去。整个过程都阴沉着脸，一句话不说。大家的心立即提了起来，不知道检查结果是什么，默默祈求老天爷保佑，可千万不要拒收啊。

检查完全村的麦子之后，质检员才指出哪辆车上有一两袋杂质过多的，需要过筛子。大家提着的心终于放下了，拿过筛子，迅速卸下需要过筛的

家乡风物

麦子，哗哗哗地筛起了麦子。在大家过筛子的时候，质检员拿过冰糕和西瓜，扔给了过秤和记账的，自己只留了一根冰糕。吃着村民不舍得吃的冰糕，兴味盎然地看着村民手忙脚乱地筛麦子。

来到过秤、记账的地方，先报上村名和姓名，递上自家交公粮的小卡片，然后把小麦全都抬到磅秤上，过秤的悠扬地喊——共多少斤、扣土杂多少斤、水分多少斤、袋子多少斤。都说粮所收公粮的磅秤硬，没想到这么硬，与家里的秤相比，相当于打了九五折。每扣一项都让人心里一颤，这些扣除完全超出了正常的标准，一个化肥袋子不到二两重，竟然要按麻袋的标准扣除三斤，属于明目张胆的克扣。村民的劳动成果，就这样缩水了。

把粮食搬到粮库门口，真正出力的地方到了。一踏进宽大的粮库大门，一股热浪混杂着麦子的粉尘扑面而来，呛得人难受。多盏超大瓦数的灯泡在粉尘中仍然发出耀眼的强光，照得粮库比白天还亮。一排工业用的大风扇呼呼地吹着，吹来的都是热风，一点凉快的感觉都没有。那么大的粮库已经堆了一多半的麦子，越往里越高，最里面已经有五六米高了。大门里面两边已经搭好了木架，每个木架之间用一块宽六七十厘米的木板连接，一直通到最高处。因为木板太窄，容不下两个人同时通过，只能一袋袋地扛上去。

先费力地把麦子抬到木板上，人爬上去，双手抱起麦子，使劲送到右肩上，两手拽住袋子，脑袋向左歪着，趔趄着向上走。虽然木板很厚，但扛着一百多斤重的麦子走在上面，还是会下陷和上下摇晃，既让人有劲使不上，也有点担心害怕。每一步，肩膀上都像有千钧重担，仅仅几步，腿就有点软了，衣服也湿透了。那三十米的距离，比平时走三十里都要累得多。到了粮库上面，把麦子扔在那里，手酸软无力，就连松解袋子的劲都没有了。呼哧呼哧喘喘气，甩甩胳膊，解开袋子，双手扯起袋子底部的两个角，猛然使劲向上一提，袋子里的麦子就哗地一声倒了出来。把袋子向下抖干净，就赶快回去扛下一袋了。十几袋麦子背完，人累的连说话的劲都没有了，浑身都像刚被水洗过一样，里外湿透，脸上、脖子上、手臂上都沾满了粉尘，刺痒难耐。出粮库大门的时候，粮库保管要一一检查每个袋子，抖一下，检查麦子是否倒干净了。

瘫坐在粮库外边，看着粮所门口检验、过筛子、称重、记账的人，觉得这些人很遥远，像是皮影戏里的。大家都出来了，赶紧到粮所财务室结账。财务室应该是粮所里最舒适的地方，窗明几净，风扇高悬，瓜果齐备，一面厚玻璃把里外隔成了两个世界。怯生生地把公粮卡片从小窗户上递进去，里面的算盘就啪啪啪地响了几声，写上数目，盖上财务室的印章，就把卡片给扔了出来。从始至终，那位财务人员连头都没有抬一下，只看到一头在当时村镇上很少见的大波浪卷发，推测其应该是来自县城粮食局的。

大家松松垮垮地拉着车子来到南街的牛羊市场，摸黑儿套上车，每辆车子后面蹲坐一个人，面朝后面，双手抓住另一辆车子的车把。两两相连，一起回家。开始的一段路，没人说话，即便心里有气有火，也没有力气发泄。行至河闸那段路，需要人下来牵着牲口或者拉着车子一辆接一辆地过去。大家都活动了一下酸疼的筋骨，借着暗夜的微光，蹲在河边平缓的地方，试探着把手伸进河里洗了把脸。有的人在洗脸的时候还捧起河水喝了几口。水不愧是生命之源，喝水之后，被抽干的力气一点一滴地生长壮大，人慢慢地"复活"。大家打破夏夜的沉寂，话多了起来。抱怨、指责、控诉、咒骂，是大家交流的主题。一个人挑起一个话题，立即得到了其他人的同声应和，更多的事例印证了大家的观点。一天所受的劳累、斥责、不公和屈辱，时刻燃起他们胸中的怒火，伴随着日常生活中的苦难喷涌而出。他们始终不明白，到底哪里出了问题，把最好的、最干净的、最饱满的、家人都舍不得吃的麦子交给国家，为什么还这么难呢？

这个素朴的农民之问还要延续多年。其实，在广大的农村中流传着这样的话："头税轻、二税重，三税是个无底洞。"头税是国家规定的农业税额，在农民负担中占比最小，二税指的是有法可依的村镇两级提留，数额远高于头税，三税指的是名目多、数额大的法外集资、乱摊派，这是农民负担沉重的根子。

2000年3月，湖北省监利县棋盘乡党委书记李昌平上书朱镕基总理，反映农民负担之重，发出"农民真苦，农村真穷，农业真危险"的心声，农民负担问题引起了党中央和社会各界的高度重视。"三农"成了社会治理中的关键问题，连续多年，党中央的一号文都事关"三农"。特别是到了2001年底，中国加入世贸组织之后，国际上通行的做法是政府不仅不收农业税，还高额补贴农业。最主要的还是因为中国经济的快速增长，有了推进农业税费减免的基础。国内国际环境促使我们开始推进农业税费改革，农民负担逐渐减少。2006年，取消了农业税，这个在中国延续了近三千年的税种彻底退出了历史舞台。乡亲们的素朴之问终于有了答案，他们再也不用起早贪黑、受苦受累、遭受屈辱和不公地去交公粮了，但这段经历一定会长留在他们的记忆之中，成为他们讲古和感慨今昔变迁的谈资，成为那个时代、那段历史的见证。

至今犹忆种麦时

秧田青青麦田黄，初日下照田夫忙。

驱牛入田声叱叱，铁犁压脊牛毛光。

春泥芊埤苦坚硬，犁深入土三尺强。

欲前不能却不敢，向人作喘走且僵。

老翁挥鞭与牛语，牛乎牛乎力须努。

……

背炙骄阳皮尽焦，手搦泥浆汗成雨。

耕农力作自年年，扶犁岂独尔牛苦。

秋成敢望积谷收，但求租税完官府。

——清代　吴存楷《犁田行》

"过了八月半，种上麦栽上蒜"，是村民在中秋节前后常说的一句农谚。中秋节在老家属于忙收忙种的节日，虽没有麦收时节那种"麦熟一晌、龙口夺粮"的急迫感，但劳动的强度一点也不低，甚至比麦收时节还多了

家乡风物　175

犁地、耙地、耩地的环节。在文人墨客笔下，无论是"但愿人长久，千里共婵娟"还是"今夜月明人尽望，不知秋思落谁家"，中秋节都被看作吉祥和团圆的象征，也是触动愁绪、思念远人的日子。在老家人眼中，中秋节既没有诗意，也没有感慨和秋思，但愁绪一点也不少。村民愁的不是远人，愁的是袋中无物和开销加大，愁的是眼前的繁重农事。

如果非要探究中秋节在村民眼里的意义，它就是大家眼前要做的事、要干的活。中秋节是赶集买月饼、走亲戚送月饼的日子，是订了婚的男方给女方送烧鸡、果品、服饰和商谈结婚的日子，是早出晚归拾棉花、晒棉花、拉车去镇上棉厂卖棉花、买化肥的日子，是掰棒子、剥棒子、晒棒子的日子，是砍棒子秸、用抓钩（三齿耙）敲除棒子秸根部泥土、用地板车拉棒子秸的日子，是摘绿豆、晒绿豆、薅绿豆棵子的日子，是割豆子、轧豆子和在豆地里挖老鼠洞的日子，是割谷子、剪谷穗、打谷子的日子，是割芝麻、晒芝麻、搕芝麻的日子，是从粪坑里出粪往地头拉粪的日子，是整修铁犁、耙、耧、地板车、孙镢子（镢头）、榔头、牛套等农具的日子，更是买麦种、换麦种、晒麦种的日子。在老家，中秋节是花钱和农忙的日子，是收棒子和种麦子的日子，既看不到节日的热闹场景和团圆氛围，也不会有人去思考"明月几时有"的哲学命题，更没有人去想象"海上生明月"的壮阔。

除了中秋当晚给神灵和先人摆上重达半斤的大月饼外，每个人只是尝一口硬邦邦的能硌掉牙的月饼，吃几颗酸甜的葡萄和自家树上结的大青梨，就算过节了。放下月饼和果品，披上厚一点的衣服，在圆月的映照下，在树影婆娑的院子里，全家人围坐在一起剥那堆积如山的棒子。没有人谈论中秋节，每家的院子里都荡漾着此起彼伏剥棒子的刺啦声，间或夹杂着孩子抓到玉米钻心虫的欢笑声。中秋节的丰富含义和多彩的庆祝活动是另一个世界的事情，停留在文人墨客诗意的幻想和现代媒体导演的矫揉造作中，农忙农事才是老家人生活的中心。

村民将种麦之前的作物收获和秸秆清理统称为腾茬,也就是把田地上的作物和杂草清理干净,以利于耕地和下一茬作物的种植。在村里常见的农作物中,种植最多但收获时也最麻烦的是棒子。因为产量高、日常田间管理环节少、市场需求量大,棒子在村里秋季作物中的种植面积达到70%以上。以前家家都喂有牛、骡子等大牲口,棒子叶是上好的青饲料。掰棒子之前,大家都会一头扎进两米多深的棒子地里,忍受着棒子天缨(雄穗)上洇落杂质的刺痒,忍受着棒子叶划伤手臂、脸颊后遇到汗水时的火辣辣的疼,双手并用,把棒子叶从上到下全部拽下来,一把把整齐摆放在地上,四五把扎成一捆。老家人将这个农活称为纺棒子叶。这个活虽然不重,但反复踮起脚尖、上扬胳膊和弯腰低头,这样的动作连续重复多天,再好的身体也吃不消。半干的棒子叶不仅大牲口爱吃,晒干后放到冬天也是牛羊喜爱的美食。

掰棒子是需要技术和力量相配合的农活,左手抓住棒子蒂部与棒子秸结合的部位,右手抓住棒子,猛地下掰,再往外一拽,棒子就到手了,往地上一扔,奔向下一个目标。大人的力气大、速度很快,不一会地上就有了一堆堆的棒子。在大人手里很轻松的活,到了孩子手里,似乎难度就提升了一个量级,在往下掰的时候,总是不利落,棒子的蒂部粘连太多,总要拽好几下才能拽掉,有时候甚至把上半截棒子秸都掰折了,棒子还在下半截秸秆上晃悠呢。不一会儿,孩子就累得胳膊发酸、龇牙咧嘴。大人早就走出了孩子的视线,只能远远地听到前方有呼啦呼啦的掰棒子声。

没有了监督,孩子也忘记了正事。弓着腰钻到旁边的垄行,找到那些还没有成熟或者棒子很小的秸秆,猛地一拽,棒子秸就从根部折断了。迅速去掉残留的叶子,用牙一点点啃咬去外皮,就可以像啃甘蔗一样吃起来。到了收获时节,依然青翠如初的棒子秸嚼起来有清香的甜汁。虽然没有甘蔗那样甜，却是很多孩子的至爱，更是掰棒子时必吃的野食。有的孩子吃多了，会嘴角溃疡，可见甜度还是很高的。

等大人折返回来，看着孩子面前成堆的被嚼过的残渣，真是又好气又好笑，让孩子赶紧把化肥袋子抱进来，把棒子装进袋子里去。装袋子是掰棒子时最轻松的活。把袋子平铺在地上，左手掂着袋口的一边，右手把棒子一个个扔进去，很快袋口就装满了，双手抓住袋口使劲往上一提，棒子就到了袋底。把袋子立在地上，再往里塞几个棒子，袋子就装满了。大一点的孩子可以把满袋的棒子拖到地头，小一点的只能等待大人来扛。用车子把成袋的棒子运回家，掰棒子的活计才算完工。

掰完棒子，就是砍棒子秸的环节。这个活需要力气和速度，小孩子是干不了的，力气小一点的女性砍起来也会很累很费劲，只能是有力气的男人来做。左脚跨过棒子秸，弯下腰，左手抓住秸秆的下半截，右手高扬起孙镢子，对着秸秆的根部，猛地斜砍下去，镢头深入土层四五厘米深，正好把秸秆的大部分主根给砍断，左手拽一下，顺势把秸秆扔在地上。

说着简单，其实这个活是力量、经验和技术的结合，三者缺一不可。没有力量，需要两三次才能砍断，干活的速度要慢很多，也不可能持续长久。没有经验，不是砍得太深就是太浅。砍得深，极易耗费力气，根部泥土太多，不易晒干和敲除泥土，增加运输的重量；砍得浅，就会把大部分甚至是整个根部留在土里，对于以畜力耕作为主的年代是很大挑战，犁地的时候会费时费力。即便是机器犁地，也会形成很大的坷垃，影响耩地和小麦发芽。技术是经验的总结和升华，是把农活干成人人夸赞的主要因素。干完后，坐在地边休息，看着地上一排排整齐的秸秆，虽然很累，但成就感和自豪感一点也不少。很多传统的技艺讲究传承，其实，农活在某种情况下也需要传承。

天气晴好的话，在中秋阳光的暴晒下，在干燥秋风的吹拂下，棒子秸根部的泥土两三天就干透了。大人孩子手拿抓钩、木柄榔头，集体出动，来到地里敲除掉秸秆根部的泥土。这个活不需要弯腰，不需要大力气，男女老少都能胜任。用脚踩住秸秆，轻轻抬起工具，敲击秸秆须根固着的干土，上面两三下，用脚和手中的工具驱动秸秆转一下，再把下面的泥土砸掉。熟练之后，这活会越干越快，不用多长时间，几亩地就能轻松干完。

即便是轻松的农活，小孩子也会经常开小差。他们不是逃避劳动，而是被中秋时节大自然的丰饶和神奇吸引。被砸的秸秆下面总会蹦出受到惊吓的蛐蛐和蚂蚱，大大小小的灰色蛐蛐不时从一排秸秆中钻出来，蹦向另一排秸秆里。孩子屏住呼吸，弓着腰，蹑手蹑脚地走向一排秸秆，用棍子猛地挑开几根秸秆，孩子趁那些惊恐的蛐蛐还未来得及反应，双手并拢，猛地捂向那只最大的。小心翼翼地捏住蛐蛐，把它放进罐头瓶中，既可以看它们互相争斗，也可以在夜晚听秋虫的鸣叫，那"唧唧吱、唧唧吱"的长鸣声在秋夜中不啻为大自然演奏的华美乐章。"明月皎夜光，促织鸣东壁"，这样的月夜还是有些诗意的。老家还把蛐蛐当成一味中药，焙干后服用据说可以治疗水肿。

秋天的蚂蚱虽然蹦跶不了几天了，却是很多孩子向往的野味。这个时节的蚂蚱个大、后足粗大肉多，抓来后用狗尾巴草穿成串，烤熟后焦香四溢，比现在城市里的烧烤好吃多了。在寻找野味的本领上，村里的孩子似乎都是无师自通、与生俱来的。根本无须指挥和分配，他们就四散开来，有的去寻来几个残留在秸秆上的小棒子，有的跑到旁边地里抓出几个红薯、拔出两棵花生，有的拽来几颗尚未成熟的黄豆，把它们统统埋进用抓钩刨出的土坑里。

在土坑上放置一些秸秆，央求抽烟的大人把秸秆点着，在飞腾起来的大火旁，每人都用棍子挑着两串蚂蚱烤，仅仅一两分钟的时间，蚂蚱就被烤成了焦黑色，肉香味也从一个鼻孔钻向另一个鼻孔。不待蚂蚱变凉，大

家乡风物

家就一边用嘴吹着，一边揪下蚂蚱大腿，连壳带肉吃了起来，即便被烫得龇牙咧嘴，仍会大呼好吃。肉没有吃多少，每个人都给灰头土脸做了完美注释。虽然秸秆的余火熄灭得很快，但孩子们仍然不愿多等，立即就扒出了坑里的美食，边在两手中不停地倒换食物，边吹去它们表面的干土。剥去外壳，扔进嘴里，烫的人一下子跳了起来，惹得大家哄堂大笑。儿时在野外烤制的不加任何调料的食物，会一直停留在人的味觉记忆中，每想起一次，美味就增加几分，时间越久，味道越浓。

把棒子秸拉回家后，视野一下子就开阔了，极目远望，灰褐色的大地犹如当地浆洗过的老粗布，颜色素朴，只有极简的线条或格子，少有机巧与变化。"老粗布"一直平铺到邻村村口的白杨树林，其间点缀有少许的暗绿色地块，那是还在生长的红薯和花生。在广阔平坦的土地上，时而能看到明灭的火光和被风吹散的袅袅轻烟，还能看到两三人拿着木锨挖着什么。你也许会奇怪这些人在做什么，我来告诉您，这是一项老少皆宜的活动，是一项大部分村民都乐此不疲的活动，也是一项每年到了这个时候，都会悄然拉开序幕的活动。我们一起走近他们，去看看到底是什么活动吧。

大人也好，孩子也罢，有拿木锨的，有拿铲子的，有拿化肥袋子的，都在地里低头寻找什么，有人忽然发现地上有个小洞，赶紧招呼大家来看。大家看着洞口，没有发现老鼠经常爬进爬出的光滑印迹，用棍子往里探探，发现洞口很浅，应该是个假洞，是老鼠用来迷惑人的。找来找去，人们终于发现了一个大老鼠洞，洞口光滑，可见老鼠经常出入。大家赶紧拿来地里残留的秸秆，点燃后放在洞口，用化肥袋子将烟缓缓扇进老鼠洞，不一会儿，几米远的地方出现两三处冒烟，那是鼠洞的其他出口。大家飞奔过去，迅速用土将冒烟的出口全部堵上，用脚将土踩实，确保老鼠无法钻出。

熄了火，大家就顺着老鼠洞轮流开挖。老鼠洞有深有浅，浅洞会在约三十厘米深的地方拐弯，斜伸向其他方向，深洞要在七八十厘米甚至一米多深的地方才开始拐弯。沿着拐弯的方向继续挖,很快就能发现多条通道,每个人沿着一条通道继续挖,看看谁能先挖到老鼠藏匿的粮食或者逮到老鼠。老鼠属于就地偷粮的动物,地里种的是大豆,洞里就是大豆,地里种的是花生,洞里就有花生。终于发现粮食了,大家都兴奋起来,围观的人也开始议论起来,都在估摸一个洞能掏出多少粮食。

老鼠的储藏技术非常高,洞里的粮食用手都掏不动,只能用小铲子一铲一铲地往外挖。里面的粮食冒着热气,有股发酵的酸味。有时会挖到发芽的豆子、花生,也会挖到发霉变黑的粮食。储藏果多的老鼠洞,能挖到十多斤粮食,半天下来,收获能达到几十斤。运气不好的话,辛苦半天,一斤粮食也挖不到。不论收获多少,挖的人和围观的人,永远都兴致勃勃,暂时忘却了农活的繁累和生活的拮据。在简单中找到乐趣,在劳动中寻找欢乐,些微收获就能满足,这就是家乡人抱怨少、快乐多的密码。易于安于现状,缺乏拥抱变革的勇气和魄力,这也是家乡发展较慢的原因。

颗粒归仓,秸秆归垛,就要浇水和施肥了。俗话说的好:"有收无收在于水,收多收少在于肥。"庄稼的生长离不开水肥。水受制于天气和农业设施,而肥却是可以通过勤劳积累的,"扫帚响,粪堆长"嘛。以前老家有一个很不好的生活习惯,每家院子里靠近西南墙的地方都有一个粪坑,里面常年积有多半坑的粪水,粪坑旁常会圈着头猪,猪的粪便、羊粪蛋子、烂菜叶子、各种落叶、腐烂的食物、锅底灰、向阳坑道扫来的醭土,凡是村民认为能够沤成粪的东西都会被扔进去。气温升高之后,刚进院子就能到闻到刺鼻的腥臭味,粪坑里的漂浮物上落满了苍蝇,一有风吹草动,成群的苍蝇噌地飞走,然后又嘤嘤地飞来。

进入农历七月,家家户户都会到坑道里、树林里拉几车土,把粪坑填满,经过一个多月的发酵,正好在犁地种麦的时候变成土杂肥。男劳力多的人家,会在初夏的时候就把粪沤好,拉到自家地头,堆放在那里慢慢发

家乡风物

酵，这样就能比其他人家多沤一坑粪。出粪、拉粪都是体力活，用板车在地里散粪，更是耗费体力。撒粪则需要一定的技术，用木锹铲起土杂肥，呈扇形用力向外撒去，肥料要均匀地落在地上，每一次都要恰到好处地撒到上一次的边缘。很多农活都是需要力量和技术的，好的农民都是力量和技术结合的高手。

　　机器犁地没有技术可言，很少会有让人印象深刻的事情。用牛耕地则是另外一回事，仅仅是牛套的整理就需要费点工夫。先检查牛梭子是否光滑、有无木刺或裂缝，以免伤及耕牛。再把两副牛套并排摆在地上，分别调整牛梭子两边的拉绳，确保两边的拉绳长度相同，否则会出现拉力不均和跑偏的情况。然后解开左边拉绳上的牛肚绳，也把撇绳放在左边。给牛上套的时候也有讲究，要分清主从，力气小的牛为从，要套右边的牛套，力气大的牛为主，要套左边的牛套。一般都是一人牵两头牛，另外一人负责上套。上套的时候，经常会遇到发牛脾气或者扡蹶子不让套绳的牛，这时没有别的办法，只能拼命地拉拽牛缰绳，有时候非要把牛鼻子拽得朝向了天，它才能老实下来。上了套，系好牛肚绳，把长撇绳拴到左边耕牛的缰绳上，把套钩与木犁上的锁头挂在一起，就可以犁地了。

　　犁地看似简单，只要扶着犁把手往前走就行了，其实不然，犁地要讲究深浅有度。种麦讲究深耕，这样可以加厚土层，改良土壤，防旱保墒，减少杂草和病虫害，有利于小麦生根和高产。农谚"耕地深一寸，麦后满了囤""种麦不用问，深耕多上粪"，说的就是这个道理。话虽如此，但如果地犁得太深，加之还要赶农时，两者很难兼顾，这就需要在速度和深浅上找到一个平衡点。如何找呢，全凭犁地人的经验。

　　犁铧一入地，鞭子啪地一响，耕牛似乎受了惊吓，像发疯一样拼命地往前跑，任凭后面的人怎么拽撇绳都不起作用。这个时候需要双手用力按住犁把，地要犁得足够深，确保犁铧不能被拉到地表，还要努力保持直线前进。十几分钟后，耕牛的冲劲消逝，变成了匀速前进，需要稍微用劲向后拽着犁把，否则会犁得太深，牛会拉不动。但稍微一浅，牛的速度就会突然加快，这时候就会出现打铧（犁铧露出地面）的情况，留下一块生地，耩地的时候可能会别坏耧腿。犁地人还要根据残留的垄辙和地界，判断是否走弯了，不时通过耕牛熟悉的吆喝声来调整方向。驾（前进）、哨（后退）、吁（停）、喔喔（右拐）、咦咦（左拐），训练有素的耕牛都能理解这些吆喝声所蕴含的意义。

到了地头，需要迅速向后拽住二扶手，左手轻拽撇绳，嘴里还要咦咦地喊着，人拽着犁子快步向右前方跑去，迅速完成调头和把犁铧插进土里的工作。但凡慢一点，地头就会留下没有翻耕的生地，将会影响播种和产量。几个来回，不仅牛累得粗气连连，人也会气喘吁吁。当牛的喘气声越来越重，鼻子上开始滴水的时候，就需要休息了。一般前两次休息的时间比较短，不需要卸套，在地头稍事休息，待喘气声归于平静即可。再之后的长时间休息需要卸套，给牛饮水，让其卧在新耕的地里，待其开始倒沫（反刍时嘴边出现白色泡沫）的时候就表明可以继续犁地了。犁地人则趁机喝点水、抽两根烟。半天耕作下来，人和牛都累得够呛，也都需要吃点好东西补充一下。人大多吃几个鸡蛋、炒点笋瓜，牛的奖赏则是拌饲料的时候多加点麸皮、几根棒子和一盆加了盐的刷锅水。

在犁地的时候还有一项重要的农活要同步进行，那就是打坷垃，就是要用榔头把大的土块砸碎，以利于耩地、出苗、扎根和生长。农谚说得好："麦子不怕草，单怕坷垃咬。"由此可见坷垃对播种和收成的影响。村里的地属于黄河冲积平原的一部分，以淤泥沉积形成的淤土为主，土质偏硬、易板结，盐碱地多，低洼田地里的积水排干后，地面会积聚一层白色的盐碱，在阳光下发出刺眼的白光。

从我出生一直到80年代中期的那十年里，雨水都比现在多得多，村边小河里的水汤汤荡荡，流速很快，田边的坑道、村头的大坑里的水面常与路面齐平，低洼处的农田都是水汪汪的。村子北边的土地，因为地势低、经常积水而被称为"北洼"，庄稼的产量受到严重影响。为了防涝、治碱和改良土壤，村里开挖抬田。所谓抬田就是在地里每隔二十米挖一条沟，沟宽三四米，深一两米，沟里的土平铺到两边的田里，抬升田地的高度。抬田沟可以蓄水、排水，保证沟两边的农田不受水涝的影响。即便如此，北洼也会经常积水，土壤会板结成大如排球的坷垃。如此大的坷垃仅靠耙地是无法解决的，只能用榔头敲碎。那个时候，老家种麦时常见的一景就是前面在犁地，后面跟着老人、妇女和孩子，手举榔头打坷垃。有的大坷垃特别硬，很难敲碎，能把人的手震得发麻。地里的坷垃太多了，打起来费时费力，犁地的人早收工回家了，打坷垃的人还在地里忙碌着。

耙地既能把小一点的坷垃耙碎，让土地变得平整如毯，也能使土层松软，减少土壤水分的蒸发，是小麦发芽和出苗的重要保证。老家的农谚说得好："麦收一个耙，秋收一张锄""深耕细耙保好墒，来年麦子堆满仓"。耙地的重要性可见一斑。小孩子很喜欢耙地，原因无他，不用劳累，就能享受坐车般的快感。到了地里，套好牛，挂上耙，孩子双腿前后岔开蹲在上面，双手抓住耙上的绳子，找好重心，大人一甩鞭子，啪地一声，牛就拉着耙冲起来了。对于习惯了繁重农活的耕牛来说，耙地真是小菜一碟，因此速度很快，人要一路小跑才能跟上。

刚开始的时候，如果找不准重心、掌握不好平衡，是很容易栽倒在地里的。在前进的时候，耙会随着地势上下起伏，也会在遇到大一点的坷垃时猛地一掀，蹲在上面并不是享受，小孩子会随着耙的起伏而提心吊胆，双腿也会发酸发麻。即便如此，小孩子还会争先恐后地蹲在上面，阵阵惊呼、兴奋的喊声和喔喔、咦咦的吆喝声四散开来，飘荡在高远的天空中。耙地讲究三耙，先条耙（从地头直线耙向对面），再斜耙（耙地时呈"S"线前进），最后再条耙。无论怎样耙，都要求一耙压一耙，保证每个地方都要耙到。三耙之后，土壤细碎，土地平整，灰褐色的土里蕴藏着一年的口粮和希望，任谁看着，成就感都会油然而生。可惜的是，耙这种常用的农具，现在已经看不到了。

耙地之后就是耩地了。小麦播种对农时和气温要求比较高，种的早了，寒冬腊月容易被冻死，种的晚了，麦子分蘖少、产量低。农谚"白露早，寒露迟，秋分种麦正迎时"，正是从农时的角度来说的。如果遇到气温偏高，一般都会推迟七八天。至于如何判断气温，就靠长期的农耕经验和个人的感觉了。所以，你会发现，每家开始耩地的日子总会相差几天，不是人手安排不过来，而是个人判断的标准不同。耩地的前一天，要用稀释后的敌敌畏把麦种拌一下，主要是防止蝼蛄把麦种从地里给拱出来，影响小麦发芽出苗。也有当天用农药拌麦种的，但这样易使麦种发潮，耩地时下种不畅，种子稠稀不均，有时还会出现整垄不下种的情况，最后只能返工重耩。

耩地是种麦时节最需要技术和经验的农活，更是需要集体配合相互协作的农活。如果是牛拉耧，至少需要一个摇耧的（耧把式）、一个牵牛的、一个打杂协助的；如果是人拉耧，则需要一个摇耧的、一个驾耧的和三四个拉耧的。摇耧的都是劳动经验丰富的老农，耩地的深浅、下麦种的速度、麦子的稠稀，都由他来把关。把麦种倒进耧仓里，根据主人"稀一点"或"稠一点"的要求，调整好出麦种的挡板，就可以左右摇晃耧把手开始耩地了。耧斗锤打在两边的耧板上，"啪啪啪"的声音有节奏地响了起来，有经验的人可以从响声中判断出播种的稀稠。

在耩地的过程中，耧把式要紧盯着出麦种的速度，随时调整摇耧时所用的力气，保证麦种匀速流下。"脚踩坷垃手摇耧，两眼盯着稀和稠"，就是耩地时摇耧人的工作写真。即便如此，刚往前耩二三十米，耧把式还

家乡风物　185

会停下来，返回去，用脚蹭开上面的泥土，查看麦种的深浅稀稠，然后回来再调整麦种挡板出口的大小和摇耧的频率。耩地的时候还讲究"进地紧三摇，出地慢三摇"。因为刚一进地，耧腿里没有麦种，如果不快速摇晃耧把，地头上的麦子就会很稀。一垄到头，耧到了地头的时候，要缓慢摇动耧把，因为耧腿里的麦种已经足够了，如果还正常摇动，耧腿里的麦种会撒在调头换垄的路面上，造成麦种的浪费。"麦在种，秋在管"，就是在强调耩地的重要性。"耧锤打的耧板响，漫垧地里把麦耩。八月耩下麦一袋，来年收个麦满仓。"谚语平实无华，道出了耩地的场景，更说出了老家人的希望和心声。

地耩好后，种麦的活计并没有结束，还有最后一道农活要做，那就是砘地。所谓砘地，就是用砘子沿着麦垄压一遍，让表层的土瓷实一些，避免土壤风干，同时确保麦种完全埋进土里，保证出芽率。农谚"埋麦露豆""麦种深，谷种浅，芝麻影住脸"说的就是这个道理。砘子虽然是石头做的，但一个人拉起来也很轻松，砘地的时候用人拉比用牛拉的多。也有省事不用砘子的，大人、小孩沿着麦垄一行行地踩，前脚贴着后脚往前踩着走，人要晃着身子保持平衡，从远处看去，豪爽、外向的村民都成了扭捏的大姑娘，风摆杨柳般地在地里袅娜前行，任谁看了都会忍俊不禁。

麦子种下心里安，似可歇息半偷闲。在以前的农村，"偷得浮生半日闲"是非常奢华的梦幻，村民天生都是劳碌命。大块田地已经完工，还有小块的关于棉花、花生、红薯的活要忙，耕作程序一样不少。待所有的地块已完成播种，日子早已经进入了寒冬时节，在寒冬雾气的笼罩下，大田里的麦子已经钻出了两片翠缥色的叶片，上面挂着眼泪状的露珠，怯生生地张望着这个世界，给乡民带来了"明年足汤饼"的希望。

颗颗花生都是情

仙子黄裳绉春縠，白锦单中笼红玉。

别有煎忧一寸心，照入劳民千万屋。

——清代　梁起《花生赋》

每年十月底，我都会收到父母从老家给我寄来的礼物——几十斤未干透的花生。我从小养成了爱吃半干花生的习惯，每到这个时节，味觉的记忆就如同定好的闹钟一样如期苏醒，那种简单却又挥之不去的味道总会长久地飘浮在脑海里。花生收获之后，晾晒两个多星期，脱去了大部分水分，在将干未干之际，不软不硬，口感最佳，筋道而有嚼劲，味道最浓，有肉食的香味和果实的微甜。特别是颗粒有点秕的花生，更有嚼劲，更加香甜，更让人心向往之。我只要吃起半干花生，就很难停下来，不大一会儿，面前就会出现一堆花生壳。直到嚼得两腮酸疼，才会恋恋不舍地放下。转一圈或者干点其他的事，总要找点自我安慰的理由吃上几颗。在我的认识里，自然生长而未经加工的食物，让人欲罢不能、记忆深刻的数不胜数，但最好吃的应该是半干花生。

深秋的时候，老家的天气已经转凉，早晚都需要穿厚一点的衣服。北风频频现身，吹黄了树叶，吹走了阴雨天，吹蓝了天空，吹淡了太阳的热量。天气冷燥起来，花生在不经意间就干透了，能吃到半干花生的机会转瞬即逝，只有短短的几天。当你在地里忙着犁地、打坷垃、耙地、耩地、砘地的时候，当你顶着刺眼的阳光在拾棉花的时候，当你在地里挖红薯、晾晒红薯干的时候，当你搲尽最后一粒芝麻完成收获的时候，在无人注意的间隙，花生秧子在房顶上偷偷地完成了从青粲到苍黄的转变，如果雨水稍多，颜色就会呈现油紫色和霉状的黑褐色。抓起花生秧子一看，大大小小的花生果簇拥在根部，已经从白嫩的小胖子瘦身成了黄中泛白的小青年。抖一抖秧子，能够隐隐听到花生米在壳里晃动的声音，这个时候的花生最好吃。因忙于农活，稍不留意，最好的机会就溜走了。每次吃到这样的花生，我都觉得是件很难得、很幸福的事！

毕业后来北京工作，至今已经有二十多个年头。在北京待的时间长了，除了几个重要的传统节日和父母的生日，我很少关注农历，对节气的变化和作物的收成的反应变得迟钝，有时候需要想几分钟，找到家乡熟悉的参照物或者记忆深刻的事情才能反应过来。家乡的人和事，有的变得模糊甚至是已经淡出记忆，有的反而变得印象更为深刻，细节历历在目。家乡的方言，很多音调在我口中已经变味走调，家里人听起来都说有点不伦不类了。回到家中，沉浸在方言俗语的氛围中，普通话的腔调很自然地消失不见，只是偶尔才会蹦出一个别扭的混杂的词语。家乡的风物、儿时吃过的东西，似乎被刻在脑海里一样，历经四十年岁月的冲刷，依然清晰如昨。

父母经年务农劳作，特别是在我父亲外出开车跑长途的日子里，家里的农活主要都由我母亲完成。繁重的农活损害了她的健康，留下了家乡人常见的疾病：心脑血管疾病和腿疼。他们年龄渐大，生病住过几次医院，腿脚已不太灵便。母亲现在要借助轮椅、拐杖走路，她原本话就不多，现在话更少了。在电话中交流的时候，刚说过的话她一会儿就忘了，还会再重复一遍，偶尔还会出现断片的情况。父亲的精力还好，但两人的记忆力都是大不如从前，可见的衰老已经出现在了父母的身上。过年回家的时候，看着他们几乎全白的头发，看着他们颠着不太方便的腿脚忙碌，心里满是酸楚和不安。父母忘记了很多事，但他们对于我喜好半干花生却记得很清楚！吃着父母寄来的半干花生，心里颇多感慨，心酸和幸福交相而至。

花生在老家被称为落生（sen），炒制成熟后被称为焦落生。花生种植非常广泛，是当地主要的经济和油料作物。花生对种植条件要求不高，各种土壤条件都能适应，只要其他农作物能够生长的地方，它都能够生长。从产量和品质上来看，富含沙土、比较松软的土壤更适于花生种植和高产。鲁西南属黄河冲积平原，土壤由淤土和沙土混杂而成，含沙量较高、适合种植花生的土地比较多。

夏秋季节，当你穿行在鲁西南各村的田间小路上，随处可见连片的花生，秧蔓满地，碧绿如毯。风过之处，如蝴蝶状的黄色小花在根部随风摇曳，在绿涛中明灭可见。如果遇到下雨天，你可以看到不一样的鲁西南，甚至能感受到它富有诗意的一面。淅淅沥沥的小雨让一切都笼罩在湿漉漉的雨雾中，近处低矮的花生秧蔓、远处高大的青纱帐、隐隐约约的村边树林，颜色都变深了，距离也似乎拉远了，朦朦胧胧，淡淡的雨雾升腾其间。小雨落在花生地里，沙沙作响，点点雨珠在花生叶片上慢慢滚动，定眼看去，在朦胧中却分外透亮耀眼，不禁心中暗暗称奇。即便来一场狂风暴雨，也阻挡不住你了解鲁西南的步伐。花生喜欢让它痛快畅饮的大雨，喜欢把土地浸润、湿透的豪迈。这不仅给了花生快速生长的水分和动力，更给了它果针顺利深入土壤、形成荚果的便利，也为秋后的丰收打下了基础。即便被大雨泡上几天，花生特有的耐涝性也会让自身安然无恙。没有经过大雨的冲刷和洗礼，哪里能有秋后的丰收呀。

虽然鲁西南大部分的地方都适宜种植花生，但我们村周边的土地却是一个例外，它属于淤积的黏土，土质偏硬，颜色发黑，深挖下去，还有一层胶泥，它比沙地肥沃，也易于锁住水分，小麦、玉米、棉花、大豆、绿豆、高粱、谷子、芝麻等秸秆类的农作物，在这样的土里生长会个头大、产量高。老家的俗语"淤土地里驼粮食""沙土看苗、淤土看收"，就是说的这种情况。这种土质不利于花生的果针深入土壤结果，也不利于荚果在土壤里长成大果。可能是土质影响，家里种的花生壳比较硬，表皮的纹理深，晒干后不容易剥开，有的需要两只手才能捏开。即便如此，因为花生售价高、出油率高，还是常见的日常小吃和食物配料，村里仍然有不少的人家种植花生。

村里很少有种植春花生的，都是在麦地里套种夏播花生。在小麦刚刚泛黄的时候，花生种子用农药拌一下，就可以播种。花生播种不需要太多人工，两人配合即可完成。来到麦地里，找到耩地时留出的地垄，斜着身子进入麦地，双脚一前一后，尽量不要踩踏麦根，以免踩倒麦子。刨坑的时候，镢头不能高高扬起，这样会把麦穗砸折，把镢头抬到与麦穗齐高的地方，双手用力向下使劲，借助手部力量，在地上刨出个四五厘米深的坑。另一人左手挎着盛有花生种子的盆子，右手捏起三四粒种子，微微弓下腰，分开晃动的小麦，把种子丢进坑里，用右脚驱土埋上种子，轻轻踩一下。注意，千万不能像种玉米那样使劲踩，因为花生的胚轴短、子叶节大，如果表层土较硬，就容易窝在土里，钻不出地面，造成缺苗情况，影响产量和收成。

一个星期过后，头顶花生红皮的子叶破土而出，微白泛绿的子叶嫩得可爱。拨开麦穗，查看花生的出苗情况，有的已经破土而出，有的把覆土顶成了四分五裂的鼓包，有的则是覆土刚出现了裂缝。再过几天，发现还有窝藏在土里的，应该是覆土过多，这时赶紧拿过抓钩，轻轻搂碎发硬的覆土，露出埋压在土里的子叶，让其自由地吸收阳光雨露。套种花生的麦子都是人工收割的，虽然劳累，却可以保证花生的嫩苗少受伤害和碾轧。

花生长得很快，稍不注意，一行行的藤蔓就从互相"对视"发展成为相互"拥抱"，铺满了行垄间的空地，蝴蝶状的黄色小花或簇簇聚集，或两两相对，或形单影只。看着长势喜人的花生，似乎就要迎来一场丰收了。哎呀，感觉情况不对呀，怎么花生藤蔓越长越高，落花之后的果针怎么没有深入土里？原来是土壤肥沃、土质太硬所致。拿来锄头，一边锄地松土，一边踩踏花生根部，把向上生长的藤蔓踩到地面。村民是八仙过海各显神通，有用脚踩的，有推着自行车压的，有推着地板车轱辘碾轧的，有拿着粪箕子往下蹾的，也有小孩子在上面打滚玩的。如果人手不够，来不及踩踏花生的话，很多花生都能长到六七十厘米高，根本没有多余的营养供给果荚，一棵也就是结七八颗花生而已，有时候连种子都收不回来。粗大的藤蔓、郁郁葱葱的叶子和寥寥数颗花生，形成了鲜明的对比。多日的辛劳和枝繁叶茂并不能带来丰收，想来都是无奈的事。

花生产量低，恰恰成为我儿时记忆中的美味！不知道从什么时候开始，也不清楚在什么机缘巧合下，我喜欢上了半干花生。能吃上半干花生的日子实在太短，短得我还都没有来得及仔细品味它的美味，它就变成了干花生。儿时的生活，各种食物都不丰裕，产量偏低的花生更是如此。那个时候，能吃到花生的日子是屈指可数的。逢年过节或者家中来了客人，老人会煮上一盘花生米，炒几个鸡蛋，作为招待客人的下酒菜。在端上桌之前，老人看我们兄弟几个眼馋得厉害，总会盛出一点让我们解馋。待客人吃过饭后，剩下的花生米立即被我和弟弟妹妹一抢而空。

秋冬时节，我特别喜欢跟着奶奶去赶集。集市离家有六七里的距离，我和奶奶都是走路去。奶奶走在前面，用包袱拎着十几个鸡蛋，我则是跑前跑后，看路上骑自行车的行人，看路边微微泛黄的槐树、柳树叶子，看前方远处路上啄食的麻雀，看小河沟里快速游动的柳叶鱼。平时吸引人的麻雀和柳叶鱼，今天却引不起丝毫的兴趣，因为我的心已经飞到了热闹拥挤的集市上。还没到集市，我就催促奶奶赶快把鸡蛋卖了，这样就有钱给我买好吃的了。那时集市上能吃的东西不多，常见的就是烧饼、水煎包、水煮蚕豆和焦落生。对于刚吃饱饭不久的孩子来说，前两样吸引力不大，焦落生是非买不可的。事实也是如此，无论大人还是小孩，很少有在集市上吃烧饼和水煎包的，大都是在集市上走走停停，边走边从抱在肚皮上的帽壳子里拿出花生来吃。

每次赶集，也就是只能买两斤花生而已，还没回到家里，我应得的那份就吃光了。每吃一次，总会引出我的馋虫，渴望能够不受限制、痛快淋漓地吃一次焦落生。我想，到了那个时候，我应该是世界上最幸福的人了。没有想到的是，幸福来得真快。腊八之后，父母拿出铲子和化肥袋子，让我带着弟弟去村边的小河挖来沙土，在院子里向阳的地方晒干，用筛子把沙土过一遍后放到锅里加热。待沙土炒热后，把整袋的花生倒入锅里进行炒制。一大袋子花生，足够我们过节时痛痛快快地吃个够。从成袋的焦落生里抓着吃，再也不用担心吃光的问题，我觉得我成了世界上最幸福的人。

花生除了炒制之外，还可以成就老家独有的美食——皮杂，这是我非常喜欢也经常做的一道菜。制作皮杂需要的原料主要有绿豆粉皮、花生米和猪肉。粉皮用温水浸泡两个小时后，切成不到半厘米宽的长条。花生米剥去浅红色的种衣，水煮到八分熟。偏瘦的猪肉剁成肉丁，加姜末、鸡精、生抽和料酒腌制。锅开后，倒入香油（芝麻油）和葱姜八角煸炒出香味，依次放入肉丁、花生米进行翻炒至肉末变色，倒入粉皮继续翻炒一分钟，加入五香粉和盐调味，淋上少许香油，盖锅一分钟即可出锅。皮杂鲜香浓郁、口感筋道，让人不忍停箸，是佐餐和下酒的佳肴，也是当地招待客人和酒席上必不可少的名菜。可惜这样一道特色菜，在北京的鲁菜馆中竟然没有吃到过，真是让人感到惋惜。

在老家，花生不仅仅是吃食和油料作物，还被赋予了象征意义，寄托着家乡人民对生活的素朴向往。结婚的时候，家里不仅要准备喜烟、喜酒、喜糖，还要准备炒熟的花生招待宾客。新娘子从婚车上下来的时候，照例是要撒喜糖和花生的，这样可以吸引围观人群的注意，让她可以迅速摆脱人群的围观。新娘子进入婚房后，大家会争相拥挤进去，围观坐在婚床上的新人，评头论足，大声说着俏皮话，故意引逗屋内的人哈哈大笑（老家称之为乱新媳妇）。

婚床上会提前放一把红枣和生花生，寓意多子多福和早生贵子。这也是大家拿来开玩笑的最好素材。大家会集体要求新娘子吃花生，吃得快了，会说她心急火燎，想见新女婿了，吃得慢了，会说她故意扭捏，要让新女婿喂给她吃。吃过花生后，会要求新娘子回答是生的还是熟的，回答是"生的"还不满意，直到新娘子逐一对"生"、"和谁生"以及"生几个"等问题进行了回答才算满意。乱新媳妇的人还会抛出各种刁钻问题，新房里的笑声自然就一阵高过一阵了。为了缓解被围观的尴尬，家里人都会拿来喜烟、喜糖和花生，让新娘子散发给大家。点烟的时候最容易逗人发笑，有人故意把烟放在嘴上，不是做出夸张的表情，就是呼气太重，把火柴吹灭了，逗得新娘和围观的人大笑不已。

婚礼过后，各家各户都会在下午和点面，手工擀成面片，折叠成方形面块，放在靤子上，用红纸盖上，派孩子送到结婚人家，表示祝贺。结婚人家收下面后，会用红纸包上喜糖和花生，作为还礼，以示感谢。

花生还具有药用价值和食补功能。村里人常说："生花生对胃好（养胃）。"这是村民长期食用花生总结出的生活经验，也是得到了科学验证的食疗常识。《中华本草》等药典认为，花生具有止血、和胃、健脾、治疗脚气的作用，花生壳、花生藤蔓也具有一定的治疗作用。如花生壳炒黄后研成细粉，加醋和酒精溶解后的樟脑，涂抹冻伤处，一般两三天即可治愈。

家乡风物　　193

将花生、粳米、冰糖熬粥，可以健胃开脾、养血补气。

让人感到意外的是，如此重要的经济和油料作物，在文学作品中出现的频率并不高，歌咏花生的名篇佳作也是屈指可数，这也许与花生不事张扬、深埋土中的素朴性格有关。在这些作品中，许地山的散文《落花生》因为入选过小学语文课本，名气最大、影响最广。朴素的文字背后蕴藏着浅显易懂的做人道理，以事明理、托物言志的写作手法，对很多初学写作者影响较大。

许地山对花生的着墨并不多，真正写出了花生的形和美、写出了花生的美味、写出了花生给人带来无限乐趣的是老舍的《落花生》："你看落花生：大大方方的，浅白麻子，细腰，曲线美。这还只是看外貌。弄开看：一胎儿两个或者三个粉红的胖小子。脱去粉红的衫儿，象牙色的豆瓣一对对的抱着，上边儿还结着吻。那个光滑，那个水灵，那个香喷喷的，碰到牙上那个干松酥软！白嘴吃也好，就酒喝也好，放在舌上当槟榔含着也好。写文章的时候，三四个花生可以代替一支香烟，而且有益无损。种类还多呢：大花生、小花生、大花生米、小花生米，糖饯的、炒的、煮的、炸的，各有各的风味，而都好吃。下雨阴天，煮上些小花生，放点盐；来四两玫瑰露；够作好几首诗的。"

花生入诗的情况就更少了，这也许与它传入较晚，直到清代后期才大规模种植有关。清末梁起曾作《花生赋》："仙子黄裳绉春毂，白锦单中笼红玉。别有煎忧一寸心，照入劳民千万屋。"作者虽然诗化了花生的外在形状，但总觉得缺点什么。我觉得花生的不事美名、低调踏实、任劳任怨、口不能言，恰恰是家乡人民整体性格的写照和象征。有感于此，编首打油诗送给老家的花生：五百年前海外来，夏种秋收春无缘。黄花暗隐绿衣内，红荚报恩叶下聚。不羡红果枝头挂，甘为长生土中隐。生炒烹炸随君意，一颗一粒都是情。

曹州牡丹甲天下

春风料峭几枝斜，秾艳依然带露华。

牧佐旧为芸阁吏，曹南今有洛阳花。

写生银管曾修史，入席天香抵坐衙。

茆舍竹篱还称否，凭君相赠到烟霞。

——清代　陈廷敬《向云泽自曹州以牡丹见遗赋答》

"庭前芍药妖无格，池上芙蕖净少情。唯有牡丹真国色，花开时节动京城。"这是唐代诗人刘禹锡歌咏牡丹的著名诗篇，用欲扬先抑的反衬手法，写尽了牡丹的华贵气象和万千仪态。唯有国色天香的牡丹，才能在花开时节名震京城，吸引万千注意，使牡丹那种睥睨万花的花王气魄跃然纸上。每到谷雨时节，被俗称为"谷雨花"的牡丹压轴出场，用它的雍容华贵、花团锦簇把春天的盛会推向激动人心的高潮。

无论是景山公园还是北京植物园的牡丹园，都是熙熙攘攘的人群，赏花的人比盛开的花还要多。京城里的人们扶老携幼，盛装出游，簇拥在各色花丛旁，每一株花前都挤满了人。爬满皱纹的笑脸、写满矜持风情的粉脸、略施粉黛的瓜子脸、稚气未脱的学生脸、粉嫩可爱的婴儿脸，皆可媲美于身边的牡丹。牡丹亭边，惊叹者有之，喧嚣者有之，静观者有之，亵玩者有之，摹写者有之，拍照者有之，直播者有之。牡丹丛中，中年夫妇还在强令孩子摆出各样拍照姿态，热恋中的男女刚把脸贴到赛贵妃的花冠上，迫不及待的大妈就豪横地挥起艳丽的纱巾冲了进去，惹得围观和经过的少女掩嘴而笑、快速逃离，被打搅的人只能苦笑着转向远处的花丛。

"须是牡丹花盛发，满城方始乐无涯。"京城的人们暂时放下俗事的烦扰，尽情欣赏牡丹的华美：粉色的赛贵妃、白色的赛雪塔、红色的彩云飞、绿色的荷花绿、紫红色的魏紫、蓝紫色的蓝田玉、墨紫色的黑花魁、淡黄色的姚黄、复色的花二乔，一簇簇争奇斗艳，一株株摇曳生姿，一朵朵夺人眼目。真可谓"千片赤英霞烂烂，百枝绛点灯煌煌"。园内的花和人聚在一起，便是整个春天。正是"有此倾城好颜色"，才会"天教晚发赛诸花"。古代诗人不仅写出了牡丹的"无双艳"和"第一香"，更写出了牡丹不与百花争春的独具一格："落尽残红始吐芳，佳名唤作百花王""一年春色摧残尽，更觅姚黄魏紫看"。美景有时春有尽，也许是想给惹人的春天画上一个圆满的感叹号，牡丹用它的国色天香对春天进行了总结，用它热烈的浓得化不开的色彩叩开了夏日的大门。

每到牡丹盛开的日子，我都会抽出时间陪着孩子去走一走、看一看，即便不到那两个游人众多的景点，也会到陶然亭公园走上一圈，在不大且颜色相对单一的牡丹花丛前赏玩一番。无论是漫步于千亩盛放的牡丹花海还是伫立于亭台一角数朵花前，那般的姹紫嫣红怎能不引人怜、引人爱呢。看遍牡丹的繁华，总觉得还是游人最可爱，人人都希望奋力抓住春天的尾巴，让春天的盛会晚一点闭幕，哪怕闭上眼遐想天上的云彩，用心去捕捉空气中似有若无的花香也是令人陶醉的事情。神游九天之上，思接千里之外。悠扬的昆笛在牡丹亭内响起，让人精神一振，似断还续的"袅晴丝吹来闲庭院，摇漾春如线"把人从梦中惊醒。柔美浓艳的《牡丹亭》确实适合在这个地方这个时节上演。昆曲的清幽倔强地穿行于热闹的人群中，飘荡在"花方着雨犹含笑"的花丛间。

牡丹花开时节，我喜欢陪着孩子去公园是藏着私心的。每次赏花，我都会给孩子增加点乡土情感，告诉孩子，你现在所看的牡丹，有百分之九十来自那个被古称为曹州的菏泽，来自那个被冠名为"中国牡丹之都"的鲁西南小城。虽然很难有时间去感受菏泽国际牡丹文化旅游节的盛况，但从朋友圈中、从新闻报道中、从网络上也可以遥想那方盛景。看到家乡的牡丹在京城落地生根、茁壮成长，引来游人无数，带来无限乐趣，让北京的春天有了更多美的记忆，我的心里有些许的激动和感慨。

说起家乡声名远播的牡丹，似乎有很多话要说，有很多情要抒，有很多事要回忆，但说来惭愧，这么多年来，我只到菏泽去看牡丹一次。即便是这一次，我还是在菏泽转车时顺道去的。那次，因家中有事，我从京城回到了家乡，正好赶上了牡丹节的尾巴，见识了街市上车流的拥堵，见识了沿街叫卖牡丹的小贩，更见识了人人头戴牡丹花冠的狂欢游人。当时还觉得非常幸运，终于可以有机会在家乡一睹牡丹的芳容了。过了几天，事情处理完毕，我特意买了晚上的火车票，早早地奔向了菏泽，准备利用白天的时间把面积最大的曹州牡丹园给逛个遍。车子刚进入市区，我就有点纳闷，大街上的车辆少了很多，一个头戴花冠的人都没有看到。与朋友见面后，我才知道花期已过，现在牡丹园里看到的几乎都是芍药。既然来了，总要进去看看，不能让遗憾在心里越长越大。

园子门口的游人很少，树荫下零落地坐着几个售卖芍药花环的人。看见有人过来，立即围了上来，热情地推销手中的花环。盛情难却，我们一人拎着一个花环开始了牡丹之旅。曹州牡丹园不愧为世界上最大的牡丹成片种植区，给人的感觉就是大——大气魄、大手笔、大胸怀。虽然大部分的牡丹花都已经"香消玉殒"，只留下完成使命后错落有致的花茎，但那映入眼帘的满园壮阔的深绿确实让人咂舌，你完全可以自行脑补牡丹盛开时候的气象万千。这里一簇，那里一丛，近处几株，远处一片，穿行在层层的花茎中也别有韵味，偶然看到几株晚开的牡丹那是要引起惊叹的。

间或碰到几拨游人，有谈天说地的，有吃零食的，有对着园内的雕像和仿古建筑拍照的，有信步漫走的，有眼中只有对方而无其他人的。猛然间看到前面有几位身穿汉服的小姑娘在袅袅地走着，走近看去，却是在拍写真。端正、内敛而不失轻柔的汉服可以用华美和雍容典雅来形容，把人衬得明艳可爱，真可谓"国色鲜明舒嫩脸，仙冠重叠剪红云"。特别是有一身红绿配色的衣服，简直可以用惊艳来形容了，我觉得这身衣服打破了红绿配的禁区，确实值得注意。汉服在身，上身微微向花倾斜，牡丹图案的团扇在手，遮挡住伊人半脸，顾盼生辉的眼眸斜睨着远方的天空。左手外翻上扬，抬左脚绕到右脚的后面，缓缓下蹲，右手拾花而嗅，满脸似醉非醉的微笑，好一幅贵妃醉酒的美景图。

"惆怅阶前红牡丹，晚来只有两枝残。"虽然没有能够亲眼目睹满园的姹紫嫣红，没有领略到牡丹园里的"壮观人间春世界"，给我留下了不少遗憾，但说起收获来，还是颇为丰富的。从园内的博物馆得知，牡丹为原产生于我国的野生木本植物，分布广泛，两千年前就作为中药而为人所熟知。据《神农本草经》记载："牡丹味辛寒，一名鹿韭，一名鼠姑，生山谷。"因与草本植物芍药的花、叶相似，还被冠名为木芍药。牡丹大约在隋朝开始进入宫苑，唐朝开元年间成为名动长安的国花，培育、欣赏、描摹牡丹成为盛唐的社会风尚。唐诗中诸多咏唱牡丹的诗篇可见一斑。宋时，洛阳取代长安成为牡丹中心，现今流传的姚黄、魏紫就是在这个时期培育的。

到了明朝，安徽亳州成为牡丹的培育中心，但随即被曹州（菏泽）所取代。明朝人谢肇淛在《五杂俎》中提到曹州人有喜牡丹、爱牡丹之风，有一人家竟然种了四十亩牡丹。明末清初的曹州学正苏毓眉在《曹南牡丹谱》中有"至明而曹南牡丹甲于海内"的详细记载。发展到今天，菏泽已经成为世界上最大的牡丹培育、观赏、研发、深加工、输出和贸易基地，种植面积近五十万亩，有九大色系、十大花型、近1300个品种。从明朝至今，菏泽作为中国牡丹之都已经有六百年的历史。可以说，菏泽牡丹的规模栽培始于隋，兴于唐宋，壮大于明清，繁盛于当今中国。

让我感到意外的是，园内竟然有一个桂陵之战遗址纪念碑和古井遗址。说起桂陵之战，很多人会不熟悉，但说起"围魏救赵"这个成语，应该是人所共知的。桂陵之战就是围魏救赵战役的重要组成部分。孙膑利用庞涓亟须回国救援的时机，提前在靠近桂陵城（也就是现在的曹州牡丹园所在地）的地方设伏，以逸待劳，大败魏国军队，并擒获魏军主帅庞涓，既减轻了赵国邯郸之围的压力，也报了庞涓对他的羞辱之仇。看着园内的游人和簇簇牡丹，很难与2300年前的那场大战联系在一起，很难与那个受尽屈辱、忍辱负重而终至一战成名的复仇形象联系在一起。想象不到的是，桂陵古貌可不是现在的大平原，那时城南有济水，城北有濮水，地形复杂，遍布沟壑，林木茂密，确实是个打伏击战的理想场所。

高耸的纪念碑在无声地讲述着那段惊心动魄的历史，那口被遗弃的古井见证了多少兵马在此饮水，见证了孙膑的运筹帷幄和智勇果敢，见证了无数军人杀入敌营，血与火、积聚与崛起永远是历史的底色，是鲁西南曾经的主旋律。山东人世所公认的群体性格是耿直、豪爽、义气、忠厚，而这个鲁西南人却贡献了坚韧和永不言败，丰富了山东人的群体性格。

隔着两千多年的历史烟尘看去，这里发生的历次战争所流出的英雄血早已化成泥土，浸染了脚下的土地。在血与火的历史缝隙中，偶尔也能窥见一抹浪漫的绯红。桂陵古城早已成为仅仅存在于历史典籍中的地名，只能到离此一千米远的芦堌堆遗址去寻找历史的痕迹。两千多年的时光冲刷尽了历史遗迹，却没有洗净桂陵古城留下的那点生活中的浪漫。

桂陵之战过后两百年，这里开始大量种植柿子树，制作的柿饼成为当地特产，在明朝初年开始成为贡品。深秋时节，经霜染过的柿叶好似金黄色的枫叶，橙红色的果子倒挂枝头，看去犹如树林中挂满了节日的小灯笼，绝美如画。这幅古战场染红的画卷就是曾经的曹州八景之一——桂陵柿叶。明清两代都有以此为题的咏怀诗："枫树流丹柳变黄，杖藜散步桂陵乡。招来野老林间坐，闲说齐师败魏王""桂陵何处是，齐魏已成空。唯有千林柿，来看十月红。恍如霜后柏，疑是晚江枫。不必垂朱果，翻然叶叶风"。久远的战争和那场战争中的人和事，都成了乡间老人笑谈的闲话，成败得失转眼间成了过眼烟云，唯有眼前的浪漫美景才能穿透历史的烟尘，找到些许的超脱和感慨，成为人生的慰藉。

有感于曹州牡丹的声名远播，山东作家蒲松龄创作了志怪小说《葛巾》。曹州牡丹葛巾有感于常大用对牡丹的挚爱和用情，幻化成体带异香的美丽少女，主动与常生相识、相恋、相爱，顺利结成夫妻，生儿育女。后来因为常生有了疑心，猜忌葛巾的来历，她立即变脸掷儿而去，果断结束了这段感情。在蒲松龄看来，只要感情专一，就能通鬼神，有情之物的牡丹自然能幻化成牡丹仙子。夫妻之间贵在善解人意、心心相印，心中有了芥蒂，爱情就有了杂质，不再纯洁。纯爱可以"上穷碧落下黄泉"，超越生死和外在物质的限制。情真则生者可以死、死者可以生，否则则是情不至也。

对于真情的歌颂与向往，对于天然的爱好，《葛巾》是与《牡丹亭》相通的。与杜丽娘不同的是，葛巾对于爱情具有鲜明的自主性，在与常生的感情发展中，她始终是主动的，无论是在感情的酝酿期、考验期，如胶似漆的生活期，还是果断结束这段感情，处于支配地位、掌控感情发展方向的始终是葛巾。杜丽娘为情所困、抑郁而终，缺少的是葛巾身上行动的力量。在任何朝代任何地方，天然的、纯洁的感情总具有穿越时空的力量，击穿人的心理防线，让人歌咏，让人铭记，让人敬仰，让人唏嘘感慨，让人心向往之。在人类的历史长河中，纯洁的感情和浪漫的美景犹如夜空中的星斗熠熠生辉，犹如三月春雨滋润人心、冬日暖阳熨平人心。

"牡丹花品冠群芳，况是其间更有王"。出乎意料的是，百花园里竟然有800多棵百岁"高龄"的牡丹，有"牡丹王"美誉的那棵种植于明朝万历年间，至今已经历了400多年的风雨。牡丹王的植株高约2.6米，花冠的直径约5米，盛开的时候花朵可达400多朵。每到开放之时，满树浅粉的花朵，形如出水荷花，在风中婆娑摇曳，清香扑面而来，沁人心脾，让人几疑梦中。树前游人攒动，争相一睹芳容。因花期不同，树上的花呈现了不同的生命形态，有的含苞待放，有的怒放争艳，有的美艳正失，有的憔悴枯萎，有的已经凋零。一树之上，就能领略牡丹花开花落的历程。人们不免要感慨大自然的神奇，要感慨物易时变的时光，多少都会有点人生的感悟和思考。

看惯400多年的风雨，历经了多少次兵燹战争，见证了多少次黄河改道，遭到了多少次强权人物的觊觎，能够存活下来简直是个奇迹。如果没有爱花的真心，如果没有护花的悉心，如果没有抵抗外在觊觎的决心，如果没有当地人世代接续呵护的恒心，哪有我们今天看花赏花的可心和欢心。人心才是历史向背的最大力量。唯有人心才能穿透历史迷雾，走向未来。

说起"曹州牡丹甲天下"，就不能不提到曾经的"洛阳牡丹甲天下"。人们一直在争议这两个城市哪个是中国的牡丹中心，哪个城市更能代表中国来传承、展示、繁荣牡丹文化。对于这个问题，我觉得应该从历史和现实两个角度来看。

从历史上来看，洛阳作为古都，种植牡丹较早，文化底蕴深厚，还有女皇武则天的霸气传说和著名文人诗词的加持，北宋时一度繁盛，声名远播，影响很大，但之后因为朝代更迭陷入衰落和停滞。菏泽则从明朝至今，一直都是牡丹的培植中心，在牡丹的种植、培育、研发、观赏、推广、贸易、产品的深加工、文化衍生品的开发上形成了完整的产业链，呈现了旺盛的生命力和影响力，成为当地最为重要的文化名片和经济品牌，造福一方百姓。如果说洛阳代表了牡丹的历史，菏泽则代表了牡丹的现在和未来。

挖荠菜

拨雪挑来叶转青,自删自煮作杯羹。

宝阶香砌何曾识,偏向寒门满地生。

——宋代　许应龙《荠菜》

　　每到春意渐浓、杏花开满枝头的时候,在城市的郊野休闲地、街区公园、河道两旁甚至是道路两侧的绿化带,总能看到有上了年纪的人在挖荠菜。这些人都是三三两两结伴,手拿大塑料袋和小铲子,聊着天,兴致勃勃地寻找荠菜。荠菜在北方属于极为常见的野菜,生命力旺盛,只要是有土有水的地方,就能发现它的踪迹。因此,挖荠菜并不困难,很多人都是把塑料袋装得满满的,然后坐在路边的凳子上仔细地择菜。我无法推测这些人到底有多喜欢荠菜,但他们那种放松的状态让人羡慕。

　　如果遇到老年夫妻出来挖荠菜,情况可能就不一样了。两个人的步调似乎不在一个点上。一人拿着铲子在寻找,不时地蹲下、站起。另一人则是胳膊上挂着塑料袋、双手掐腰站在旁边,嘴里不停地絮叨,满嘴都是军国大事。看到了荠菜,连腰都懒得弯一下,手一指,招呼另一位赶快过来。刚开始的时候,接受指挥的人心情很好,毫无怨言,甚至乐意有人指挥寻找。不一会儿，就出现了意见相左的情况，不知什么原因心里滋生了点情绪，说话开始夹枪带棒。看到情况不妙，长期的生活经验使他明白了斗而不破的原则，马上闭口，乖乖地蹲下挖荠菜。时间稍长，以腰酸背疼为借口，重操指挥大业。任谁看到这种情况，都可能要会心一笑吧。

  虽然生长在农村，但说来惭愧，我对于荠菜之类的野菜却很陌生。老家有这样一种习俗，对于诸如荠菜这种生长在地皮上的野菜野果，村民是不屑一顾的。举凡荠菜、马蜂菜、婆婆丁（蒲公英）、野草莓等不起眼的东西，都被认为是喂羊、喂牛、喂鹅、喂鸡的，人哪会吃这些东西呢？人吃的野菜野果大都是长得比较高的、姿态比较优美的，比如灰灰菜、扫帚苗子、榆钱、洋槐花、桑葚等。村民从小要学的本事是如何犁地、耙地，如何种植小麦、玉米、大豆、红薯、棉花、花生、白菜、黄瓜等常见农作物，这才是正事和本事。务农之外，大家都尊重读书识字，其他的都被视为小道和不务正业。人吃的东西更是如此，谁家如果吃这些野菜野果，既过不了心理关，也有可能会受到邻居的非议。更何况，确实有更多的村民认同的野菜等着大家去采去吃，无人关注荠菜是再正常不过的事了。在这样环境中长大的人，确实是很难有机会去认识荠菜、吃到荠菜的。

  初识荠菜，源自张洁那篇入选了初中语文课本的《挖荠菜》。这篇课文是当时的重点学习内容，老师的讲解很详细，其中有些内容是要求背诵的，因此印象很深："最好吃的是荠菜。把它下在玉米糊糊里，再放上点盐花，真是无上的美味啊！而挖荠菜时的那种坦然的心情，更可以称得上是一种享受：提着篮子，迈着轻捷的步子，向广阔无垠的田野里奔去。嫩生生的荠菜，在微风中挥动它们绿色的手掌，招呼我，欢迎我。我再也不必担心有谁会拿着大棒子凶神恶煞似地追赶我，我甚至可以不时地抬头看看天上吱吱喳喳飞过去的小鸟，树上绽开的花儿和蓝天上白色的云朵。"荠菜的美味、挖荠菜时的坦然、内心的自由和愉悦、春日的美景，还有什么比这些更让人心向往之的？课文写得好，老师也讲得精彩，我知道了新旧对比和社会变迁，知道了代沟和沟通的困难。但我还不知道荠菜到底是什么样的野菜，它是怎样与"最好吃"的美味挂上钩的，甚至不清楚我周围的田地里长着那么多的荠菜。

在这之后的十多年，荠菜就和这篇课文一起逐渐淡出了我的记忆。如果没有机缘巧合，我是不可能再记起荠菜的。

到了北京之后，荠菜重新进入了我的视野。这其实是个悖论，我长大的村里满是荠菜，田地里、沟渠边、河道里，应有尽有，却没有人关注。反而是到了北京，到了一个很少有荠菜的地方开始谈荠菜、聊美味。很多同事会在柳树挂满绿意的时节聊起荠菜，说起挖荠菜的趣味，提到凉拌荠菜或者荠菜馅的饺子。受他们的影响，我偶尔也会买点荠菜馅的饺子，吃了之后，总觉着不如大葱或者韭菜馅的好吃，既没有产生挖荠菜的冲动，也没有产生去菜市场买点荠菜、看看它长什么样的想法。就这样，荠菜又淡出了我的视野，成了我不愿意也没有兴趣去了解的东西。

时间过得飞快，一转眼我到北京已经二十多年了，荠菜似乎和我再也不可能发生什么关系了。周末的时候，我和父母通电话，他们竟然给我说起了荠菜，现在正是吃荠菜的好时机，中午很多人都吃的是荠菜馅的饺子。我问起原因，父母也说不出，也不知道是从谁那里兴起的，大家都开始用荠菜包饺子了，到河里和沟边随意走一走，就能挖半篮子荠菜，省事得很。听了父母的话，一下子，关于荠菜的记忆全都复活了。望向窗外，天晴得很好，恰是春游踏春赏景的好日子，更是挖荠菜的好时节。思忖一会，好像做了一个多么大的决定似的，我也要挖荠菜去！

准备好了铲子和袋子，却遇到了一个最大的难题。我连荠菜长什么样都不知道，如何去挖荠菜？临时抱佛脚，赶紧上网查了一下，下载了几张荠菜的图片，就满心欢喜地奔向了郊野公园。在去往公园的路上，我都想好了凉拌荠菜、蒸荠菜的菜谱。刚进入公园，我的兴奋劲就来了。天呐，公园里竟然有这么多荠菜！一簇簇、一丛丛，无论是土坡上还是沟渠旁，

家乡风物　205

都长满了碧绿诱人的荠菜。一开始还一度怀疑这是不是荠菜，但对比了手机中的照片之后，发现它们长得一模一样，心自然就放下了。相较于我以前常干的农活，挖荠菜这点活就真的啥也不是了。很快，我就装了半袋子。一边挖，我还一边想，没想到挖荠菜这么轻松，蹲在这里一会就挖了这么多，村里人挖荠菜就应该是如此轻松吧。不知怎的，心里多少有点嘀咕，其他挖荠菜的人为什么要走来走去找个不停啊。

随着时间的流逝，我的自信心也在流失，这该不会不是荠菜吧？再次对比了照片，还是没看出有什么区别。但怀疑仍在增长，我就用微信扫一扫我挖的野菜，手机显示的竟然是"独行菜"！我的情绪一下子就低落了起来，感情是白忙了一阵子，白兴奋了这么长时间。荠菜啊，你到底长什么样啊？

无奈之下，只好求助于他人了。说明来意之后，一对老夫妇让我看了看他们挖的荠菜。第一次看到活生生的荠菜，还是有点新奇的。它软趴趴的，有点发灰，既不水灵，也不碧绿，与我挖的独行菜相比，长相上要逊色不少。但就是这毫不起眼的荠菜，竟然成了很多人口中的美味。

带着第一次认识荠菜的新奇和重新生长起来的兴奋，我开始了在公园里寻找荠菜的探索之旅。虽然已经见识了荠菜，但还是和刚才一样，觉得每一棵相似的野菜都是荠菜。没有办法，只好用微信扫一扫每一棵我眼中的荠菜。终于，我扫到了荠菜，赶紧把它和独行菜放在一起，认真观察起来。两种野菜放在一起，区别立现：荠菜的每个小叶片是完全分开的，而独行菜的小叶片则是部分分开。带着这个发现，加上手机的配合，我终于认识了荠菜！

我虽然没有吃到自己挖的荠菜，但我认识了荠菜，了解到了挖荠菜的乐趣。在找寻的过程中，既可以欣赏"红杏枝头春意闹""拂堤杨柳醉春烟"的美景，也可以从连翘花的"寸心原不大，容得许多香"、丁香花的"殷勤解却丁香结，纵放繁枝散诞香"中体悟人生。人生其实和饮酒相似，不在于饮后的辛辣，而在于饮的过程。人生乐趣不在于最终的结果，而在于找寻的过程。

儿时旧事

蓬头稚子学读书

三更灯火五更鸡，正是男儿读书时。

黑发不知勤学早，白首方悔读书迟。

——唐代　颜真卿《劝学》

  未上学之前，我特别羡慕村上那些上学的人，羡慕他们每天三三两两相约去学校，羡慕他们能够正大光明地走进那几间破旧的土屋，羡慕他们在土屋间飞奔打闹，羡慕他们斜挎在屁股上的花书包。土屋里琅琅的读书声，上下课时手工敲击铃铛的当当声，村民夸赞某某学习好、有出息的赞美声，都是犹如天籁一样，吸引我的注意也让我神往。那些比我稍大的小朋友，昨天还和我一起光屁股捉鱼洗澡或者光膀子光脚丫子乱跑呢，转眼间就成了穿戴整齐、望之让人肃然的小学生。放学后，那种陌生的矜持虽然仅仅持续了几分钟的时间，却给我的心理带来了强烈的冲击。学校里的事、学校里的人、土屋里的土台子和黑板，成了小朋友炫耀的资本。新发的语文和数学课本、新买的田字格、新缝的书包、新削的铅笔，都成了我想去触碰但又不敢伸手去摸的珍宝。学校里的一切，成了我心心念念的东西，化为我尽快长大的动力。

在一个暑热难耐的傍晚，我正在村边的树林里摸爬叉猴，遇到了一位大我两三岁的姐姐，她询问我是否已经报名上学了，善意提醒我已经到了上学的年龄，应该赶快去学校报名。我这才知道上学还要报名交钱，我原以为到了七岁自然就会变成小学生的。我攥紧手里的东西，飞快地跑回家，给奶奶和妈妈说了上学报名的事。没想到两人一点都没有着急，让我站在门口边，在昏黄的灯光下让我背起了从一到一百的数字。在那个时候的农村，无论是大人还是小孩，都没有听说过学前班和幼儿园，更不知道什么课外辅导。小学报名的条件公开透明，只要能从一数到一百，就可以入学，如果遇到报名的人数较少或者家长执意要让孩子入学的话，标准还可以降低。为了达标，奶奶和妈妈已经让我数过很多次，她们一点都不担心。晚上睡觉的时候，我的脑海里都是关于学校的幻想，那幻想很窄很小，只有破旧的土屋和崭新的课本。

第二天早晨，还没等大人喊我，我就起床了。从妈妈手里接过五元钱，小心翼翼放进短裤兜里，拿起一个凉馒头，边啃边去小朋友家中，一起跟着他哥哥去学校报名。学校坐落在郗庄的西南角，因村庄而取名为郗庄小学。从家里到学校有一里多地，现在看来，可以称得上近在眼前，但在六七岁、没有出过远门的准小学生看来，这已经是很远的距离了。在步行去学校的乡间土路上，小朋友的哥哥以过来人的身份提醒我们报名时应该注意的情况，向我们传达了数数的技巧。为了验证技巧的实用性，他做起了裁判，让我俩开始了数数比赛。土路两边是近一米高的棒子地，一眼望不到边，热风过处，沙沙声一浪接过一浪。夏日刺眼的阳光直射那墨绿色的海洋，海洋中似乎升起了氤氲的热气。

走到一半的时候，正好是一处夹杂盐碱地的洼地，棒子稀疏，地里散落着几棵楝子树，一个人也没有，春冬时节均可看到树下的坟墓。那个时候，村里人都在传说这个地方很紧（说不出来的邪气和危险）：有人骑车的时候，车把到了这里无端失灵，冲进了路边的河沟里，把腿给摔折了；有人大白天看见坟前有人穿着孝服哭灵，走近的时候，哭灵的人却凭空消失了；某村有人喝醉了酒，掉进了沟里给淹死了，而沟里的水却不足以把人淹死；邻村有一对夫妻，吵架后到这里干活，竟然在楝子树上吊死了；人少的时候，经过这里，常会碰到黄鼠狼，邪魅地盯着人看；小孩子受了惊吓而目光呆滞、天天夜哭，可以拿着孩子的衣服、拎着笓子到这个地方来笓魂……

毫无征兆，我的心里莫名地紧张起来。那些古怪的传说和部分人的故意夸张唬人，早在我的心里种下了恐惧的种子，每到这个地方，都会迅速开花壮大。我早已经背得烂熟的数字，到了这里也磕巴起来。一阵风吹过，棒子地的沙沙声变成了窸窸窣窣的声音，似乎有人在地里穿行。我们三个人的脸色有点白，感到空气似乎都稀薄了，赶快闭上了嘴，快跑着离开了那块洼地。一离开了那里，我们的心情都轻松了，说话的声音不自觉大了起来，数字背诵也通畅了。

终于看见学校了，围墙的底部用蓝砖垒就，砖层上面全用淤土修筑，因为雨水侵蚀，靠近蓝砖的土墙风化得厉害，似乎轻轻一推就要倒塌。事实证明我的担心是多余的，入学后，我常看见有调皮的学生爬上爬下逞英豪，惹来校长的厉声训斥。那堵经风见雨的围墙，直到两年后才被拆除，据说拆的时候很费劲，好几个人才把它推倒，累得大家叫苦不迭。四五座土坯垒制的低矮房子排成两排，个别屋顶上灰黑色的瓦已经脱落，裸露出芦苇编制的屋顶，房子连个小窗户都没有，估计屋里面会比较暗。就要走进学校了，我突然紧张起来，心怦怦直跳，我甚至能清晰地感觉到它马上跳出来了。

学校里真是热闹：有的在追逐打闹，有的在砸纸牌，有的在玩"老母猪"（一种用香烟盒子折叠后比大小的游戏），有的在用小扫帚打扫教室门前的地。我俩怯生生地跟在他哥哥的后面，偷偷瞅着热闹的校园，略带恐慌地躲避着从身边急驰而过的学生。大家依旧热闹着，我俩的出现没有引起他们丝毫注意，就像两颗小石子扔进了深水里，连点涟漪都没有。

来到办公室，说明来意，一名三十来岁的男教师接待了我们。老师只问了名字和家是哪个村的，就满脸堆笑地表示开始入学测试，让我们从一数到一百。我站在老师面前，没有了刚进入学校时的心跳加速。数数对于我来说是轻车熟路，我背得很快，中间没有丝毫停顿，老师似乎很满意，脸上的笑容愈加灿烂。一同前来的小朋友就没有那么幸运了，他紧张得脸红脖子粗，刚背诵了十几个数字，就卡壳了，害得他的哥哥在他身后不时地小声给他提醒，即便如此，他还是不停地出错。无论怎样努力，他还是没能顺利数到一百，低着头，耳朵涨得通红，眼泪一下子流了出来。也许是当年报名上学的人少，也许是他的眼泪打动了软心肠的王老师（老师的姓名，我是在入学后的语文课上才知道的），他也被接收为小学生。报名费是两块五毛钱，找给我的零钱中有一张特别破旧，我也不知道当时怎么有那么大的胆子，脱口而出："老师，我不要这张破钱，给我换一张新的！"王老师给我开了个玩笑，笑着说："破钱也一样能买东西呀。"话虽如此，他还是给我换了一张新钱。直到今天，这件四十年前的小事，我还一直记得清清楚楚，就连王老师的笑容都一直清晰如昨。

小朋友的哥哥去上课了，我们俩在校园里傻傻地站着。听着土屋里传来的朗读声，那种声音是我们未曾听到过的，上课的情景到底是什么样的呀，我们的心痒痒起来。我们对视一下，蹑手蹑脚靠近他哥哥上课的教室，走近教室门口，慢慢探头往里看。外面光线刺眼，衬得教室里漆黑一片，揉揉眼睛，还想再看一眼，就被上课的老师发现了。看着狠狠瞪向我们的老师，我俩吓得撒丫子就跑，连头都不敢回。机缘巧合，这位姓武的老师后来成为我们一年级的数学老师，而他也将成为那位小朋友很多年的噩梦。

回到家里，我给奶奶、妈妈说了我不要破钱的事，她们都不相信，认为我不敢说出那样的话，直到她们下地碰到在地里干活的王老师，才确认我没有说谎。

在等待入学的那个夏天，我平生有了一本自己的书。我在后街玩藏暮（捉迷藏）的时候，在大队的大车旁边，发现地上杂乱地扔着十几页的连环画。我如获至宝，赶紧一页一页地捡起来，问了问一起游戏的小朋友，都不知道是谁扔的。回到家里，我央求妈妈给我缝在一起，再三确认是没人要的之后，妈妈才按照页码顺序给我缝在了一起。我仔细翻看着那本缺头少尾且中间也无法一一相连的连环画，心里竟然充满了喜悦。我一个字都不认识，自然无法读懂书中的文字。翻得多了，那十多张画面逐渐烂熟于胸，每个人的神态举止，每一页不为人所注意的服饰，每一页不同的树木，都刻在了我的脑海里，遇到连接不上的地方，想象力自然会弥补空白。

在那个夏天，妈妈用裁剪衣服剩下的老粗布给我缝制了一个蓝格子书包，还到集市上买来了两支铅笔和两本作业本。那些早我一两年入学的人都有一个铁皮铅笔盒，上面印有正在看书的胖娃娃，憨态可掬，实在是让人眼馋。我也缠着奶奶，跟她走到集上，挑了一个印有孙悟空大战白骨精图案的铅笔盒。这个猴子太有名了，我在广播中听过它的故事，它的英武形象打败了憨态可掬的胖娃娃。我相信这个孙悟空图案在所有的铅笔盒图案中是最好的。

终于开学啦！早早地吃过饭，左手拎起空荡荡的书包，右手拎起小凳子，约上同村的小朋友就奔向了学校。一路上，大家有的兴奋，有的紧张，有的毫不在乎；有的嘻嘻哈哈，有的低声私语，有的闷闷不乐。怀着复杂的心情，大家踏进了校门。一位五十多岁的老师站在教室屋脊下的阴凉处，看到有拿着凳子的学生，知道是新生来了，招呼我们过去。老师打量着我们，问了问大家叫什么名字，是哪个村的，然后就把我们领进了旁

儿时旧事

边的教室。

　　室外秋阳高照，室内却是另外一个世界，黑乎乎的，眨巴几下眼睛才看清了屋内的陈设。教室里有五六排用砖垛子撑起来的板片，已有几位小学生高高低低地坐在板片后面，看到有人进来，全都好奇地看着我们。看到有同村的小孩，也不敢说话，展颜一笑，算是打了招呼。老师让我们坐在自己的凳子上，比较了一下坐下后的高矮，然后指派了座位。坐到位置上，才发现板片年龄偏大，经历过时间的风雨，见识过几代小学生，上面裂纹纵横、伤痕累累，满是其他学生上课时留下的图案。

　　抬头看去，前面有一个砖垒的小高台和一块黑板。黑板很有时代特色，应该是先用水泥在墙上涂抹成黑板的形状，然后再刷上黑漆而成。因为时间长了，黑漆已经发白，纵横都有裂纹，部分地方露出了水泥。板片是架在砖垛子上的，很不稳定。当整排学生都写字的时候，常有板片倾覆或者一头从砖垛子上掉下来的情况，这个时候，教室里会乱作一团，有被砸中趴到地上哭的，有幸灾乐祸笑的，也有强忍疼痛寻找书本、铅笔的。老师见得多了，都很镇定，帮助学生整理好板片和学习用品，安抚或者呵斥一下学生，转身继续上课。

　　我现在已经记不清坐在我两边的同学了，有部分同学一年后就留级了。那个时候，农村很穷，连口粮都不能保证，重心都放在了如何吃饱肚子上，对学习不太重视，孩子学习主要靠自由生长。家长天天在地里忙死累活，没有时间关心孩子的学习。放学回家后，大家主要是干点力所能及的农活或结伴闲逛、游戏，学的好与坏，全靠上课的那点时间。为了保证完成教学进度，就实行升级考试，就是在年级结束的时候进行考试，及格者进入高年级学习，不及格者留级。因此，每年都会有一部分同学留级，都会有上一级的学生成为我的同学。连续上几个一年级、二年级的情况大有人在。那位和我一起报名的小朋友，后来就成了我弟弟的同学，而他哥哥则与我同班，最后还成了低我一级的学生。等到了高年级，学生的年龄差距会很大，我升入初中没多久，小学同学竟然有结婚的。

  我上学的时候，学校里只有四个年级，老师有五六位，除校长外，都是民办教师。老师骑车去学校的时候，自行车上会经常挂一把锄头或者镰刀，上下午上完课，学生回家吃饭，老师还要赶到地里去干点农活，实属不易。那个时候民办教师收入很低，虽然教学水平有高有低，但责任心都很强，保证了上课时间，农活肯定受影响，常会出现"草盛豆苗稀"的情况，惹来家人的诸多不满。为了教学和农忙两不误，学校压缩了寒暑假的长度，用收麦、种麦时放假进行弥补。这种放假模式受到了师生和家长的欢迎，收麦、种麦属于大忙，属于一年里最重要的日子，属于无论老幼只要能动就得下地干活的日子，其他的都要让路。

  那个时候，家长对于学校没有教学质量方面的要求，但都无一例外地要求老师对自家的孩子进行严格管理，千万不能学坏。老师都是本村或者邻村的人，大家彼此熟悉，知根知底，但凡遇到老师，都会说着同样的话："孩子就交给你了，不听话就打！"对于顽劣的孩子，家长更是豁得出去："孩子不听话就使劲打，只要打不死，回家还得挨打！"家长的教育理念简单粗暴，却非常管用，孩子不一定能考出去，却都能成为正直、踏实、勤劳的人。反观今天的学生管理，不知道受哪种思潮的影响，过分强调关爱，甚至发展到了溺爱的程度。心理问题成了遮羞布和挡箭牌，老师不敢管、不能管，严厉一点的话都不能说、不敢说。即便上了大学，心智还停留在中小学阶段，规矩意识淡漠，离真正的成才还有不少距离。

  我上学的时候，所开课程只有语文和数学。语文课是用方言讲述的识字课、写字课和背诵课，学会生字、能背诵是低年级的教学目标。高年级的时候增加了理解段落大意和写作，而所谓理解段落大意在今天看来是很难理解的，都是语文老师对着教学参考书一段段地念，我们在下面记录下来然后背熟而已。至于理解与否,那是无人过问的。老师们都用老家方言讲课,我对于字词的音调和发声一直搞不清楚,也最怵标声调之类的考题。我上了大学之后,我的同学曾就我的口音开过玩笑。多年后,同学在一起小聚,他们还会提起我当时浓重的方言口音。这是我那个时候的糗事。很可惜,乡音难改,直到今天,有些方言还会不自觉地从口中蹦出来,固执地提醒着我的身份。

教我们语文的王老师很有耐心和亲和力,每次上课都是面带微笑,即便遇到调皮捣蛋的学生,批评起来也不会疾言厉色。就是这样一位很少发脾气的老师,也有生气的时候。那应该是在我三年级的时候,班级上年龄最大、个子最高的学生打了其他人,他毫不客气地严厉批评了那个学生。那个学生的父亲去世得早,他由兄嫂带大,缺少管教,很是顽劣。谁都没想到的是,那个学生怀恨在心,用瓶子盛了屎尿,在老师刚进入教室的时候,猛地甩到了老师身上,把老师崭新的的确良上衣给弄得污浊不堪、臭气熏天。这个场景让我们目瞪口呆、印象深刻。王老师气得满脸通红,几欲动手打人,但他保持了老师的尊严和优雅,推着那位学生找他家长去了。

与王老师截然不同的是教数学的小武老师。小武老师与校长是父子关系,为了区分,大家都称呼校长为大武老师,其儿子自然成了小武老师。那时候,估计小武老师不到二十岁,刚刚成为民办教师,教学经验不足,但脾气很大,自尊心出奇的强,喜欢打骂贬损学生。小武老师对于学生有种近乎苛刻的严厉,对于那些成绩差、没有达到学习要求的学生,他喜欢诉诸语言暴力和动手动脚,稍不如意就把学生揪到门外罚站外加屁股上来一脚。学生们对他,虽不能说畏如蝎虎,但也是胆战心惊,每每看到他那严肃的表情都要紧张万分。与我一起报名上学的小朋友,学习开窍得晚,经常挨训挨骂,每次数学课都是在战战兢兢中度过。有次上课,他想去厕所,但畏于小武老师的苛刻,不敢举手示意,最后竟然尿在了裤子里。好巧不巧的是，尿液偷偷穿过两排学生，蜿蜒淌到了小武老师的脚下。小武老师勃然大怒，一把抓住小朋友，将其猛地推到门外罚站去了。初冬时节的寒风，让那位小朋友吃尽了苦头，留下了严重的心理阴影。

课程表上没有体育和音乐等课程的影子，可大家在日常生活中并不缺少相关的培养。我们的体育课没有齐步走、没有足球、没有篮球、没有乒乓球，但人人参与日常的田间劳动，天天走路上下学，走路赶集、走亲戚，每天在学校和家里参与各种追逐游戏，这样的运动量远超一两节体育课的强度，使大家都锻炼得瘦削精干，没有一个小胖子。我们的音乐课没有五线谱、没有钢琴、没有手风琴、没有合唱，但大家天天都能聆听大自然的声音，人人都能模拟风声、雨声、鸟鸣声、水流声、植物拔节声、家禽奏鸣曲，举凡大自然的节奏和音符，都是最好的音乐教育。大自然的音乐教育，也有可能孕育出杰出的民间音乐鉴赏家。

在土屋子里学习两年后，学校换了校长，小武老师也随着大武老师去了新学校。新来的孟校长教学水平高、管理能力强，在他的力促下，采取各家集资的方式，迅速推倒了低矮破旧的土房子，建起了红砖到顶的新教室，安装上了明亮的窗户，砖垛子架板片换成了全新的桌椅。仅仅一个暑假的工夫，学校焕然一新，新学期开学后，当我们迈入新校园看见新教室的时候，当我们抚摸着新桌椅透过玻璃窗看外界的时候，我们几乎不敢相信自己的眼睛。在新校园里，我们真的上起了体育课，校长吹着哨子带着学生在校园里排队跑步。一开始，大家都觉得体育课很新鲜，嘻嘻哈哈笑个不停，指着那些跟不上节奏的学生做出夸张的表情。仅仅几天的时间，大家都跑得有模有样，秩序井然。可以说，新校长组织的体育课初步培育了我们的集体意识。

正是在我上小学三年级的时候，村里通上了电。一天中午放学回家，我突然发现堂屋门口的灯泡亮了起来。初夏的阳光明亮通透，几乎要把灯泡的亮光给湮没了，如果不仔细看，是很容易忽略掉的。我兴奋地喊起了奶奶，告诉她来电了、灯泡亮了。奶奶急忙从屋里出来，在跨出屋门的时候，手里的老花镜掉在了门前的方砖上，把其中的一个镜片给摔裂了。这副老花镜是奶奶的宝贝，平时都不让别人摸一下，这次竟然摔裂了，她一定会心痛的。没有想到的是，她竟然没有一点痛心的表示，反而高兴地念叨："终于有电了，晚上有亮了！"

那个时候电力短缺，天黑需要用电的时候没有电，白天天热的时候没有电，大家用电机浇地的时候没有电，以至于大家戏称为"尿泡电"，也就是半夜上厕所撒尿的时候才有电。在那个冬天，村上第一次有了黑白电视，全村人围坐在冷风中看电视成了村里的一景。在那个除夕，除个别人家因为家贫没有通电外，各家院里第一次彻夜亮起了电灯。人们第一次发现，在电灯的照射下，下饺子的炊烟和燃放鞭炮产生的烟气交织在一起，竟然有一种缥缈的美。即便大家对电力供应不足、电价过高颇有怨言，电仍然给人们打开了一个了解外面世界的窗口。

可惜的是，新校园没有通电，晚自习需要学生自备油灯。每到秋季开学的时候，高年级的学生都要上晚自习。为了迎接晚自习，我需要自己制作油灯。我特意让奶奶买了一小罐罐头，与弟弟分食后，用钉子在铁皮盖上钻了个眼儿，找来废旧自行车的气门嘴安装在铁皮盖上，往气门嘴里穿入棉线，一个可调节灯光大小的简易油灯就算制作完成。第一次上晚自习，心里很激动，仅仅吃了几口馒头就捧着油灯奔向了学校。晚自习开始了，几十盏油灯汇聚在教室里，灯火通明，亮如白昼。大家都很兴奋，教室里嘤嘤嗡嗡起来。嘈杂之声渐消，大家似乎被某种神圣的氛围笼罩，正襟危坐，认真学习起来。秋风过处，灯光摇曳，有的学生看书或者写作业时离灯太近，把头发都给燎焦了，刺鼻的糊臭味与煤油燃烧发出的烟油味充斥在教室里。时间一长，油灯产生的黑烟越聚越多，似乎伸手就能抓住那团团黑烟。晚自习过后，每个人都被熏得够呛，用手一挖，鼻孔里都是黑泥。

晚自习回家，没人组织，一个村的小朋友自然走在了一起。大家带着莫名的兴奋，叽叽喳喳地说着上晚自习的感受。刚走出学校不久，路两边都是高大的玉米地，在黑夜中如同一头巨大的怪兽伏在那里，似乎随时要冲出来把落在后边的小朋友给吞掉。风过之处，窸窣作响，把刚出校门的那股子兴奋劲儿给吓得跑到九霄云外了，汗毛没来由得竖了起来。大家加快了步子，没有人说话，踢踢踏踏的脚步声在黑暗的旷野中格外清晰。走到村头，对黑暗的恐惧消失了，心情轻松，大家才有说有笑起来。

大雨过后的晚自习回家有点麻烦，那时既没有路灯，也没有手电，全靠摸黑儿回家。乡村土路泥泞不堪，随处可见一滩滩的积水，稍不注意，就会踩进积水和淤泥里。大家天天走在上学的路上，对于路上的细节了然于胸，哪个地方有个坑有条辙都记得清清楚楚。去其他村看戏看电影都是摸黑儿往返，大家都积累了一点走夜路的经验。面对黑夜中的泥路，大家并不担心，人人早就熟悉了那句谚语："雨后夜行眼要毒（尖），黑泥白水紫花路。"在黑夜中走路，要睁大眼睛辨清路况。黑乎乎的地方是淤泥，泛着微光有点发白的是积水，只有呈现紫花色的地方才是能踩的硬路。大家一边默念着口诀，一边跳跃前进。有时用力过猛，跳进泥坑里，湿了布鞋和裤子是常见的事情。

无论是上学还是放学，大家都是走着去的，两三好友或者三五成群，有说说笑笑，有争执和口角，但没有动手的。春天，上学路上的灌溉渠两边青草如茵，遍布随处可见的黄色、粉色小花。乡下学生，见惯了繁花似锦，对于这些触目可及的美景毫无兴趣，反而不如偶尔掠过头顶的燕子、麻雀引人注意，不如渠里偶然游过的小鱼吸引眼球。夏天，路两边的柳树和杨树枝繁叶茂，为大家撑起了躲避烈日的大伞，很少有接受暴晒的机会。沟渠边的桑树是大家的至爱。桑葚变红的时候，大家放学时都会到树下报到，仰望一番，找寻能吃的桑葚。秋天，能看到扛着猎枪打兔子的人。他们腰间缠着猎袋，四散在空旷的田地里，黄狗跑前跑后，找寻野兔。大家什么东西都还没有看到，只听见轰的一声，一道烟飞向前方，黄狗迅疾地冲过去，叼起还在挣扎的兔子，引起一片惊呼。冬天，起来上学的时候，才发现外边已经变成了一个银装素裹的世界，拿起扫帚，边扫雪边去学校。小朋友多了，不知道哪位引起的，打雪仗就开始了。趁人不注意的时候，猛踹路边的柳树，看着纷纷落下的雪块把小朋友砸蒙，大笑着跑去。积雪融化的时候，上学的路泥泞不堪，为避免弄湿棉靴，大家就下到沟渠的冰面上滑行。

最有意思的是爬拖拉机。那个时候拖拉机属于稀罕物，无论新旧，都会吸引大家的眼球。手扶拖拉机的速度很慢，挂上车斗子拉东西时的速度还没有自行车快。无论上学还是放学，只要听见突突突的拖拉机声，大家都兴奋起来，立即停立在道路的两旁。待拖拉机经过身边时，大家立即冲过去，抓住车斗子的边缘，随便踩着下边的凸起物，人就都挂在了上面。爬拖拉机有点危险，也很累，摔下来的话就会收获鼻青脸肿，甚至把脚扭伤，有时还会收到拖拉机手的呵斥。大家都乐此不疲，津津乐道。

学校门前有一条乡间小路，顺路往东走100多米，路北边矗立着一个郁郁葱葱的大土堆，路南边的地势也明显高于周围的农田，这个地方统称为郗堌堆。当时不理解它的重要价值，觉得它不过是郗庄旁边的大土堆罢了。偶尔中午放学，大家并不急着回家，会跑到郗堌堆去玩。那个时候，郗堌堆比现在大多了，足有五六米高，周边和堌堆上长满了槐树，树下杂草丛生。南边靠近小路的地方，有明显近期取土的痕迹，灰褐色的土层裸露在外，在各类杂草的衬托下格外刺眼。手脚并用，向上爬几步，有一块倾倒的石碑，"郗堌堆遗址"五个大字清晰可见。爬到上面，地势还算平整，一座简陋低矮的小庙立在靠近北边的地方。小庙年久失修，似乎一场大风就能把它吹倒。庙里没有供奉，只有几块砖摆成的香台，似乎很久没人来烧香了。不知什么原因，站在上面，大家都有点紧张，谁也不敢说话。四下里一片寂静，没有人声，唯有鸣蝉在拼命喊叫。夏风过处，槐树颔首，后背发凉。

我小时候，老人经常给我讲郗堌堆的传说。话说在很久以前的一天晚上，周围的人听到郗庄那里像地震一样，轰隆隆作响。大家起来一看，发现从地里蹿出道道红光，不时还有烟雾冒出。大家吓得够呛，以为有地震发生，惴惴不敢入睡。好不容易熬到天亮，周围村庄的人都跑到那里一探究竟。到了那里，大家都被眼前的景象惊呆了，真是不敢相信自己的眼睛，眼前竟然出了一座小山，不仅如此，小山还在冒着热气，微微抖动，似乎还在生长。大家赶紧跪下来，顶礼膜拜。突然，一股臭气传来，不知道是哪个村上的拾粪老头背着粪箕子来了。那股臭气飘向了山头的热气，热气似乎受到了影响，渐渐缩回地面以至于消失不见，小山抖动几下后也归于平静，不再生长。因此，老家人都说，郗堌堆没能长成一座大山，就是被臭的。推之开来，老家人都认为，如果谁的个子不高，就是小时候被臭的缘故。

虽然没有长成大山，但是灵验得很，据说是有求必应。山不在高，有仙则灵嘛。村民如果穷得揭不开锅或者重病不治，傍黑的时候来到郗堌堆东南角的洞口外边，点上香，叩头祈祷，说出心里的愿望以及归还时间或者还愿方式，回家等着即可。第二天黎明时分，来到洞口，会发现所祈求的粮食、碗筷、家具和药品摆放在洞口。归还或者还愿的时候，把东西放回洞中即可。那个时候，无论遇到什么困难，郗堌堆都能解决。后来为什么不灵了呢？就是有些人借了不还、多借少还、以次充好，神灵震怒，以此惩罚个别人的贪心。

当然这只是个传说罢了。其实，郗堌堆并不是山，而是远古先民为了躲避洪水人为堆砌的居住场所。据研究，上古时期，华夏有九泽，其中四泽在今天的菏泽地区。在那个时期，鲁西南河湖遍地，黄河多次决口、改道，水灾频发。为了抵御洪水，先民选择高地堆土为台，台上建村，生息繁衍。后来气候变化，洪水退去，人们改到平地居住，而堌堆作为远古时期的文化遗存就被保留了下来。在郜堌堆方圆二十千米的范围内，就有郜堌堆（新石器时期至汉代的文化遗址）、牛店堌堆（龙山文化遗址）、莘冢堌堆（有莘国所在地，养育了大禹、伊尹和周武王姬发的母亲太姒）、梁堌堆（古代景山遗存，大禹成婚和商汤会盟天下诸侯伐纣之地）、土山集堌堆（商汤在此定都，死后葬在此地）、潘白刘堌堆（商汤宰相莱朱墓葬地）、燕陵堌堆（盘庚、小辛、小乙三代商王的墓葬地）、春墓岗堌堆（春申君黄歇墓葬地）、青山堌堆（又名小石楼堌堆，有山名叫青山，据说项羽头颅曾被悬挂此处）等。

《菏泽在线》记载："郜堌堆是大汶口文化至汉代的村落遗址。……1992年6月，被山东省人民政府公布为第二批省级文物保护单位。……遗址南北长二百五十米，东西宽一百五十米，总面积三万七千五百平方米。平面呈一东北至西南较长的椭圆形。遗址南低北高，中间有一条东西向公路穿过，形成了南北两个土丘，北丘突出地面比较明显，存有一东西、南北直径各约二十八米，高四点五米米，四壁陡直的圆形堌堆，土色灰褐，土质坚硬；而南丘仅存有一个较四周地表稍微隆起的小丘，名曰：'南小丘'，现为耕地，耕土下即为文化层，黄灰土。从采集的陶片标本看，大汶口文化的有夹砂红陶鼎足、鬲足；龙山文化的有夹砂中口罐、夹砂深腹盆形分档甗；商代的有夹砂灰陶绳纹鬲、泥质灰陶罐、盆、碗、豆等。汉代的有绳纹灰陶罐、绳纹灰陶瓿、彩绘陶俑、陶马。另外，还有箭头和镞等。"

让人郁闷的是，如此重要的文化遗存，并没有得到应有的保护。经村民盖房取土、耙地耕作、风雨侵蚀，原先颇具规模的郜堌堆现在成了一个不起眼的大土包，而路南的那部分早被改造成了耕地。如果不是那块新立的石碑，估计谁都不会停下来驻足观望，估计谁也不会想到五六千年前曾有先民居住于斯、生活于此。为了在大洪水时代生存下来，我们的先民用双手和简陋的工具，集腋成裘，一点点筑起了高台，避免了灭种的危险，延续了人类的发展。这种不屈不挠的精神、这种苦难面前不退缩的精神、这种万众一心迎难而上的精神，真的值得我们去敬仰、去缅怀、去传承。保护好郗堌堆，给后人留下可以凭吊的遗迹，留下那看得见摸得着的土堆，就是最好的传承。

学校门口路南只有一两户人家，其余都是农田和空地。在我三四年级的时候，有村民在此开了一家小型面粉厂。厂里的机器在大家眼里属于新鲜玩意，很多学生和远近的村民都跑去看粉尘中的庞然大物，看一袋袋的白面从机器口中吐出，听机器的轰鸣，闻湿热的醭土味，与灰头土脸的工人扯着喉咙喊话。面粉厂的面白而细，迅速成了村民的新宠，带麦子去厂里换面成了时尚。新鲜劲很快过去，面粉厂以倒闭告终，机器也被转手卖出，留下了几间空荡荡的厂房。在一个初冬时节，那里变成了录像厅，播放当时流行的香港电视剧。就是在那个厂房里，我看了据说曾引起万人空巷的《大侠霍元甲》。每次，只要《万里长城永不倒》的音乐响起，厂房里的观众都会热血沸腾、群情激昂。现在，曾经的经典电视剧已因模糊的画面和稍显落伍的手法而淡出视野，主题曲的家国情怀依然让人感慨万千。任何时候，家国情怀都将是永恒的主题，拥有持久的生命力。

学校的西北边是一个大坑，坑里常年积水。夏天常见人游泳，冬天则成了小学生的乐园。一人双脚踩在一块冰上，身体后仰，两位小朋友在后面架着胳膊往前推，滑得快了，后面的人跟不上或者滑倒了，前面的人就一屁股摔在冰上，疼得哎哟直叫，常会引起哄堂大笑。更多的学生则是一脚在前，踩着一块不规则的冰块，一脚在后面用力蹬着向前滑行，遇到冰上的凸起则会跟跟跄跄地冲入他人的怀抱。脑袋摔肿或者鼻子出血是司空见惯的事情。揉揉肿胀的部位，捏着鼻子或者仰头看天止止血，接着回去上课。

村上有人见大坑闲置可惜，就放养了鱼苗，种了藕。到了夏天，荷叶连连，鱼戏期间，荷花粉嫩，成为一个景点，逗引得学生流连忘返。初冬时节，莲藕到了收获时节，因为是第一年种藕，据说藕长得不大，主家免费让大家挖藕，大的带走，小的留下，以待明年继续种植。于是，那个大坑里挤满了周边几个村上的村民，大家一遍遍挖、一点点找，连个藕芽都没有留下，只留下一坑烂泥。

在小学期间，我的成绩稳居班级前十，如果照此发展下去，我能够考上初中，但很难保证考上普连集镇中学。到了小升初考试报名的时候，孟校长根据平时成绩给大家推荐了报考中学。班上成绩最好的六七位同学推荐报考普连集镇中学，而我和部分同学被推荐到了安仁集中学，其他人都被推荐报考古营集中学。公布完建议报考名单后，校长按照惯例征求大家的意见。我很不服气，噌地就从凳子上站了起来，要求给我换成心仪的学校。校长很意外，很耐心地给我介绍了学校的升学情况，每年只有三四名学生能考上镇中，他是根据平时成绩进行推荐的。我也不知道哪来的勇气，非要坚持报考镇中。看我如此固执，校长不再坚持，给我换了学校。现在想来，校长真是为我着想，让我能够有个学校可上。我这样坚持，有年轻人自视甚高的成分，更是脆弱的自尊心在作怪。

小升初报名之后，学校组织了一次摸底考试，我的语文成绩考得不好，也验证了孟校长是根据成绩进行建议报考的。如何提高语文成绩，没有老师给我指点，家人更不可能给我学习建议，只能靠自己摸索。在一个初春的星期天，恰逢安仁集大集，我向妈妈要了点钱，一个人步行十二里路走到了集上的新华书店。在反复比较性价比后,我买了一本小学语文复习参考书。走回家后,天已过午,我没有感到累和饿,立即开始了复习。在小升初考试之前,那本参考书我看了两三遍。付出就有收获,我和其他三名同学一起考入了镇中,最后我的成绩比他们都要高。

我后来能够成为村上第一个考上大学的人,不是因为我聪明,村上比我聪明的大有人在,他们都在各个行业有所成就,而是因为我性格偏于内向,脑子里满是奇怪的幻想,对县城的生活有一种天真的向往,这是我愿意学习、主动学习的原动力。我的奶奶对我期望甚高,她不会讲大道理,但会给我讲故事,每个故事的开头不是"井淘三遍吃甜水"就是"人受教条武艺高",这对于我学习习惯的养成、学习态度的端正功不可没。我的父母讷于言语,一个天天在地里累死累活,一个在外地开大车,与孩子交流少,但他们素朴的人生观深深地影响着我,那就是不偷不抢、做人诚实。直到今天,我仍然不善于和人沟通,不善于从层层递进、逻辑清晰的宏大角度去解读、总结一件小事,不善于从精致的话术中解读蕴藏其中的微言大义,我愿意踏踏实实做点事、做个人。

让我感到愤愤不平的是,我的郗庄小学在十多年前就没有了,如今只剩下空荡荡的教室、倾倒的房门、凌乱的杂草、村民堆积的杂物和猫狗的粪便,成了鸟雀和老鼠的天堂,看后让人心痛。不知出于什么原因,相当一部分农村的小学、中学被合并取消,教育资源向县城聚集,中间的空缺则由私立学校迅速填补。为了子女能在县城上学,乡民被迫在县城贷款买房,刺激了县城房地产的畸形繁荣。那些没有条件或者不愿到县城上学的人,只能花高价在农村的私立学校完成义务教育。更离谱的是高中教育,曹县约有150万人口,公立高中只有两所,私立高中的在校生规模是公立高中的三倍,极大增加了家乡人接受高中教育的负担。一个地方的高中教育竟然主要由收费高、教学质量不能让人恭维的私立高中来承担,岂不是咄咄怪事？办人民满意的教育，是党中央的要求，希望能在我的家乡得到贯彻落实。

行文至此，我想到了小学毕业那年发生的一件事情。那个年代，计划生育是国策，农村的计划生育是红线和硬性指标。邻村李河村有一超生户，就是我那位顽劣同学的哥哥，其父母因无力交纳超生罚款，粮囤里的小麦被镇上的干部拉走，窝里的几只鸡被抓走，圈里的两只羊被牵走。为了以儆效尤，震慑村民不再超生，大队支书在大喇叭上宣布，村镇要来人进行拆房，要求超生户、一孩户、新婚夫妇来现场接受教育。听说有热闹可看，几个村上的人都来了。一时间，李河村人满为患、人声鼎沸，鸡鸣狗叫，比大集还热闹。在村镇领导的指挥下，在两队联防队员的震慑下，在村民里三层外三层的围观下，在撕心裂肺的哭喊声中，在点名道姓的咒骂声中，在差点发生流血事件的紧张氛围中，超生户家的堂屋顶被拖拉机给拉掉了。更离谱的是，为了完成计划生育指标，当年怀孕的新媳妇都被强行拉到医院做了引产、流产手术。今天，凡是看到鼓励生育的政策，凡是看到担忧人口下降的报道，我的耳边就会响起那撕心裂肺的哭喊声，想起后来超生户与大队支书家的多次肢体冲突。

升入理想中的中学，是值得高兴的事，但在报到前，需要解决住宿问题。镇中离家有十七里的距离，学校不提供住宿，需要学生到镇上自行寻找居住场所。家长正在发愁之际，邻居登门，说她有个亲戚在镇上，家里正好有空余的房子，可以让我居住。没有想到的是，房子的地段非常好，正好位于繁华大街的中心，三间房子中足有两间半可供我居住。这不仅解决了我的燃眉之急，还顺带解决了我几个同学的住宿问题。

在中学阶段，学习对于我来说没有多大的困难，难处来自生活方面。在学校食堂吃饭有个专有名称——搭伙，学生用自行车驮了麦子到食堂换成饭票，吃饭时拿饭票即可。食堂的早饭、晚饭都是"糊涂"和蒸馍。我长那么大，第一次见到那么稀的"糊涂"，稀得可以照人，一眼就能看到碗底。蒸馍属于机器馍，个头小而且发黑，不是发酸就是发苦（碱放多了）。中午是一个菜和蒸馍，菜不是白水煮白菜就是白水煮土豆。我不知道白菜有没有洗过，但每块土豆上都有皮。煮土豆给我留下了难以磨灭的印象，一直到现在，我只要吃土豆，就能想起食堂里因醋放多了而发酸的味道。现在想来最刺激的还是大家用来刷碗的大锅，人人都在那口锅里刷碗，弄得刷碗水像白花花的泔水，比"糊涂"还稠。师生共用刷锅水，但从来没人提意见，反倒是其乐融融，一派祥和之气。

熟悉了初中的生活之后，大家都不在学校食堂搭伙，改到学校外边村上去吃饭。镇中的一墙之隔就是高中，两个学校的学生加起来有两千多人，两所学校门口的七八户人家就以卖饭为生。饭仍然是"糊涂"，但里面会有应季蔬菜和几粒花生米，比学校的要稠、要好吃。菜当然少不了白菜土豆，也有其他品类的蔬菜，味道好于学校食堂。蒸馍比学校的要白一些，还有油条可卖。美中不足的是没有桌椅，大家都是站着吃饭。于是，每到饭点，一群群学生站在房后的大坑边上，右手不停地晃着"糊涂"碗，左手抓着三四个蒸馍，吸溜声此起彼伏。长期站着吃饭，养成了我吃饭速度快的不良习惯，直到现在都无法改正。

逢五逢十是镇上的大集，这不仅是买卖人的节日，也是学生们的节日。课后，大家会三三两两到集上去看热闹。东西向的主街以蔬菜水果和日用百货为主，摊贩多，人更多。在人群里穿行非常困难，不一会儿，大家就被冲散了。一个人挤来挤去，是很有意思的事。你只需睁大眼睛，总能发现有趣的事情。买菜的人没有拿包的，都是拎着一个灰白色的化肥袋子，西红柿、西瓜、黄瓜、芹菜、茄子、辣椒、肉包子、烧饼、新买的衣服，一股脑儿都塞进去，扛在肩上，一手抓住袋口，一手划拉着人群往前走。有时袋子倾斜下滑，砸在别人的脑袋上。扛袋子的满脸歉意，被砸的人也不恼，宽厚地笑笑。有时，西红柿的汁水顺着袋子渗出来，把后背上的一块衣服染得鲜红如花。

主街南面的一条街主要售卖服装鞋帽。应季服装展开挂在摊贩背后的铁丝架上，颜色以各种红色为主，整条街都是红艳艳的，像过年一样喜庆。摊位上常年摆着黑鞋、红鞋，夏天增加了蓝色的拖鞋和塑料凉鞋。这条街上的人明显偏少，大多是中年妇女和女孩子。大集的南头是牛市，牛哞、马嘶、驴叫，比人山人海的主街还要热闹。夏天的时候，味道刺鼻，牛虻蚊蝇乱飞，让人退避三舍。主街的北面是县城通往成武县的主要公路，也是镇政府的所在地。大集的时候，是卖猪崽儿和鸡蛋的聚集地。每次小猪崽儿被从条筐里拎着后腿掂起来的时候，必定会身子左右剧烈扭动，锐声尖叫。所有车辆经过这个地方，都是一路鸣笛，一点一点地缓慢挪动。

大集是观察世态人情和寻找趣事的窗口，也是满足口腹之欲的好机会。天一亮，水煎包的香味就飘荡在集市的上空。上学经过，看到平底锅里的水煎包遇到面水激起的阵阵水汽，听着那滋啦啦的响声和剁包子馅的哒哒声，闻着那面水形成的焦香和羊肉的鲜香，恐怕大人都迈不开步子，更别提一个没吃早饭的初中生了。仔细算一算手中的饭票（镇上的饭店知道学生手中没钱，都收学生的饭票），觉得还有富余，赶紧兑换几个水煎包尝尝。看着散发着浓郁香味的、焦黄的水煎包，迫不及待地咬上一口，香味满满，唇齿留香。水煎包每天都有卖的，另一种美食缸贴子则只有大集的时候才有机会吃到。

缸贴子是一种长约二十五厘米、宽约十厘米的发面烧饼，属于老家独有的美食，在外地没有见过。在揉面剂子的时候，会加一些油盐和五香粉。揉按成长方形的时候会在一面沾上芝麻，然后探身贴到烧热的大缸内壁烤熟。刚出炉的缸贴子颜色金黄，外皮焦脆，内里暄软咸香，独有的焦香味毫无顾忌地钻入鼻子，一连吃下两三个不成问题。每次大集，只要手头还有多余的饭票，我都会用饭票换一个缸贴子来吃。那种美味至今难忘。直到今天，我仍然爱吃缸贴子，每次回家，都会买几十个带回来，放在冰箱里慢慢吃。逢年过节的时候，每个人都买得多，要排很长时间的队才能买到。上次过年回家，我排到晚上才买了十来个，这还是店家采取限购措施才轮到我的。近几年，那些能够带出去的儿时吃食和家乡特产突然爆火。缸贴子、烧饼、水煎包、老鸹头、油茶、小鱼汤、胡辣汤、烧牛肉、羊肉垛子、绿豆丸子、芝麻糖、芦笋、绿豆粉皮等记忆中的美食都成了抢手货，常常引人围购。时代在快速前进，新事物花样百出，一切都在与时俱进，儿时的口味却在顽固地坚守最初的记忆。

我最喜欢去的地方是邮电所旁边的小书店。说是书店，其实应该称之为杂货铺。店里主要售卖文具和小食品。书可租可售，以租为主。书大多为武侠小说，金庸、古龙、梁羽生、温瑞安等人的代表作都能看到。我住的地方与小书店只有几十米的距离，经常去那里转悠，一来二去就熟悉了，获得了站在那里看书的特权。就是利用这层关系，我站着读完了金庸的《射雕英雄传》，那也是我第一次读武侠小说。掩卷思之，忠厚老实的郭靖能够成为为国为民的大侠，自然在我的心中激起了成为侠客的幻想。直到后来，我看到了千古文人侠客梦的说法，才明白，成为侠客，不仅是我个人少年时代的浪漫想象，还是历代文人渴求自由、豪爽、仗义、无拘无束的人生境界。

周六下午回家是令人高兴的事。每次回家，大家像比赛似的，你追我赶，拼命骑行，在坑坑洼洼的土路上掀起一溜白尘，洒下一路破旧自行车的呱嗒声。我们很怕冬天骑车，手和脸都冻得生疼发裂。我们很怕下雪，推着自行车深一脚浅一脚地走回家，需要两三个小时的时间。我们最怕的是大雨和连阴雨，这样的天气回家，那才叫终生难忘。我们那里的土质属于冲积型淤土，富含营养，适于作物生长，但被水浸润后则很黏。别说骑自行车了，推着走几步就要停下来，用棍子捅掉塞在泥板和车轮之间的淤泥。有时候，一个轮子能转，有时候，两个轮子都不转，只能在地上拖行。实在没办法了，就扛起自行车，深一脚浅一脚，一步一滑向前走。更惨的是，那个时候穿的是手工布鞋，没走几步鞋就会被粘掉。最后干脆赤脚扛着自行车前进，脚被扎破是常有的事。有时候累了，停下来站在泥水里休息一会，继续前行。夏天还好，天气不冷，正好可以洗去身上的暑热。秋天可就坏了，在冰凉的泥水里瘫坐着，又冷又累，经常萌发出扔下自行车不要了的念头。现在想来，我真觉得那时候实在是太苦了。没有那种经历，仅靠想象，怕是很难体悟其中的痛和苦。

那时候，考上大学的人属于凤毛麟角，大部分人都不敢奢望上大学，小中专是所有人的奋斗目标。考上中专，可以迅速实现身份的转变，由农业户口一跃成为非农业户口，吃上商品粮，还包分配工作，再也不用回家累死累活地务农。现在很多人觉得中专学历低，其实，那个年代的中专生绝对是同龄人中的佼佼者，只有学校里的前几名才可能考上。每年出来几个中专生，是学校办学质量的标志，是让学校领导长脸的事，更是班主任、任课老师天天督促我们努力学习的生动案例。能考上中专的大多是复读生，新生基本上都考不上。有的人复读多年，就为了能考上中专，实现身份的转变。初三的时候，有一名高二学生插入我们班，就是准备报考中专。可惜的是，那名同学未能通过学校的报名选拔考试，只能饮恨返回高中。

我后来放弃考中专，不是因为学习成绩，也不是对外面更大的世界充满向往、有更加美好的期待。农村孩子，去过最远的地方就是县城，大城市对于那时的我来说只是一个虚无缥缈的概念而已，能够成为县城的一员就是我努力的目标。我从来没有想象过外面的世界，我的视野决定了我不可能去为更大的目标而奋斗。促使我改变的是课本封面上的一行字：初级中学课本，特别是"初级"那两个字，让我深受刺激。我现在学的仅仅是"初级"，我接触到的只是入门的知识，这是让人沮丧也感到愤愤不平的事。我应该去见见"高级"课本，看看那里面有什么。就是这么一行字的刺激，让我的人生发生了翻天覆地的变化。可见，思想观念转变的原因很复杂，但不论怎样，触动人心、刺激人心灵的因素才能产生效果，冗长的、说教式的大道理往往缺乏直抵人心的效果。

初二的时候，我做过一件令我感到惭愧也觉得荒诞可悲的事情。那个时候，计划经济的氛围浓厚，县里提出了年产百万担皮棉的口号。为了完成县里下达的种棉指标，镇里提出了公路两边棉花成片的新要求，镇上的大喇叭天天聒噪着宣传运动式的口号。公路两边的小麦已经抽穗，村民当然极力反对运动式的除麦种棉。看着村民拒不执行除麦种棉的要求，镇里让学校停课，让老师带着学生去铲除公路两边的小麦。仅仅一天的工夫，我们就把公路两边已经抽穗的小麦拔了个精光。拔麦子的时候，我没觉得有什么不妥，觉得是在完成镇里和老师交代的任务，甚至隐隐有点得意。我长大之后，常常在想，不论种植棉花的口号和目标如何，把还有一个月就要收获的麦子拔掉，就是在浪费和犯罪。我也在不自知中成了帮凶。地里能种什么，什么时候该种什么，与土地打了一辈子交道的农民比谁都清楚。那些不切实际的拍脑袋决策，那些带有表演性质的运动式指令，真是害人不浅。

初二的时候，一名流窜犯到集上偷抢作案，没想到被派出所长击伤逮捕，拘押在镇卫生院治疗。这个消息很快就传遍了学校，吸引男同学成群结队地跑到医院去一探究竟。到了医院，看到年轻的所长正在给人讲述事情的经过。原来是派出所收到了信息，近期将有流窜犯借着赶集的机会进行作案，所长配枪在集上暗查。流窜犯被发现后，持刀伤人并准备跳墙逃跑，在翻墙的时候被所长用枪击中抓住。在集市上开枪击中逃跑的罪犯，可见所长是个有决断的人。谈起这件事，矮胖的他一直笑眯眯的，一副和蔼可亲的样子，任谁都无法把他与刚刚发生的惊险事迹联系到一起。大家充满敬意和好奇，听所长叙说那惊险时刻，不时地发出惊叹。听了介绍，我们拥进治疗犯人的病房，看到一个黑胖的中年男子躺在那里输液，闭着眼，神情委顿，偶尔发出痛苦的低吟声。那人一只手被烤在病床上，裸露的肩膀上缠着血迹斑斑的绷带，在夏日夕阳的照耀下红得刺眼。

还是在初二，我遇到了一个让我心动的女孩。无论是低眉含羞，抑或是颔首微笑，在我眼中都美得不可方物。偶然眼波撞在一起，就如受到惊吓的小鹿迅速移开，脸上一片酡红。每次看到她，都是我最幸福的时刻。她的出现，拂去了我生活中的苦，带来了心灵的幸福，给了我努力的动力。幸运的是，上天眷恋，她后来嫁给了我，一直到现在。这应该是我这辈子最成功的事了。早恋不可取，但也不是洪水猛兽，大可不必如天塌了一样。没有经历世俗影响和现实物质侵染的感情，纯洁如玉，透明如水，白水鉴心，是可谓也。

回望少年时的读书生活，以现在的眼光来看，那时的学习和生活条件都很差，确实可以称之为艰苦。但自处其中，并不觉得苦，每天都觉得很充实，那么多的学生，从没有今天常见的抑郁和心理问题。无论学习成绩如何，大家都各安其分，自得其乐。愿意学习的就学习，没人打扰，不愿学习的就拿着饭票去打台球、去学校大门西南角的土围子里打闹甚至是打架。我们班上有一位同学，成绩很不好，每次考试，都要被老师点名批评。他没有受到学习成绩的影响，每天都乐呵呵的。晨读的时候，别人都在背语文、读英语、念历史，他在高声唱歌，唱小虎队和刘德华的，一首接一首，不知疲倦。在众多读书声中，他的歌声很孤独。读书声寥落时，他的歌声很嘹亮，有穿透力，我至今难忘。

初中毕业的时候，我顺利考入了一墙之隔的曹县八中，开始了三年的新生活。八中的校门很气派，校名是郭沫若题写，想必当初有过辉煌的日子。升入高中，目标明确，那就是考上大学。那时的学风真好，所有人的学习态度都可用"拼命"来形容。晚上自习，非要班主任到教室里去催促，在班里前后走动，反复吆喝着"天太晚了，赶快回去睡觉"，大家才极不情愿地离开。到了宿舍，专门有学校老师查房，督促大家赶快熄灯睡觉。没有闹铃，没有老师提醒，在早晨四五点钟的时候，大家都纷纷起床洗漱，赶到教室里去学习。每个人都犹如上满了发条的闹钟，不知疲倦地噌噌噌跑着。

高中三年趣事不多，可堪回忆的事情就更少了。值得一提的是，在高一进行文理分科的时候，我因为数学成绩稍差选择了文科。物理老师和化学老师知道我的选择后，轮番做我的思想工作，力促让我改选理科。他们在办公室找我谈心，饭后领着我在操场上走了一圈又一圈，每次都以"学好数理化，走遍天下都不怕"开导我，每次都要大讲理科专业的就业和招生优势，讲文科专业的各种劣势。那时的我，哪里会想到专业优劣的事情，只觉得考上大学就是最大的目标。思想工作持续了一个多星期，两位老师见我顽固依旧，毫无改变之意，只能遗憾作罢。每次想起这事，我都为两位老师对我的关心所感动，总觉得有点对不起他们。事实正如他们所料，高考录取的时候，我被调剂到了我最不想上的中文专业。真是造化弄人！

升入高二之后不久，学校里连续发生了几起社会青年殴打学生的事件，更过分的是，有几个小青年竟然在上课的时候冲入教室寻找学生，闹得学生人心惶惶，严重影响了教学秩序。因为牵涉到镇上的小青年，学校领导有顾虑，没有及时处理。身材高大壮硕的体育老师兼保安形同虚设，出事的时候总是习惯性隐身，激起了学生的愤怒。一位高三的赵姓学长，拍案而起，在食堂前发表了慷慨激昂的演讲，听得大家是热血沸腾、口号连天，发誓要用自己的力量维护正常的学习环境。那位学长显示了非凡的组织力和行动力，带领全校学生呼喊着口号徒步向县城方向走去，要求严惩凶手，保证校园安全。浩浩荡荡的队伍刚离开学校不久，就被老师们苦口婆心地劝了回来。很快，女校长提前退休，新校长走马上任，教学秩序恢复正常。全校学生用自己的力量保障了自己的学习权益。

高三最值得回忆的青春记忆是高考。那个时候的高考不像今天，没有热搜狂欢、没有现场直播、没有家长送考、没有老师鼓劲、没有大红条幅、没有旌旗招展、没有警察护送。那天和七月的其他日子并无两样，一样闷热、一样暴晒、一样嘈杂、一样三五成群地骑着自行车，只有出入考场的凭证标示着不同他日。

我参加高考的考场在县城三中，需要提前到县城去赶考。头天下午，我独自骑了将近十千米的乡间土路、三千米的公路到了县城，费了好大劲才找到了学校所订的破旧却很便宜的小旅馆。旅馆离考场和县城主街道都有一段距离，在不停泛起阵阵尘土的街道上找到一个不起眼的小旅馆并非易事。幸好学校带队老师站在门口候着学生，才避免了我一下子骑过去。把住宿的钱交给老师，有人把我领进了院子。没想到院子里面很大，四面全是经历过风雨的平房，靠近厕所的地方还有棵垂头丧气的杨树，间或象征性地动弹几下。穿过院子，来到一间房门朝北的房子，门前有片片洗漱后所泼的脏水，肥皂的气味直冲脑门。房间很大、很黑，大白天还亮着灯。借着昏黄的灯光和外边脏水反射的阳光，才看清里面摆有十来张双人床，很多同学都已经到了。在彼此的招呼和问候声中，我找到了分给我的床铺。

到了晚上喝汤的时间，大家相约外出吃顿好的。走到旅馆门口，碰到了在门口值守的带队老师，他大声叮嘱我们不要乱吃东西，免得吃坏肚子影响高考。我们这帮高三毕业生都自认为已经长大成人，对没有教过自己的带队老师是有点不屑一顾和反感的。身上好不容易有了一点能自由支配的钱，好不容易来趟县城，怎能不出去吃点好吃的呢？走到县城主街，只见行商坐贩分列两边，推车的、挑担的，尽是卖各样吃食的。面对老板的热情招呼和美食诱惑，大家主动缴械投降，你买点这，他买点那，边走边吃，欢快得很。几个对考学无望的同学还坐到摊位上，有模有样地喝起了啤酒。

兴尽而回，到了旅馆，大家又恢复了挑灯夜战的习惯。在时高时低的鼾声和辗转反侧中，我的肚子突然疼了起来，赶紧蹿向厕所，才发现已有一个同学先我而到。那天晚上，我跑了很多次厕所，弄得腰发酸、双腿绵软无力。想到决定人生命运的高考，我的心又凉又着急。好不容易熬到天亮，赶紧给带队老师说了情况。老师安慰我不要着急，考场门口有诊所，打一针就行。我提早骑车去了考场，果然在考场入口处找到了诊所。听完我的病情，医生什么话没说，直接说这种情况已经有好几个了，我给你打上一针，保证你考试的时候不拉肚子，考后再来打一针就行了。

在惴惴不安中，我走进了考场。那一针很见效，在整场考试中，我一直担忧的肚子没有一点动静，考试顺利结束。整晚拉肚子，考试中的紧张、担忧，这些因素明显影响了我的情绪和状态。我填报的学校已经笃定与我无缘了，我的自信和乐观随之烟消云散。回家后，我心事重重、郁郁寡欢，不愿意与人谈论高考的情况。在家里憋了几天后，我联系了几位要好的同学，开始谋划复读事宜。

到了张榜公布成绩的日子，我早早地起床，偷偷地骑车跑到县教育局去看成绩。刚到教育局门口，我就被眼前的景象给镇住了，院子里挤满了学生，堪比过年时的农村大集。大家都拼了命似的往前挤，想着早点挤到贴着成绩单的墙边。等我挤到墙边，身上的衣服像水洗过一样，头发也湿成了绺。终于看到了我的成绩，虽然比我在家里预计的高了不少，但仍是我整个高三时期最低的一次。即便如此，我还是成为全村第一个大学生，走出了那个让我以前备感偏僻现在却时时想念的家乡！

遗憾的是，我高中毕业十一年之后的2006年，八中停办，改造为拘留所，想来只能苦笑了。学校和拘留所，名不同而义相同，都是教育人、改造人的地方，所不同的是，拘留所不能自由出入而已。

乡间游戏

髧龀七八岁，绮纨三四儿。

弄尘复斗草，尽日乐嬉嬉。

堂上长年客，鬓间新有丝。

一看竹马戏，每忆童騃时。

童騃饶戏乐，老大多忧悲。

静念彼与此，不知谁是痴。

——唐代　白居易《观儿戏》

春节回老家过年，与儿时好友聚在一起喝酒，微醺之时，大家共话儿时的趣事和糗事，气氛热烈。我无意中提到了大家一起玩过的藏暮游戏，猛然撞开了大家记忆的闸门。四十年前的记忆，大都被时间的风雨和生活的艰辛给磨没了。只有相互启发和提醒，才能一点点拂去岁月的烟尘，露出记忆的轮廓。你提一句，我补一语，他帮一腔，在熟悉的乡音中，在相互驳斥中，那些早已淡出记忆的游戏细节渐渐苏醒，像块大型拼图一样，终于完整清晰起来。即便如此，隔了四十年的人生路往回看，记忆的尽头

儿时旧事　237

也有点发黄。

那时的我们，物质生活极不富裕，虽然没有饿肚子的经历，但地瓜面、窝窝头、高粱馒头、黑白（高粱面、小麦面）馒头、黄白（玉米面、小麦面）馒头的确吃了几年。家人忙于田间劳作，孩子是散养的，自由生长，日出而玩、日落而息。饿了，自己跑回家中，到馍筐子里拿出凉馍就吃，感觉无味时就把凉馍一分为二，在中心位置挖个小坑，从油罐子里舀点棉油，把粗盐用擀面杖压碎，放入油里，用凉馍蘸着油吃，那也是记忆中的美味。渴了，就跑到灶屋的水缸边，舀起一瓢凉水，咕咚咚下肚，清洌甘甜。即便是冬天，带着冰凉碴子，照样一饮而尽，用手一抹嘴，接着去玩。有时渴极了，用手捧着清澈的河水就往嘴里送，这边喝水，那边洗澡，远处蛙声一片，成团的蝌蚪聚在河边，黑压压一片。奇怪的是，从不喝热水，天天喝凉水生水，竟然没有一个拉肚子的。街中间的大椿树、村前的大槐树大梨树、村后的老杏树老枣树、村中的旧河道、村南的小河，是大家撒野的主战场。

夏秋时节，大家光着脚丫子跑在灼热的沙土路上，光着膀子在大雨中喊叫嬉戏，脸上、身上被晒得黑黝黝的。在河里洗澡的时候划伤脚，在摸鱼的时候扎破手，在爬树的时候磨破肚皮，在游戏的时候撞破脑袋，在捅马蜂窝的时候被蜇成疙瘩脸、眼睛肿成了一条缝，没有哭的，没有喊疼的，嚼点奇莱芽（小蓟）涂抹在伤口处，揉一揉接着玩。冬春时节，寒风呼号，滴水成冰，大雪封门，手背、脸颊、耳朵被冻成了黑紫色，大家在雪地里打雪仗、捉麻雀，到河里打滑溜。天气转暖，杨柳泛青，顺手扯下柳树的枝条，轻轻一拧，抽出木质部，稍加制作，柳笛在手，使劲一吹，春天就响彻整个村庄。在没有过多关注的情况下，大家健康成长。俭朴的生活孕育了淳朴的灵魂，自然生长培育了健康的身体。

"玩具"这个词，大家在上学以前根本没有听说过，家里也没有给孩子买过玩具，既没有闲钱买，也没有地方可买。偶尔吃块糖，家里来客人的时候被投喂几颗油炸花生米，就是很幸福的事了。老家有一个词，比玩具更传神、更有韵味，那就是"玩的"。这个词能指代在游戏玩耍时所用的一切。"玩具"意在强调它的工具属性，"玩的"则在强调"玩"这个天然属性。大家玩的都是天然的、自制的，是随地取材的，是信手拈来的，是简单易制的，是带有泥土的，是大自然馈赠的，根本不用担心重金属、甲醛、塑化剂等各类让人变傻变呆的人造物。工业制造的玩具丰富了孩子的童年生活，让其囿于一室，偶尔外出，也是全副武装，春天怕花粉过敏，夏天怕晒着，秋天怕风吹，冬天怕冻着，遇水怕淹着，有土怕细菌。于是，一个在老家专门形容人发怒的词——上火，被赋予了新的含义，成了表达城市中孩子大便干燥、咽喉肿痛、口腔红赤的词。病因无他，过分溺爱罢了。孩子在成长的过程中，感觉不到大地的温度和河水的凉意，更不可能光着膀子体悟太阳的灼热。他的身体无法应和四季轮转的节拍，身体的节奏乱了，能不出事才是怪事。过度关爱的生活阻断了孩子与自然的天然纽带，割裂了他们的血脉联系，自然的奇妙律动无法投射到孩子的心灵，自然美沦落成为概念美。

  乡间游戏所用的材料随季节不同而变化，在玩和"玩的"身上，诉说着季节的轮转和光阴的故事。每个故事背后都藏着我们的生活，藏着我们的记忆，藏着我们的感情和态度。回忆过去并不是否定现在，只不过是在怀念那不可重来、无法再行经历的生活，怀念那素朴单纯的快乐，怀念赤脚光膀子撒野，怀念大地的温度和自然的怀抱。下面咱们就回到四十年前，看看我们玩过的游戏，看看那些很多已经消失了只存在我们记忆中的游戏，让人知道，在那个时代，我们生活过，我们很快乐。

藏暮（捉迷藏）

藏暮是为数不多不需要道具、不分季节、不分天气、不分性别、不分年龄、不论人数多少均可进行的游戏。老家的方言中好像没有捉迷藏这个文绉绉的词，在上学之前我没有听说过，即便学了这个词，也没见人用过，无论是否上过学，大家都只说"藏暮"（音调为阳平）。我之所以选用"暮"这个字，是因为大家玩这个游戏大都在傍黑的时候开始，此时恰好是日落之时，而"暮"正好有日落之意。我觉得"藏暮"比"捉迷藏"有意境、有意味。

那个时候，玩藏暮似乎没有人组织，喝汤（晚饭）之后，小朋友们会三三两两走到前街的大椿树下聊天。此时，太阳已经落山，飞鸟归巢，蝙蝠在屋顶翔集。村子西边的韩庄遮住了火红的云霞，在大树之间的空隙和树冠上方透出丝丝霞光。不经意间，树下已经聚了十来个小孩，可以开始藏暮了。年龄大一点的孩子招呼大家，进行人手分配，划定藏暮的范围。在分组的时候，大家自觉注意年龄、性别、个子高矮和跑得快慢的搭配，使两组的力量大致均衡。人多的时候，天气较好，气温适合奔跑，藏暮的范围不限，可以在全村范围内进行，否则就以前街或者最近的两三个胡同为限。以剪子包袱锤确定藏和找的顺序，藏暮就正式开始。胜利的标准很明确，找人的一方首先要护好椿树，不能让对方摸着树干，其次是要找到对方的藏身之所，如遇对方逃跑，要努力追赶，互相配合堵截，在限定的范围内抓住对方或者在追赶的过程中摸到对方的头部。

藏的人要离开椿树了，找人的照例要背过身去，转回身之前，要问一下:"藏好了没有?"如果对方没有回答,则表示藏好了,可以回身开始找了;如果对方回答"还没有",则不能回身。有的时候,藏的人为了确保找人的遵守规则,会偷偷地留一个人在旁边监督,看看他们是否提前转身。一个简单的游戏,从一开始就是斗智斗勇。

找人的要行动了,但绝不能倾巢而出,要留两个人守护椿树,其中一个人必须个子要高一些,以防止藏的人跑过来摸到树。找人的分成几组,从胡同两头开始挨家挨户找人。每到一家,先问主人是否有人藏在家里,主人一般都笑而不语,如果家里有小不点,小不点往往会指向藏人的地方,节省了找人的时间。灶屋里、柴火垛、堆放杂物的棚屋、大门后、房子与院墙之间的夹道是藏身的好地方。大家对各家能藏人的地方了然于胸,一个地方都不放过。看到有人,大喊一声,跑过来就抓,抓住后摸一下头,喊声"砍",就算成功解决一人。如果遇到个子大或者反应迅捷的小朋友,一个人是抓不住的,需要两人共同配合甚至是胡同另一头队友的协助,才能把人抓住。有的人很聪明,在藏的时候,就选好了逃跑路线,当找人的走过来的时候,主动出击,迅速翻墙而逃,找人的只能大声通报战况——有人跑过去了,让其他组的人提高警惕。

即便个子高、跑得快,在两组人的合围下,也是很难逃脱的。但任何事情都不能绝对,每次都有人冲出重围,奔向椿树。也有的人善于迂回侧击,通过翻墙或者时间差避开找人的,悄无声息地靠近椿树。这个时候就是对守树之人的考验了。他们要主动出击,用手去触摸对方的头部,摸头的同时要喊出"砍"来。藏的人既要护住自己的头部,还要逐步靠近椿树,趁机去摸树干,在摸到树干的同时,要大喊"根儿"。"根儿"一出口,就算胜利了。这个时候,胜利者既可以站在旁边观战,也可以指挥本方的人去摸树,还可以一惊一乍,干扰对方护树。那些被"砍"的人,有时也可使诈,掩护本方的人摸树。他们一般会发出声响,快速跑向椿树,然后跑开，引诱护树的人离开椿树，给本方的人带来可乘之机。

　　有时候，会遇到善于藏匿的小朋友。他的藏身之所出乎所有人的意料，或者他在找人的到来之前已经悄悄转移。找人的在搜了两遍之后，仍然没有找到，最后只能认输。如果继续寻找，规则是允许的。于是，你能看到，在如水的月光下或者在寒风的呼啸声里，在偶尔响起的狗吠声中，几个小朋友从一家走向另一家，边走边喊："××，我看见你了，赶快出来！""××，快出来吧，我们不玩啦！"。藏的人和找人的都知道，这是在使诈，在引诱人放松警惕或者发出声响。耐心成了决定胜负的砝码。

　　村庄归于平静，天色已晚，游戏宣告结束，没有人会记得最后谁输谁赢，第二天从头开始。在躲藏和寻找的过程里，在防守和进攻的迅速转换中，在耐心潜伏和迅速转移之间，在相互配合的追逐中，时间迅速流失，日子一天天过去，身体越来越壮，快乐越积越多。

逮鱼

　　村子南边有条小河和一条废弃的河道，小河里大多时候是河水汤汤，水草依依、簇簇芦苇点缀其间。河道两边栽有槐树、杨树和柳树，树下绿草成茵，各种不知名的野花星星点点，引来蜜蜂、蝴蝶无数。每天下午，成群的青山羊被赶到河道里觅食，它们上蹿下跳，欢快地啃食野花和青草，咩咩声吓得河里的柳叶鱼在水面上画出一条迅捷的水线。

　　这个时节，河水较凉，不适宜下河逮鱼，只能钓鱼。小孩子钓鱼，没有那么多讲究，找来一个罐头瓶，用细绳拴在瓶口，瓶子里放一块吃剩的馍，倾斜着放到水边，坐在岸边的树荫处，远远盯着就行。"蓬头稚子学垂纶,侧坐莓苔草映身。路人借问遥招手,怕得鱼惊不应人了。"唐代诗人胡令能的《小儿垂钓》就是对这个情景的最好写照。柳叶鱼性情刚烈,却比较傻,一块吃剩的馍就引来七八条。它们围着罐头瓶一圈圈地试探,靠近试探性地闻一闻,然后再唰地一下飞快地游走,停在几米远的地方呆呆地看着。不久再小心翼翼地游过来,围着瓶子再游几圈,用脑袋在瓶子的底部碰撞,想要冲破玻璃的阻隔吃到美食。也许是碰疼了,也许是感觉到危险了,柳叶鱼又迅速游走再折返回来。如此几番试探,柳叶鱼终于找到了能够吃到美食的入口,它们放松了警惕,在瓶子里面大快朵颐。看到柳叶鱼在瓶子里开始吃东西,迅速站起,跃向岸边的绳子,猛地一拉,罐头瓶到了岸边,而柳叶鱼则在河道里的草丛中绝望地挣扎跳跃。赶紧用手捂住柳叶鱼,放进罐头瓶里,柳叶鱼在里面慌乱地游走,撞击着瓶子。这时,要赶紧在河边挖个小坑,灌上水,把鱼放进坑里,否则,一会它就要死掉。但不论怎样,钓到的柳叶鱼除非放进大坑里养着,否则拿到家里放养在盆子里,一晚上也会死掉。刚烈的柳叶鱼喜欢自由自在,在狭小的空间苟活,倒不如死掉来得痛快。

气温升高,河水断凉,可以下水逮鱼了。下水逮鱼需要技术或工具,有技术的叫摸鱼,没技术叫网鱼。摸鱼要人多一点,几个人跳入河里水深的地方,从河中间向两边摸去。只见人的脑袋浮在水面上,缓慢地向岸边浮动,摸到鱼,抬手扔到岸边。摸鱼看似简单,其实是需要技术和经验的。摸鱼时,水不能太深,否则就要潜入水中,不适用于小孩子。要双手并拢,呈捂东西的形状,手掌的下部贴着河底,逆流摸向河边,触碰到异物,要迅速捂向河底,死死抓住即可。摸鱼说着简单,实行起来还是有难度的,只能在实践中不断总结提高。很多情况下,摸鱼是幌子,洗澡和嬉水成了主业。

小孩子网鱼所用的工具很简单,从窗户上扯下窗纱,绑在两根棍子上,就成了简单的渔网。用窗纱网鱼，需要两个人互相配合才能完成。我和弟弟一人拿着渔网上的一根棍子，右手抓住棍子的底端，深入河底，左手抓住另一端，逆流贴着河底前行。因为水草很多，阻力很大，行进速度很慢，前行两三米或者感觉到有鱼撞击窗纱，两人的右手同时上抬，窗纱挂着水草就离开了水面，里面总会有几条大小不等的渔获。因为行进速度慢，渔获里少有柳叶鱼，以鲤鱼、草鱼、乌鱼和小金鱼为主。仅仅抬了几次，窗纱与水草接触的部分就卷了起来，两人只能使劲往外拽着前进。但没多久，窗纱竟然有近一半卷在了一起，几乎不能网鱼了。赶紧回到家里，找来一截细铁丝，绷在窗纱的底部，完美解决问题。

河道里并不平坦，有大小不一的坑。两人弓着腰在河里逆行的时候，突然一个趔趄，人就滑倒在水里，另一个人赶紧去拉，也滑倒入水。当两人踉跄站起的时候，脑袋上顶着几根油紫色的水草，十分滑稽可笑。用手抹去脸上的河水，晃落头上的水草，继续网鱼。每次网鱼，总要逮到十几条小鱼，但因为个头小，家长嫌麻烦，总说"腥气白烦的"（腥气难闻），要我们把鱼扔了。我们真扔了，不是扔给了猫狗，而是扔在了自家的大坑里养了起来。从春到夏，我和弟弟沉溺于玩水和网鱼。到了秋天，大坑里的水逐渐少了，能够清晰地看到成群的鱼在里面游，激得水面上黄绿相间的柳叶摇荡不已。坑里的水太少了，有的地方，鲫鱼只能侧着身子拍打着水面才能游过，引来鸭子呱呱呱地叫着去啄食它们。

为了避免更多的损失，我带着弟弟们投入了一场记忆深刻的逮鱼大战。我们先用铲子堆泥，把水域分成条块，然后在水里来回走动，在走动的过程中，故意泛起坑底的淤泥，让坑里的水浑浊不堪。静候片刻，有的鱼就肚皮朝上，一动不动地漂在水面，这种鱼直接捡即可。有的鱼则把半个脑袋露出水面，鱼嘴艰难地一张一合，这种鱼也丧失了活力，双手一捧，即可抓住。比较难抓的是个头较大的鱼以及鲫鱼、乌鱼和泥鳅。这其中，最难分辨的是鲫鱼，因为它常年生活在淤泥里，对于浑水有天然的适应性，即便把水放干净，它照样可以趴在淤泥里一动不动，不仔细分辨，你还以为就是一团泥呢。泥鳅更是如此，它不仅习惯了淤泥环境，还可以扎进淤泥里生存，经常可以在表面干涸的河道里挖到泥鳅。

经过多半天的捕捞，我和弟弟们都成了泥孩，但渔获很多，足足有几十斤。回到家里，奶奶很意外，没想到我们能逮到这么多鱼。她把大鱼挑出来，让我们分送给邻居，让邻居尝尝鲜。那天晚上和过后的两天，家里顿顿都是干炸的小鱼。放开肚子吃炸鱼，那是我人生的第一次，那种美味和惬意至今记忆犹新。

老家还有一种逮鱼的方式，叫架箔逮鱼（箔是当地用高粱秆和麻绳编制而成的物件，长约一点八米，宽约两米，可用来晾晒带壳带荚的作物），只不过这种逮鱼方式是大人所采用的，小孩子成了看热闹的围观者。水库开闸放水时节，小河里的水比较急，但鱼很多，人们拿着粪箕子、搪瓷脸盆、窗纱渔网追赶着水头，捕获那些冲在前头的鱼。这个时候，讲究眼疾手快，因为水头的速度很快，看到露着背鳍的鱼，在鱼头前方五六厘米的地方立即下家伙，保证一逮一个准。河里的人都很兴奋，高声交流着逮鱼的经验。小孩子则是来回乱串，有的还在浅水里跑起来，呱哒哒掀起一道水光。

水头过去，河水越来越深，这些工具就不合适了。大人会在河道里筑一道拦水土坝，抬升水位。在土坝的后面，竖起前低后高四个木桩，注意木桩的高度要低于抬升后的水位，木桩上架上箔，引导河水从箔上流过，有鱼通过的话也就留在了箔上。白天，少有鱼经过，有鱼的话也是小鱼居多。晚上，天气转凉，顺水而下的大鱼比较多。傍晚时分，架箔逮鱼的岸边聚集起不少人，老人和孩子为多。面向河水，大家席地而坐。孩子们听老人讲各种久远的传说，讲他们年轻时外出闯荡的经历，讲他们曾经的高光时刻。听到有鱼在箔上跳跃所发出的扑打声，孩子们就争先恐后地拿起手电筒，跳进河里，替大人去捡鱼。聊累了，一时无话，四野一片漆黑，唯有河水泛着微光，哗啦啦的水声犹如传唱千年的古歌，忽远忽近，撩拨着人心。

打尔

在我小时候，打尔是达到上学年龄的男孩子非常喜欢的游戏。与藏暮和逮鱼不同，打尔不适合年龄太小的孩子。有五六岁的孩子跟着哥哥过来玩，看着热闹的场面，往往会扯着哥哥的衣服，怯生生地提出参与游戏。看在哥哥的份儿上，大家会同意小孩子的请求，但一般都属于捡东西打杂的角色，因为打尔所需的力量、眼力和速度他都不具备。打尔以男孩子居多，但大家都没有性别歧视，对于女孩子的参与，都是认可的，从来没有人埋怨因为女孩子的参与给全队带来的失败。

打尔所需很简单，仅一长一短两根木棍而已。找来一根长十三四厘米、直径三四厘米的硬木棍，两头用刀削尖，这就是尔。再找一根五六十厘米长的趁手木棍，这就是尔棒。打尔玩法简单，用尔棒敲击尔的尖头，尔会应声蹦向空中，瞅准机会，挥动尔棒，使劲击打尔，使其飞向远处，打得越远越好。那时，村子中间有一条通往南边大路的土路，土路两边空旷无人，是成片的槐树、杨树、枣树和大小不一的土坑，坑里常年干燥。这样开阔无人的地方特别适合打尔。

晚上放学或者周末，村上年龄相近的男孩子经常聚到土路上玩打尔。打尔也可以一个人玩，打出去，扔回来，非常单调，却能在实践中提高技术。当然，最有意思的还是多人分组比赛。用砖头瓦块在地上画一个长约六十厘米的正方形，大家称之为"城"。用手心手背的方式把人分成两组，每组年龄大、有一定组织能力的人自然成为组长。

游戏开始前，先要确定打尔的先后顺序。确定的方式很简单，把尔放在"城"中心，每个组的成员依次上场，用尔棒使劲敲击尔尖，把尔蹦出去的距离作为标准，蹦得远者为打尔方，近者为扔尔方。然后要确定打尔的方式，是一人一棒、接续连打，还是要一棒一花。所谓一人一棒就是打尔方的成员轮流上场，一人打一棒；接续连打就是一个人只要不失手，就一直打下去，这种打法也被称为"狗练蛋"；一棒一花就是打尔者打一棒后，外加一次胯下打、掏腿打或抛尔打。胯下打难度最高，打尔者半蹲，双腿岔开，将尔棒绕到背后从胯下打尔，等尔蹦起来后再凌空击打，因为右手在胯下，无法发力，打的距离很近。掏腿打与胯下打相似，不同的是，在尔蹦起来后，可以迅速将尔棒从胯下抽出，正常用力击打，其难度在于尔蹦起来的高度偏低，容易漏打。抛尔打是用牙咬住尔尖，脑袋向前甩，让尔前抛再凌空击打，这时候尔离身体很近、下落速度快，无法发力，不容易击中，更别提打远了。

打尔正式开始。在打尔的时候，既要眼疾手快，还要眼观六路。所谓眼疾手快，前面已经提到，在凌空击打的时候要稳准狠，打得越远越好。眼观六路则是打尔的时候要注意观察队友、对手所在的位置，不能打中他们，还要注意观察是否有行人经过，最后是要注意大树和大坑的位置，如果打到树上，影响距离，如果打到坑里，那可真是坑了队友。坑里土质松软，坑坑洼洼，是很难通过敲击尔尖让它蹦起来的。如果队友都能顺利完成击打，扔尔方是很难有机会赢的。

扔尔的时候也有规则要求，有助跑加随意扔的，有原地发力随意扔的，有双腿并拢向前抛的。不论是哪种方式，注意扔的时候不要被树枝挡住就

儿时旧事

行。临近"城"的时候，才迎来了真正的考验。如果"城"所在的地方地势低或者土质松软，正常往"城"里轻抛即可，一般不会滚出或者蹦出线外。反之，则要注意了，一定要用手掂着尔尖轻抛过去，使尔尖着地，这样尔才不会出线。

尔如果顺利入"城"，打尔方和扔尔方角色互换，否则，将会继续进行。打尔游戏简单，却能锻炼人的观察力、反应力、击打力、抛掷力、抗干扰力、团队合作力和细节处理能力。打尔的时候，扔尔方是可以进行语言袭扰的，各种怪话、玩笑话、关键时候的喊叫，对打尔者的心理素质绝对是个考验。

打尔不仅小孩在玩，年轻人也有玩的，只不过他们玩的尔属于升级版，长度只有小孩子玩的一半，凌空击打的难度真是太大了。

打尔游戏不独老家有，北方很多省份都有，只不过名字不同罢了。其实，打尔来自古代的击木游戏，甚至有人认为它来自远古先民的击壤游戏。明代刘侗等所著的《帝京景物略》中有这样的记载："小儿以木二寸，制如枣核，置地而棒之，一击令起，随一击令远，以近为负，曰打柭柭，古所称击壤者耶？"其实，不论打尔与击壤是否有关，不论它现在已经淡出了人们的生活，甚至将要淡出人们的记忆，只要它曾经在几代人的成长中发挥了娱人作用，曾经在物质匮乏的年代给人带来了快乐和心理慰藉，它就有值得书写的价值。

摔哇呜

对泥土的热爱似乎是孩子的天性，在我成长的那个年代，这种情况尤甚。不仅仅是因为大家从小就参加了农业劳动，熟悉了从耕地、耙地、耩地、砘地、田间管理、收获、储存等各个环节，更是因为逐渐熟悉、了解了土地，摸清了土地的秉性，让各类作物在适宜的土地和合适的季节茁壮成长。人们应季节而动，与土地结缘并相互成长。在万物复苏的时节，麦子返青，杨柳依依，人们施肥、浇水，用双手美化了土地。在天气炎热的时候，人们的汗水洒遍了大地。在秋高气爽的收获时节，大地让人们洒下的汗水得到了丰厚的回报。在寒风呼啸的时候，大地的收获让人类得以发展生息。长期的劳作和阅历的增加，使人们对土地的态度从抗拒到了解和接纳以至于融为一体，从无所谓到心怀感激。一个人对土地感情的深浅，正是他是否成熟的标志。

人与泥土的亲密关系，不仅来自劳动锻炼和成长环境，更来自儿时游戏潜移默化的影响和熏陶。正是在游戏中，人开始触摸泥土，感受到了泥土那让万物生长的温度，抚摸到了泥土难以言传的细腻，倾听了泥土那让万物着迷的气息。正是在游戏中，培养了人与泥土的感情，加深了人与泥土的血肉联系。

与泥土相关的游戏有很多，摔哇呜就是其中之一。按照老家方言的发音，这里的"摔"应该读作"fēi"。摔哇呜不分男女，是四五岁到七八岁年龄段孩子最喜爱的游戏。老家坑多、沟渠多，还有一条小河和废弃河道，经常可以在坡地上看到村民挖取沙土留下的土坑。新挖的土坑是孩子们最喜爱的地方。赤脚跳进坑中，潮湿的沙土柔软细腻，踩在土里很是舒服。大家在坑里玩骑马打仗、嫁闺女、娶媳妇、翻花绳，玩嗨了，摔着、碰着都不怕，沙土可以保护大家的安全。玩得差不多了，大家才想起挖胶泥来了。用铲子和棍子一点点在坑壁上寻找，终于在黄棕色的沙土层中发现了朱湛色的胶泥。大家如获至宝，用铲子将大小不等的胶泥块挖出。出坑后，将胶泥平均分配，就要开始摔哇呜了。

为了将胶泥做成摔哇呜所需的盘子状，需要将胶泥揉软。揉胶泥对孩子是个考验，用力不足或者时间不够，胶泥还是硬邦邦的，是无法做成泥盘子的。揉呀揉，胶泥终于变软，可以把胶泥团成圆盘状了，要注意的是，盘子的底部能捏多薄就捏多薄，只要你有本事，能通过玩伴的检查，你捏成一张纸那么薄都行。

哇呜在摔之前，要拿起来让玩伴检查一下，看看底部是否完好无漏洞，认真的玩伴还会让你拿起来，对着太阳照一下，确保底部无漏洞。检查通过后，一手托举起哇呜，看准平整路面，用力向地上摔去。触地后，哇呜内的空气受压向底部膨胀冲击，啪的一声，将底部冲开成洞。破洞越大，说明哇呜摔得越好，成就感、自豪感都会油然而生。摔完后，大家会互相比较，看谁的破洞大。破洞小的人，要从自己的胶泥里抠出一块，拍成薄薄的泥片，去补对方的破洞。此时，破洞大的人认为补好了盖住了才行，否则要继续加泥，直到完全盖住破洞。这是游戏的补洞环节，也是体现游戏输赢的标志。

一块泥、一声响，能让大家乐上半天。

来纸牌

来（lāi）纸牌是以前在男孩子中非常流行的游戏。这里所说的纸牌是用废旧纸张折叠而成的正方形玩具。那个时候不像现在，家里很少有废旧纸张，只有那些家里有学生的才能找到所需纸张。每个男孩都对手里的纸牌视若珍宝，上学的时候都是随身带着，装在口袋里、藏在帽子里、夹在书本里，总要放在自认为安全的地方。正因为此，大家都对纸牌的输赢比较重视。有的时候,把纸牌输光了,是要哭鼻子的。

来纸牌的玩法简单。一个人把纸牌放在地上,另一个人拿起自己的牌,照着对方纸牌的边角砸下去,用砸在地上所带起的风把地上的纸牌翻过去,对方的牌就归你。接着对方用另外的纸牌砸你的牌,砸不过,轮到你再砸他的。

来纸牌对参战人数没有要求。只要超过两个人,就可以玩。人多的时候,顺序既可以大家商定,也可以剪子包袱锤来确定。需要说明的是,人多的时候,一个人要把其他人的牌全砸一遍,如果有的牌被砸翻了,牌主人要赶快补放一个,供其他人来砸。

来纸牌是有技巧的。一是纸牌的厚度要适宜,正常的纸四张叠一个为宜。在比赛的时候,要把纸牌的四个边使劲捋一遍,使其能完美地贴在地面上,不给对方留下可乘之机。砸对方的牌时,要注意观察。如果对方的牌落在了比较平整的地上,四边都没有翘起,那就只能照着纸牌的一角斜向前砸去,借着风的冲击钻入对方牌底,借机掀翻其纸牌。如果纸牌所处的地方凹凸不平,这样最容易赢了,只要照着纸牌凸起的地方砸去就行。

在正常厚度之外,还有两种纸牌。一是两张硬纸或者镀膜纸张叠成的,这种纸牌虽然薄,但是与地面贴合得严丝合缝,是很难赢过来的,这样的牌被称为王牌,也是令很多人感到头疼的牌。如果能赢了这样的牌,有的人是要收藏起来的,不再轻易使用,除非到了山穷水尽的地步,才拿出来翻本。还有一种纸牌又厚又沉,用七八张甚至是更多的纸张折叠而成。如此厚的纸牌不能兜风,要照着对方纸牌的正中心砸下去,厚纸牌会崩起来,直接带动对方的纸牌翻过去。要想赢厚纸牌,最好的方法也是用厚纸牌砸它的中心,把它带翻。普通的纸牌想赢,真的是很难,需要借助地势之利、观察之细才有机会。

来纸牌一般在上学的路上或者村里的大街上进行。几个人慢悠悠走在上学的路上，不知道是谁的提议，大家就从口袋里掏出纸牌，啪啪啪地开始了。不一会，右手的袖子都甩长了一截。大家都很投入，不知道过去了多长时间，直到耳边传来老师的声音："还不赶快上学去！"大家一哄而散，捡起纸牌，飞奔向学校去，每个人都在暗想："坏了，晚上回家又要挨打了。"

大家都是皮糙肉厚，才不怕一顿打呢！隔了一天，这群孩子又在上学的路上来纸牌了。

"老母猪"

我这里说的"老母猪"可不是能产崽的猪，指的是一种用烟纸盒子（香烟包装纸）折叠而成的长条状纸牌。那个时候的孩子都有收集烟纸盒子的爱好，只要看到家长或者亲戚的烟快抽完了，总在周围转悠，表达渴求之意。大人看到孩子在周围逡巡，就明白了孩子的小心思，就把剩下的一两支香烟拿出来，把烟纸盒子送给孩子。孩子如获至宝，小心翼翼地把烟纸盒子拆开、捋平，一边欣赏，一边庆幸又有新收获。如果拿到的烟纸盒子是自己手里没有的或者是售价比较高的，心里会更加高兴。烟纸盒子展开后虽然不大，但颜色艳丽、图像精美，可以贴在靠床的墙上，装饰墙面，可以装订成册，欣赏图像，也可以作为社交工具，与小朋友互通有无，共同赏玩，更可以折叠成纸牌，开展流行的"老母猪"游戏。

"老母猪"游戏规则有两种，一种是每个玩家只能出一个，另一种是不限个数，出多出少全凭个人根据场上形势进行自我判断。在游戏开始的时候，把要出的牌放在右手里，藏在背后，大家齐声喊着："出，出，老母猪!"把纸牌放在各自面前,根据香烟的日常售价进行比较(一次出多个的把价钱相加),按售价高低排序。售价最高者会把纸牌按照售价从高到低摞成一叠,使劲摔在地上,如果有翻过去的,收归自己所有,然后右手并拢弓起,对着最贵的纸牌旁边猛拍过去,利用手掌带起的风吹翻纸牌,能翻过去的也归自己。如果还有未翻过去的纸牌,售价第二高者开始。

如果想成为"老母猪"游戏的胜者,需要两个能耐。一个是要熟悉各种香烟的售价,以便能迅速计算出各人所出纸牌的价格并进行排序。那时常见的香烟有卫河、白丽、金叶、金玉、金菊、普腾、红金、嫦娥、曹州、梁山、丰收、梅鹿、大鸡、绿牡丹、牡丹园、古今园、琥珀、春梅、蝴蝶、百花、白莲、飞鸽、阿诗玛、哈德门等三四十种,要能清楚记住每种烟的价格,还是需要用点心的。奇怪的是,短短的一首诗背不下来,这么多香烟的价格都能记得清清楚楚。还有就是要有不怕把手拍肿的勇敢劲儿。其他天气还好,特别是冬天,本来小手都冻成了紫红色,拍到冰冷的地上手都会疼得发麻。面对纸牌,大家都勇往无前,化身为义无反顾的斗士,小手在冰冷的硬地上拍得啪啪作响,甚至有的手都拍肿流血了。

"老母猪"游戏所需时间短,随地随时都可玩。上学路上、课间休息时、村后乘凉时,都能看到几个小朋友围在一起,嘴里齐喊:"出,出,老母猪!"

挤尿床

我上学的时候,从小学到高中,教室里都没有暖气。一入冬天,性格暴躁的西北风就像被谁踩住了尾巴似的吼个不停,吹裂了大家的小手,冻红了大家的脸颊。大家哆哆嗦嗦地缩着,身高好像都矮了两厘米。热闹的校园比平时安静了许多,再也看不到追赶打闹的人了。除了没有风,感觉教室里比室外还冷,特别是阴天的时候,室内较暗,那感觉更为明显。

上课的时候,大家冻得瑟瑟发抖。突然,教室的角落里传来一声试探性的跺脚声,那声音迟疑、胆怯,像极了一个白天即将钻出洞口的小鼠,试探前行,看看四周无人,胆子渐增。跺脚声从一下变为两下,渐渐连贯起来。跺脚声似乎被赋予了神奇的魔力,逗引起了此起彼伏的声音。跺脚声越来越大,从杂乱无章逐渐调整成节奏统一的大合奏。脾气好点的教师知道学生冻得够呛,少有严厉斥责和制止的,一般都会停下来,听大家的合奏持续两分钟,方才微笑着说:"好啦,好啦,咱们接着上课!"

下课后,如果外边风很大,大家就继续在教室里跺脚,响声一阵高过一阵。风停了,大家会争先恐后冲出教室,迅速排成一排,靠着墙根站立,开始了挤尿床游戏。全班无论男生女生,都会喊叫着投入游戏中。大家从两头往中间挤,边挤边唱:"挤,挤,挤尿床,挤出谁来谁尿床!挤,挤,挤尿床,挤出人来爱尿床!嗨哟,使劲儿!"大家一起使劲,就会有几个同学被挤出来,被挤出来的人,赶快跑到两边,继续使劲挤。如有小朋友连续两次被挤出来,大家都会嘲笑他"尿床了"。为了找回面子,小朋友可以回唱:"挤,挤,挤尿床,挤出我来我当王!"

比较有趣的是,当大家都在拼命往里挤的时候,中间的两三个孩子商量好似的,突然闪开,两边的孩子猝不及防,大家哎哟一声,你压我我压你地摔成一堆。大家爬起来,说笑几下,接着挤。大家挤得热火朝天,挤得喘气连连,挤得小脸发红,挤得浑身发热,在不知不觉中,寒风避让,寒冷躲开。挤尿床所产生的热量,足可以让大家安心学上多半节课。

挤尿床难免会让衣服蹭上灰尘,有时还会把棉袄磨破,回家被家长训斥一番。孩子的记忆都是短暂的,这么好玩的游戏怎么能错过呢?大家比以前挤得更欢了。

链子枪

如果调查一下孩提时代的游戏，不同年代、不同地域的游戏不尽相同。仔细梳理，总会发现一些跨越时空的游戏，"骑马打仗"应该是其中的代表。"顽童争竹马，稚女学盘鸦""花前自笑童心布，更伴群儿竹马嬉""竹马儿童扶杖老，争随千骑去行春"等诗句中都提到了"竹马"，就是古代孩童的骑马打仗游戏。

我小的时候，也喜欢与小朋友一起玩骑马打仗的游戏，不过我们骑的不是竹马，而是人马。玩这个游戏需要多个小朋友，两两配合或者三人一组都可以。两两配合就是一个人背起另外一个人进行战斗，下面的人是战马，上面的人是战士。战士可以赤手空拳，以手掌作刀进行战斗，也可以手持细木棍，以棍作刀进行战斗。三人一组则是两人作马，双手交叉相扣，让战士骑在相扣的手臂上战斗。

战斗开始时，双方列阵，放出大话，说着电影中的台词，夸耀己方的战斗力，要将对方挑落马下。在嘴仗阶段，战马也不能闲着，要学一下马的嘶鸣声，配合灭对方之威风、长己方之志气的需要。废话少说，放马过来！嘴仗结束。战士举起武器，催动战马，向对手冲去。短兵相接，战斗惨烈。战士挥刀砍向敌方，战马也不能闲着，要撞向对方的战马，互相推搡，力图推动敌方，互相做鬼脸，逗引对手发笑，减少抵抗力。有的玩伴笑点低，一笑起来很难结束，战斗力大减，一个回合就能结束战斗。只要有战士落马或者战马倒下，只要被围攻，即被判定失败。这种游戏是对协作能力、体力、脑力和迅速反应能力的锻炼和考验，哪一个环节出现问题都会落败。

自从看了电影《平原游击队》之后，手拿双枪的李向阳就成了大家心目中的英雄人物，拥有一把枪成了大家的最大理想。怎样才能拥有自己的枪呢，那就是自制链子枪。我这个年龄段的人，在那个年代，每个人都有一把自制的链子枪。制作链子枪需要的材料不多，但耗时耗力，而且不易成功。所需材料有废旧的自行车链条、内胎和粗铁条，所需工具有钳子、长一点的铁钉和锤子。

先用钳子把粗铁条使劲拧成枪身，剪下两段做成扳机和枪栓。枪栓的头要磨平，这是一件费时费力的活，一般需要两三天的时间才能磨好。在每个有孩子的地方，几乎都能看到有小朋友不时地拿出枪栓磨上一段时间。因为磨的时间比较长，手经常会起泡。这个环节如果出现问题，链子枪就会灭火、打不响，引来别人的同情和嘲笑。

然后找来自行车的链条，用锤子和铁钉将链条的链接销钉冲掉，去掉外链片，将内链片一片片按对齐，并排串在铁条上当枪管。需要注意的是，要注意作枪头的那片内链片，一定要保留一个销钉，否则是打不响的。那时候没钱买橡皮筋，就把废旧的自行车内胎剪成细条状，用以代替橡皮筋。历经千辛万苦，链子枪终于制作完成。看着自己的劳动成果，心里就别提多高兴了。仿佛人人都成了游击队长李向阳。

链子枪制作完成，大家不再玩骑马打仗，改玩"平原游击队"了。《平原游击队》是那个时代流行的电影，几乎每个村子都放过这部电影，大家追着放映队看过好多遍，对电影的情节、主要人物、经典台词都耳熟能详。大家都争抢着要扮演李向阳和游击队员，没有人愿意扮演鬼子和伪军，最后只能轮流扮演。可见，艺术作品对塑造人、影响人的作用极大，就连小孩子也知道鬼子和伪军是坏蛋。大家都轮流模仿李向阳，一脚踩在一个小凳子上，手挥链子枪，一边号召大家向前冲，一边嘴里"啪啪啪"地模仿着开枪的声音。就在简单的游戏中，爱国主义情感在大家的心中埋下了种子。

美中不足的是，此时的链子枪并不能发出声响，这就需要火药登场了。火药的来源非常单一，就是来自药蔫的鞭炮。那个时候日子苦，小孩子没钱买鞭炮，村上不到年节或者红白喜事，是很少有人放鞭炮的。于是，药蔫的鞭炮就成了大家心心念之的好东西。只要有放鞭炮的，无论是过年过节还是红白喜事，我们都会早早地跑过去，围在悬挂鞭炮的大树下，眼巴巴地盯着。在震耳欲聋的鞭炮声中，在升腾的硝烟和四散的纸屑中，不顾危险地去争抢地上药蔫的鞭炮。争抢到手的鞭炮，要做一番甄别，那些有呲花痕迹的要扔掉，这种鞭炮是两头压制不紧实而火药燃烧所致。将鞭炮的外纸一层层剥掉，小心翼翼将亮灰色的火药倒进小型玻璃制的注射剂瓶里。这些小瓶都是大家从村医那里讨来玩的，早已经洗涮得干干净净。

我们村上人口很少，却有两名乡村医生。他俩不仅给村上的两百人看病，还承担了周围七八个村庄的健康守护任务。但凡头疼发热、身体不适，还是疫苗接种或者扎针挂吊瓶，他俩样样都行。没钱先记账，有钱就给，在附近村里都有声望。可惜的是，其中一位已经去世好几年，另一位也只能坐在轮椅上了，想来都是伤感。

在玩链子枪的时候，将火药装在枪头里，如果不怕震耳朵，还可以将火药装满两个内链片。扣动扳机，链子枪有时毫无声响，有时会发出扑哧一声的闷响，夹杂一阵青烟，这都会引来大家的笑声。多试几次，总会发出震耳欲聋的响声，有时震得耳朵发蒙、手指发麻。挥动装有火药的链子枪，高喊一声："中国的地面上，决不能让你们横行霸道！""投降吧，缴枪不杀！"，然后冲向扮演鬼子和伪军的小伙伴，将瑟瑟发抖、色厉内荏的侵略者一扫而空。谁能想到呀，简单的游戏竟然也可以影响人生和价值观，这也许就是链子枪另外的意义了。

还有什么

  儿时所玩的游戏很多，当然不可能只有上面所说的这七八种，现在能够记起名字的还有官打捉贼、打雪仗、挑棍儿、抽皮牛（陀螺）、扔沙包、丢沙包、老鹰捉小鸡、跳格子、斗拐、拾子儿等。可惜的是，因为时间久远，大部分游戏已经淡出了我的记忆，有的尚能忆起一点玩法，有的只有一个模糊的印象，连游戏的名字都已彻底忘掉。我和我的弟弟妹妹联系，让他们帮我回忆，遗憾的是，他们也已忘记。我与村上的朋友和一些亲戚联系，亦是如此。我很是伤心，也有点悲哀，人还未满半百，时间已经抹去了我很多的记忆。那些曾经鲜活的生活细节、那些曾经存在世上的小游戏怕是要永远消失在历史的烟尘中了！我很想知道，它们还会回来吗？

  我期待。

家乡的戏曲

唱得梨园绝代声。前朝惟数李夫人。

自从惊破霓裳后，楚奏吴歌扇里新。

秦嶂雁，越溪砧。西风北客两飘零。

尊前忽听当时曲，侧帽停杯泪满巾。

——宋代　朱敦儒《鹧鸪天》

在我小时候，村民大都为生计所迫，整日忙于农活，少有闲暇时间，文娱活动也比较贫乏。但繁重的体力劳动和生活的重压并不能扼杀村民对轻松愉悦的追求，无法阻挡他们对自由的向往，更无法割裂他们和文艺的天然联系。按照部分文艺理论家的观点，艺术起源于劳动，来自原始的狩猎和耕作，可见，农民才是文艺的创造者，是文艺的爹和娘。爹娘和孩子的联系是天然存在的，不是外在的压力所能割断的。在农忙的间隙，在红白喜事和名目繁多的庆祝活动中，各种文艺活动就粉墨登场了。戏曲、曲艺、电影、流动录像等娱乐活动都颇为流行，特别是枣梆、两夹弦、大平调、弦子戏（柳子戏）、豫剧、越调、河南曲剧、坠子书、莺歌柳书、渔鼓书、山东快板、杂技等戏曲曲艺的演出最为频繁，印象也较为深刻。

20世纪80年代的前几年，老家的戏曲曲艺演出比较多，应该是我有记忆以来的黄金时代。让人惋惜的是，这个黄金时代实在太短：短得很多戏都没有来得及看，只看了当时影响最大、传唱最广的几出戏；短得那么多剧种都没有来得及分清楚，傻傻地以为他们都叫戏，都长得一个样；短得我连县剧团、乡镇剧团和草台班子的高低都没有分清楚，只是觉得有的演出汽灯亮如白昼、服装艳丽多彩，有的演出则弥漫着厚厚的历史烟尘、服装昏暗如晦；短得生产队长的儿子仅仅学演了几场戏，仅把大家逗乐了几次就回了家；短得我只知道豫剧四大名之一旦马金凤是老乡，不清楚另一位豫剧四大名旦崔兰田也是曹县人，更不清楚常香玉的重要合作者赵义庭也由家乡的水土养大；短得我竟然不知道曹县是戏曲之乡，是一个远近闻名的戏窝子，"窝班戏"曾经遍及全县各个乡镇。

麦收结束、秋季作物完成播种就有戏班子开始下乡演出。如果麦子丰收，唱戏的更多，唱戏的场次也将增加，用戏曲演出这类集体狂欢的形式来庆祝丰收一直是家乡的传统。此时，天气开始转热，但离暑天还有一个月的时间，晚上的天气还是很凉爽的，村民也乐于在夏风习习的傍晚聚在一起看戏叫好。麦子完成播种直到过年是演出的高峰。在这两个月的时间里，唱戏的最多，几乎每个行政村都有演出，少则三两天，多则五六天，大一点的村庄有连唱十天大戏的。戏班都是从一个行政村转场到另一个村，爱看戏的村民，无论年幼，跟着转场的人每个村上都有几个。

看得多了，总会有些懵懂少女或者生活不如意的泼辣小媳妇爱慕那白马银枪、杀入敌阵如入无人之境的小将，喜欢那风流倜傥、能吟诗作画的玉面小生，机缘巧合，互诉衷肠，以至于难分难舍。或大胆冲破家庭的重重阻挠，在父母的哭喊和大声的咒骂中，跟随戏班子到更远的地方唱戏去了。或家庭教育过于严厉，在祖辈、父辈、同辈人的正反教育下，发誓不再看戏，在郁郁寡欢中早早嫁人。或在某个看戏的晚上，偷偷用包袱包裹衣物，不辞而别，不知所踪，留给家人呼天抢地的哭声和满脸愧色地四处找寻。遇到不了解内情的人问起闺女的近况，家人都会脸色一黑，恨声说道："这个妮子死了！"接着拂袖而去，留下尴尬的问话人僵在那里。

无论是四十年前还是当今时代，这样的事情都会让家人在很长时间内都抬不起头来，甚至是伤及家族脸面，引来无数非议和背后的指指点点。听村上的人谈起，距离我们村五六里远的一个村上，就发生过这样一件事。一位女孩追慕玉面小生，跟随戏班子离家出走。没有想到玉面小生将戏台上的风流多情带进了生活中，仅仅半年多的光景，女孩大着肚子被遗弃回家，家人引以为耻，很快就在晚上将其偷偷地嫁给了临省的一位光棍汉，多年都不曾让其回家探亲。

出了这样的事，张罗演戏的人家或者村领导，总觉得对不住大家，多次去看望出事的人家，表达悔恨之意和歉疚之情。大家都知道演戏的原因是丰收或者红白喜事，是娱神娱人的好事，谁也没有想到会出现这样的意外。事情既已发生，妥善处理才是正事，于是纷纷加入找人的队伍。不论结果如何，都是演戏惹的祸，这个村和周围的村都会对演戏唯恐避之不及，几年内都不会再有人邀请戏班。即便戏班自己找上门来，也会被骂得落荒而逃。

无论是主动邀请还是戏班自己找上门来，村民看戏都是不花钱的，戏资就是小麦或者玉米。戏班在向村里报价时，不说一场演出多少钱，而是说多少斤粮食。商定好戏资、戏码和演出时间，队长就到各家通知应该摊多少斤粮食，第一天演出的时候会有人过来收粮食。对于看戏，大部分村民都有股子热情，纷纷端着碗聚到街上，边吃饭边七嘴八舌地发表对戏码的看法，把看过的、听别人说的戏一股脑儿倒出来。你说你的，我聊我的，观点各不相同，情绪高涨，比演戏还热闹。"有理不在声高"这样的俗语，在村里失去了生存的氛围，似乎谁的声音压倒其他人，队长就能让戏班上演谁想看的戏。大家想看的戏有点多，《穆桂英挂帅》《对花枪》《花打朝》《杨八姐游春》《秦香莲》《三上轿》《花木兰》《大祭桩》《收姜维》《诸葛亮吊孝》《七品芝麻官》《卷席筒》《打銮驾》《墙头记》《秦雪梅吊孝》《打金枝》《三哭殿》《朝阳沟》等成了出现频次最高的剧目。

到了演出当天，如果上演的是大家提到过的戏，人人拍手称快，即便不是，照样轰然叫好。大家图的是热闹和放松，不管你唱得好坏，也不管你服装新旧，只要有响、人多，能让大家哄堂大笑或者暗自抹泪就行。当然，如果能在轻松、感人的氛围中，潜移默化地实现浸润人心的效果，那就是意外之喜了。村民普遍反感在戏中夹杂生硬的说教，更反感村领导在戏演到一半的时候进行讲话，如果前者就像是鞋里掉进了一粒麦子，后者就是鞋里扎了根钉。大家不愿意公开表达不满，只能起身去远处撒尿，或者低头议论起演出的优劣。议论声越来越高，不知道是谁家的孩子突然锐声哭喊起来，大家借此机会，呼吁赶紧敲锣开戏。只要戏演起来，孩子就不哭了。同样在演戏，大家更愿意看装扮起来的戏，戏台上假面下有人生、有情感，有他们能听懂的话。

我们村属于袖珍型村庄，总人口不过两百人，没有专门的戏台。有演出的时候，村子西南角那块地势稍高的空地就派上了用场，稍加整修，添上层新土，让小孩子们跑着踩一踩，就成了戏台。戏班子到了之后，借用空地上的大树，竖起木桩，用墨绿色的帆布将三面围起来，上罩防水布，摆上座椅，放好乐器，就可以演出了。搭好台，烧炷香，告慰土地爷后，开场锣鼓就敲了起来，既是在招揽观众，也有熟悉锣鼓、展现技艺的功能。

喧天的锣鼓声吸引来了孩子和卖零食的摊贩。孩子们围在戏台边，胆大的还爬上台去，勇敢地用手摸摸桌披，掀开桌披瞅一眼满是历史感的红色桌腿，近距离地盯着乐师手里的乐器瞧上一阵子，任凭那震耳欲聋的锣鼓声把灵魂震出窍去。在小朋友的羡慕中，施施然走下台来，立在小朋友中间，昂首挺胸，仿佛成就了人生的一件大事。卖零食的摊贩似乎有千里眼、顺风耳，哪里演戏、放电影，哪村有红白喜事，他们都了解得清清楚楚，总会提前支摊，引得小朋友直咽口水。

就在戏班其他人都在为演戏做准备的时候，戏班的领头人带着两位年轻演员来到了队长家中，商议如何到各家攒粮食去。没等领头人开口，队长就让演员拿起两个化肥袋子，自己拿起一个瓢，就领头奔各家而去。到了各家，队长推门而入，喊一声："看戏攒粮食来了！"标准简单，家里有几口人分了地，就出几瓢粮食。无须队长赘言，各家都自觉按这个标准给粮食。遇到家里没人，队长径直找到存放粮食的屋子，自己动手即可，既不多舀，主人也毫无怨言。

当然，村里也有不合群的人，早就向队长和四邻街坊声明，全家人都不喜欢戏也不去看戏，更不愿意出粮食，经过这家门口，队长摇摇头，什么话都不说，直奔下家而去。领头人见惯了这样的事情，跟着队长往前走，照样谈笑风生。常有第一次跟着攒粮食的年轻演员，遇到这种情况，总会忍不住问起为啥不去这家，队长不做任何解释，只顾往前走，留下满是困惑的演员在思考为什么。

两个化肥袋子都有多半袋的时候，就合二为一，让其中一人扛回去，其他人接着攒粮食。粮食攒好，队长的任务完成，对领头人说句"好好演"，就下地干活去了。戏班拎着化肥袋子到各家去攒粮食，像极了外地人到村上来要饭的情景。村民都有同情心，遇到要饭的，都会伸出援手，给点粮食表达共渡难关之意。那几年，从南边临省过来要饭的人有点多，无一例外都说是家里遭了水灾。大家常听说有人以此为生，苦于无法分辨真假，谈论起来总认为这些人好逸恶劳、没有农民本色，言语间充满嘲讽。

村民喜欢看戏，有的能够侃侃而谈，有的高兴的时候还能唱上几段，还有的甚至到了痴迷的程度，无论是下地干活还是在家吃饭，总是抱着收音机听戏，但说起演员这个行业真的是感情复杂。演员不用脸朝黄土背朝天在土里刨食，风吹不着、雨淋不着、天脸地（太阳）晒不着，有的还有市民户口，能吃上商品粮，这是让大家羡慕的地方。个别演员生活作风不好，与村民素朴的道德观相抵触，影响了大家对演员行业的评价。戏班常年走街串巷，从一个村流动到另一个地方，漂泊的生活总给人居无定所的感觉，让人觉得不踏实。最为主要的，大家都深受传统农业思想影响，觉得潜心务农和自给自足才是真本事。以农为本、安土重迁和安于现状的思想深刻地影响了村民对于事物的判断。羡慕、向往中夹杂着轻视、不屑，村民对于戏班的复杂情感，原因就在于此。

戏班在村里演戏，住宿讲究随遇而安。演职人员会被各家领走，安排到空余的屋子里。各家条件虽然不同，村民却都拿出了最大的诚意，把空房子打扫干净，即便演职人员自己带有被子，村民仍然找出最好的被子。散戏后，村民热情地把人领回家，不停地表达歉疚之意："我家条件不好，亏待恁了。恁就将就一下吧。"虽然演职人员表示已经吃过饭了，一点都不饿，村民还是烧了汤（晚饭），吵架似的劝人吃一点。无论持什么观点，只要进了家门，来的都是客，村民都会拿出最好的东西招待。

村里演戏，开戏不论时间，只看天色和观众。看到阳光从刺眼的亮白色转为暖黄色，开场锣鼓就咚咚地响起来了，戏班的学徒开始了基本功表演。有踢腿的（正腿、旁腿、十字腿、骗腿依次踢出）、有耗腿的、有下腰的、有跑圆场的，看似凌乱，其实自有章法，没有一个互相影响的。这之后，学徒聚在一边，开始了飞脚、旋子、筋斗和水袖展示，到了热闹处，台下的孩子和老人叫好连连。更热闹的是把子功展示，单枪、双枪、单刀、双刀，无论是单打独斗，还是套路展示，都可见日常功夫。

基本功表演结束，下午场演出开始。为满足孩子和老人需求，演出剧目多为轻松活泼的剧目片段，以逗笑和热闹为主。其中，丑角的插科打诨深得孩子喜爱。在戏曲的所有行当中，丑角最得孩子心。丑角扮相滑稽，仅仅是鼻梁眼窝间那一小块白粉就让孩子忍俊不禁。丑角表演夸张，善于用大幅度的肢体动作逗人发笑。丑角风趣幽默、诙谐夸张的语言直抵孩子心头的痒痒肉。丑角现场抓哏，在角色里跳进跳出，把小朋友喜欢的、在村上或者是现场看到的有趣事情临时添加到演出中，引起哄堂效果。丑角特别喜欢互动，让小孩子自告奋勇爬上台去，现场教授简单滑稽的动作，进行互动表演，逗得场上场下乐成一团。试问，这样的演出哪个小孩子不喜欢？

不知不觉间，阳光从暖黄色变为浅红色，直至整个西方都变成了浓墨重彩、色彩艳丽的油画，下午的演出也就结束了。戏班要修整一下，迎接晚上的重头戏，老人孩子也要回家喝汤。不时地有人搬着板凳过来，放在台下的空地上，占住晚上看戏的地方。大大小小、高低不一的板凳杂乱地摆在台下，有的地方成排，有的地方围成一簇。还有人把小床和躺椅给抬了过来，抬床的应该是家里人多，不愿意搬那么多凳子，搬躺椅的应该是有老人，腰椎或者腿脚不好，不能长时间坐着。当然，也有省事的，拿块砖放在那里，把砖立起来就能当凳子看戏。可笑的是，立砖易倒，稍不注意，就会摔个仰八叉或者坐到后排人的怀里，逗引得周围的人哈哈大笑。村里看戏就是如此，把占地方的东西放在台下，这个位置就是你的了，完全不用担心没地方看戏。

两盏点亮的大汽灯挂在了左右台口，台上台下亮如白昼，晚场戏开始了。如果说下午场是演给孩子看的，晚场则是演给大人看的。晚场戏均为大戏，以唱念做表为主，因演出场地所限，武戏演出很少，即便戏中有开打场次，也都简化成为一两次杀过河。晚场戏对孩子的吸引力不大，但没有一个人缺席。大家念念不忘的是汽灯下熠熠生辉的戏服和闪光的银枪，是汽灯周围团团飞舞的小虫子，是台下一簇簇伸长脖子专注看戏的村民，是嫁到外村的姑姑、姑奶奶回来看戏时所带的吃食，是卖焦米棍、山梁红子（山楂）、水果糖和焦落生的摊贩。更有意思的是看戏过程中的小插曲，话痨墩儿哥的说戏比台上还精彩。根据剧情、唱词、表演和现场看戏的村民，他会设计刁钻的问题，用自问自答的方式把人逗得捧腹大笑，直不起腰来。

虽然台上的演员很卖力，虽然不时地响起哄堂的叫好声，虽然有好多小朋友聚在一起叽叽喳喳说个不停，虽然两盏汽灯在黑夜里亮得刺眼，虽然奶奶的扇子送来了舒坦的凉风，但戏演了不到一半，大家的眼睛就像涂了胶水一样，粘得睁不开了，身子也开始前后摇晃，砰地一声就撞在了别人的背上。看此情景，戏瘾大的家长则抱起孩子，让孩子睡在怀中，继续看戏。大部分家长则赶紧叫醒有点发蒙的孩子，拉着孩子的手向家走去。刚走出不远，孩子的睡意渐消，开始有点清醒，还想再待一会，磨蹭着不往前走。回头看去，戏台在黑夜中劈开了一个明亮的世界，台上的人影影绰绰，有点模糊，似乎带着点缥缈的仙气。台下的人似乎安静了许多，变小了一些，渐变似的融进了黑夜中。在空旷的夜空中，板胡的声音少了点高亢和嘹亮，多了点优美和悠扬，凝神听去，竟有凄美之意。

刚吃过早饭，戏台子已经被小朋友占领了。大家三三两两聚在台上，叽叽喳喳说个不停。剧目的某个情节、最喜欢哪位演员的表演、哪位演员的服装最好看、银枪和钢刀到底哪个更厉害、连串的跟头是怎么翻的、大花脸是怎么画上去的、王伦被劈死了下次谁来演、谁家姑姑和姑奶奶带来的东西更多更好吃、哪位小朋友最晚回的家、谁家未过门的媳妇来看戏了、谁坐的砖头一晚上倒了几次、汽灯是怎样制气的、主要演员到谁家去借宿了……大家都有点较真，总认为自己看到的、说出来的是对的，都有真理在手的固执和义正词严，于是，争执就产生了。猛一转头，才发现台下站着几位十来岁的学徒，大家如同受了惊吓的小兽，四散跑开。稍微平复一下心情，大家又怯生生地向戏台靠拢过去。因为在散开的时候，突然发现学徒中似乎有一个熟悉的面孔。

大家靠近看去，确认了那个熟悉的面孔是队长家的二儿子。队长家的老二已经小学毕业，初中没有考上，不甘心在地里忙活一辈子，脸朝黄土背朝天的生活是他不能接受的，希望能有另外一种生活。在面对孩子的时候，队长的威严受到了严重挑战，打骂也无济于事，拧不过孩子的执拗，队长最后只能妥协，不再强求孩子下地干农活。半大小子天天在家混吃等喝不干活，这在农村是个大忌，不仅会被冠以"二流子"的称号，还会影响媒人上门说媳妇。媒人不登门，找不到媳妇，这可是天大的事情。队长是不会容忍发生这样的事情的。让孩子学戏，应该是队长的无奈之举，这总比天天在家闲着被人戳脊梁骨要强呀。

看到周围的人围拢过来，队长家的老二羞赧地朝大家笑笑，就和其他人一起练踢腿去了。看着他认真卖力的样子，大家都有点恍惚，这还是那个大人口中的"二流子"吗？他怎么跟着人家练功了呢？大家的脑子有点转不过弯了，变得沉默不语，静静地看着台上的学徒踢腿、压腿，那种对专业的投入和努力过上另一种生活的劲头让人敬佩。

第二年麦收过后，队长家的老二就跟随戏班来村上演出了。那次演出在村北的单场里进行，演出场所由原先的土台子升级为戏班搭建的专业戏台。听说队长家的老二来演出了，人人都化身义务宣传员，奔走相告，见人就兴奋地介绍。村民搬凳抬床、扶老携幼，早早地来到单场里，争相一睹村里走出来的第一位明星。大家挤到拖拉机旁化妆的地方，找到了站在边上的队长家的老二。不到一年的时间，他已经从原先的黢黑变得白净，人不仅没有因为练功而变瘦，反而胖了一点，可见戏班的伙食还是不错的，原先他娘还一直担心他吃不饱呢。队长家的老二没有了当初的羞赧，成熟了很多，沉稳而略带自豪地给大家介绍戏班的演员、生活和晚上演出的戏码。人人都对队长说："我类那个乖乖，没想到二小出息成这样了！"队长满脸喜庆，不停地散发纸烟。

　　下午的演出，队长家的老二第一个登台，是一个报子的装扮，还未开口，单场上就响起了此起彼伏的叫好声。很明显，他是第一次遇到碰头好，刚才在台下的沉稳被震天的叫好声给吓跑了，有点紧张，动作僵硬，声音发颤。直到下台，他的紧张劲都没有缓过来。在之后的演出中，他变成了打相旗的（龙套演员），已经不复开场时的紧张，步态沉稳有度，面态肃然，似乎台下的叫好声是喊给其他人的。

　　下午场结束后，大家纷纷夸赞队长家的老二，同时对他演出时间太短表示抗议，甚至以不出粮食威胁戏班。村民的要求立即得到了呼应，戏班决定让队长家的老二在晚上的大戏中登台。晚上的戏码是《墙头记》，像队长家的老二这样的学徒原本是没有机会登台的，现在只能临时给王银匠增加了个学徒。小学徒没有台词，只是在台上用身段配合着王银匠行动。这个临时加上去的角色有点滑稽和不伦不类，但赢得了村民的叫好声。

　　队长家的老二赢得了掌声，《墙头记》收获了老年人的泪水。养老一直是村民的心病，因老人赡养问题而闹得家里鸡犬不宁是常见的事情。无论村子大小，只要遇见父子不和、兄弟反目的事情，几乎都与老人赡养有关，《墙头记》中张木匠的遭遇引起老年观众的共鸣是很自然的事情。《墙头记》能够成为村民教育子女的反面教材，自然有其深厚的社会基础，使剧中的"老来难"成为传唱一时的名段："老来难，老来难，老来无能讨人嫌。张木匠一辈子流尽血汗，为拉巴儿子我受尽艰难。长子送去学生意，二子南学读书篇。有谁知大怪发财不认父，那二怪娶了个财主媳妇就变了心田。在当初我待儿子如珍宝，至如今儿子待我如猪犬。两个儿子不行孝，一对媳妇更不贤。吃不饱来穿不暖，饿的我呀，饿的我头晕眼花我的心似油煎。从早晨等到日晌午，还不见有人把饭端。挪挪蹭蹭门外站，冷言冷语冷冷的天，这样的日子何时完。这家好比阎王殿，那家好比鬼门关。平生来我未做过缺德的事，却为何养下了这不孝的儿男。"

散戏的时候，村里的老人都哭得稀里哗啦，这戏唱到了他们的心坎里，触动了他们心里沉痛的隐忧。实际生活中的遭遇和戏情唱词交相呼应，发酵成涟涟泪水。他们抹着眼泪，拉着队长家老二的手说："二小啊，好好学戏，挣了钱要孝顺恁大大恁娘，可不能学戏里的张大乖张二乖啊！"言辞切切，听之令人动容。

就在大家都以为队长家的老二将会越来越有出息的时候，村里通了电，第一次有了电视机。那个时候的黑白电视机很小，信号很差，画面模糊，但作为一个新鲜玩意、城市文明和家庭财富的象征，成功吸引了全村人的兴趣和注意力。大家第一次可以足不出户就能看到外边的世界，就能在家里看到戏曲演出，就能看到扣人心弦的电视剧。每天晚上到有电视机的人家去看电视，成了大家喝汤后必修的功课和主要娱乐形式。大家不仅可以看电视，更可以聊天、交流各种所需信息、增进彼此的感情。电视不仅是新的娱乐媒介，更是一种新型的社交手段。大家逐渐习惯于坐在家里看电视，对于戏曲现场演出的兴趣越来越小。

时代的浪潮奔涌向前，远远地飞驰在村民前面。从此以后，村里再也没有请过戏班演出。想看戏，只能通过电视和电影了。村里再有人结婚都改放电影了，仅戏曲电影《墙头记》我就看过两三遍。戏班四处碰壁，举步维艰，演员想吃口饱饭都不容易，只能无奈解散。队长家的老二在乡亲父老面前的首次演出就成了绝唱。这样的境遇让人感到悲哀和惋惜，这也是那个时代很多基层戏班的缩影和代表。大家都在谈戏曲振兴，认为政府应该出台更多支持政策。其实，戏曲振兴确实需要政策，但更需要的是一种让大家愿意走出电视、走出网络、走进现场的生活方式，需要的是戏曲能够艺术地反映养老、医疗、教育、住房、结婚等大家心心相系的民生问题。队长家的老二又回到了家中，村民的明星梦、希望培养出另一个马金凤的梦想彻底破灭。

说起家乡的戏曲，就不能不提豫剧"四大名旦"中的马金凤和崔兰田，特别是马金凤，是村民口口相传的名人，是家乡人的骄傲，更是家乡学戏人的楷模和追慕的典范。马金凤原名崔金妮，1922年出生在曹县东关一个贫苦的河北梆子艺人家里。村里人都说她的老家在立本屯，离我们村不到两千米。在中国戏曲学院举办的马金凤先生从艺90周年纪念研讨会上，我曾就立本屯是不是先生老家的事情当面求证过，先生当时有点茫然，只是紧紧抓住我的手，好一会儿才说了一句话："恁是家乡人。"也许是因为时间久远，先生对九十多年前的事情已经淡忘，也许立本屯仅是她祖辈生活过的地方，先生早已没有印象，也许这只是村民的以讹传讹，但这不影响村民传颂先生的故事，不影响村民把先生作为教育下一代努力拼搏、改变命运的榜样。

马金凤五岁开始跟随父亲学戏，七岁就与父亲同台演出，打下了较为扎实的功底。按照很多戏曲名角成长的叙事逻辑，她应该年少成名，一路伴着鲜花和掌声扬名立万。事实恰恰相反，她的先天条件很不好：个子不高，脸型偏圆，扮相不出彩；天生没有嗓子，唱不了几句就没音了。十来岁的时候，曾有被观众轰下台和被班主踹下台的经历。性格倔强的马金凤化耻辱为动力，在母亲的帮助下，开始了长达三年苦练嗓子的生涯。无论是严寒酷暑，还是刮风下雨、大雪纷飞，甚至是感冒发烧，她都会跑到荒野无人处，跪在有水的水罐旁，脸贴在罐口处，对着罐口咿咿呀呀地喊嗓子。这一跪、这一喊，就是两个多小时，冬天的时候，双膝都结了冰，夏天的时候，膝盖处的汗水洇湿了土地。因为长期对着罐口喊嗓子，额头上留下了一道伴随她终生的痕迹。凭着家乡人身上常见的倔强和锲而不舍的精神，马金凤把哑嗓子练成了金嗓子，练成了名动天下的豫剧四大名旦之一。马金凤还具有强烈的革新精神，她融会众家所长，根据自身特点，最终开创了豫剧帅旦这个新行当，创立了豫剧马派新流派，推动了豫剧的创新发展，成为一个流派、一个剧种、一门艺术的代表人物。

"曹南金凤飞，洛阳牡丹红。"马金凤成功了，成为文艺界的名人，更成了家乡人的骄傲和家乡的文化名片！马金凤先生对家乡的感情很深，对家乡人民永远怀着一颗赤子之心，无论名气多大，没有丝毫的架子。她对家乡爱得洒脱、爱得炽热。她曾在《梨园春》节目中聊过她的代表作中的家乡情："《穆桂英挂帅》第一句就是'穆桂英我家住在山东'；在《花打朝》里，程七奶奶的老头子程咬金是山东人；《花枪缘》与山东就更分不开了，剧里面的瓦岗寨领袖程咬金是山东人，这部电影是在河南拍的，却是山东老乡掏钱支援的。"每次家乡需要先生的时候，先生都会随叫随到，从不提条件，她回来的时候曾经在公开场合中说："我是咱曹县的老闺女，在外面漂泊了一辈子，今天回老家探亲来了，老闺女走娘家来了。"言语素朴，乡音未改，感情真挚。为表彰先生的贡献和对家乡的热爱，家乡人民建立了马金凤大戏楼，《新曹县》的创刊号封面人物选的也是先生。

四十多年前，先生勤学苦练的励志故事，曾被奶奶拿来教育过我，激励我努力学习，让我从那个小村来到了北京。四十年前，我就在收音机中听过先生的很多戏，至今有些戏词还记得清清楚楚。没有想到的是，四十年后，在中国戏曲学院的校园里，因为工作关系，我竟然在课堂里、排练厅里、剧场里、研讨会上与先生多次相遇，让我激动不已、兴奋万分，也备感荣幸。为了豫剧本科人才的培养和豫剧的传承有序，九十多岁的先生仍然不辞辛劳，冲在教学、排练和演出的一线，其敬业精神和甘为人梯的奉献精神真是我辈学习的楷模。

先生出生在山东，成长在河南，成名在河南，生活在河南，最后终老在山东，实现了叶落归根的夙愿。先生以百岁高龄驾鹤西去，人生实现了大圆满。"两花一挂"（《花打朝》《花枪缘》《穆桂英挂帅》）是先生的代表作，剧中很多名段真是达到了脍炙人口、人人都会哼上几句的境界，哪个人听到"辕门外三声炮如同雷震"不是热血沸腾、不想跟着唱下去？戏曲名家的经典唱段少有能够达到观众齐声共唱的火热场面的，如若说有，先生当之无愧应该算上一位！作为亲历者，我就见证过一次。那种台上台下齐声共唱的场景确实让人激动、让人兴奋。

你听，《穆桂英挂帅》中最经典的唱段来了：

辕门外三声炮如同雷震，天波府里走出来我保国臣。头戴金冠压双鬓，当年的铁甲我又披上了身。帅字旗，飘入云，斗大的"穆"字震乾坤。上啊上写着，浑啊浑天侯，穆氏桂英，谁料想我五十三岁又管三军。

这不仅是人间的歌声，更是天国的乐音。

法源寺的丁香

丁香体柔弱,乱结枝犹垫。
细叶带浮毛,疏花披素艳。
深栽小斋后,庶近幽人占。
晚堕兰麝中,休怀粉身念。

——唐代 杜甫《丁香》

恰好有事路过牛街，突然想到此时法源寺的丁香花正在盛开，便兴致勃勃地赶到了法源寺，希望能够一睹法源寺丁香花的盛世容颜。没想到吃了闭门羹，法源寺已经因为疫情防控而关闭很长时间了。对于法源寺的丁香盛事，只能自行脑补了。法源寺的丁香、极乐寺的海棠、崇效寺的牡丹和天宁寺的芍药，曾经是名动老北京的四大花事。可惜的是，流传至今的只有法源寺的丁香，其他的都只能到典籍里去找寻了，只能在史料中去爬梳它们昔日的盛景。美景易逝，美人易老，从古至今，概莫例外。

法源寺历史悠久，是声名远播的千年古寺。唐代贞观十九年（645），唐太宗为超度征伐高丽阵亡的将士，下诏敕建悯忠寺，直到武则天执政的696年，方才建成。这之后，悯忠寺曾多次罹经火灾、地震和兵燹，多次焚毁，多次重建，还在明英宗之后的百年时间里被更名为崇福禅寺。1734年，雍正皇帝改悯忠寺为法源寺。1747年，乾隆御赐"法海真源"匾额，至今仍可在寺内看到。一千三百多年的时间里，法源寺目睹了朝代更迭，看遍了人事变迁，阅尽了红尘往事，历经了生死离别。

法源寺的名气，不仅仅在于佛法广博，更在于它见证了英雄人物壮志未酬的慷慨悲歌。1289年，南宋著名的文人、抗元将领谢枋得因拒绝元朝的招安被囚在悯忠寺内。被囚后，他坚贞不屈，誓死斗争，绝食五天而亡。他拒绝元朝招安的《却聘书》有这样的话："人莫不有一死，或重于泰山，或轻于鸿毛，若逼我降元，我必慷慨赴死，决不失志。"这是振聋发聩的战书，更是自我明志的宣言。他的《和曹东谷韵》有这样的诗句："万古纲常担上肩，脊梁铁硬对皇天。人生芳秽有千载，世上荣枯无百年。"这就更是他的自况了。

这种铁肩担道义的顽强精神深刻影响了六百年后的谭嗣同。他出生在法源寺东边五十米远的烂缦胡同，儿时曾多次到寺庙游玩，应该对谢枋得的事迹有所了解。在法源寺的晨钟暮鼓中，他还听人讲过宋钦宗曾被囚禁于此。靖康之耻对他的幼小心灵造成了强大的冲击力，变法自强成为他的人生追求。变法失败后，他本有大把的逃生机会，但决定以死来殉变法事业，用自己的鲜血去警醒国人，让变法图存成为社会潮流。据记载，谭嗣同对劝他离开的人说："各国变法无不从流血而成，今日中国未闻有因变法而流血者，此国之所以不昌也。有之，请自嗣同始。"这种不怕牺牲、慷慨赴死的大无畏精神真是让人感慨。更让人感到热血沸腾的是他在就义前所写的《狱中题壁》："望门投止思张俭，忍死须臾待杜根；我自横刀向天笑，去留肝胆两昆仑。"读了此诗，有几人不摩拳擦掌、扼腕叹息的？有几人不心潮澎湃、感慨影从的？

"为国为民，侠之大者。"心中有国，做事为民，国难当头，慨然前行，方可称为侠。从宋代的谢枋得到清末的谭嗣同，一以贯之的都是家国情怀，都是以死捍国为民，用最宝贵的生命践行他们的人生理想。他们为法源寺注入了一股鲜明的入世底色，为法源寺的丁香灌注了坚韧的力量。

法源寺的丁香花从清代以来就名动京城，这里不仅是寻常百姓，更是达官贵人、文人墨客赏花游玩的好去处。民国时期，法源寺开始举办丁香诗会，成为文人墨客赏花雅集诗会之所。1914年丁香盛开之际，83岁的湘绮老人王闿运邀请百余名在京名流齐聚法源寺，举办留春宴，赏丁香，赋诗词，宴后绘有《留春图》，是为首次丁香诗会。王闿运在诗会上表达了"庶继兰亭"的良好愿望，写下了"天地悲歌里，兴亡大梦中"的诗句。诗会上，高步瀛有诗云："零落残春何处寻，丁香僧院坐深深。疏钟向晚茶烟静，风动花幡见佛心。"

1924年4月底，徐志摩、陆小曼等陪同泰戈尔游览法源寺，赏玩盛开的丁香花，在丁香花前留下了一张载入史册的合影。大概是有感于丁香花的感召，抱病在身的泰戈尔做了关于中西文化精髓的公开演讲，晚上还在花下聊发少年狂，在曲笛的悠扬声中，在丁香树下给法源寺写了首诗：

你把我的心纠缠在一百条爱的绞索里，

你这是玩的什么把戏？

我的心不过是个微弱的生息，

为什么用这么多的绳索来把它捆起？

每时每刻和每个回合，

你都用你的诡计把我的心窃去，

而你却什么也不肯给予，

窃心者呵，你！

呵，残酷的造化天地！

我到处流浪把你的心儿寻觅；

那么多的花朵，

那样的光芒、芳香和歌曲，

可是爱又在哪里？

你躲在你那美的富裕里纵声大笑，

而我则独自哀哀哭泣。

一位蜚声世界的诗人，一位来自佛教诞生地的哲人，在中国诗人的陪同下，在深夜给法源寺和丁香花写诗，这是文学史上的盛事，也是中外文化交流史上的大事。

丁香花盛开之时，寺里的前庭后院都成了"香雪海"，白的似雪，粉的如霞，紫的似锦，花团锦簇，层层叠叠，香气氤氲缭绕，让人如临仙境、如入梦中。红墙碧瓦间的朵朵丁香，阵阵清幽香气袭人，想来别有一番意境。长期浸润于木鱼诵读声中，历经朝代更迭，看遍人生况味，阅尽人间痴男女，法源寺的丁香应该会有些禅意吧。

　　法源寺之所以遍植丁香，是因为丁香与佛教有着不解之缘。相传，佛教创始人释迦牟尼曾在菩提树下坐禅而觉悟成佛，创立佛教。菩提树成了佛教徒的神圣之木，广植于寺院之中。但因为菩提树是热带树种，在严寒之地无法成活，信徒们就因地制宜，选用不同的树种来代替菩提树，丁香树就是其中一种。相传藏传佛教大师宗喀巴出生的时候，他的脐带血滴在地上，不久长出一棵暴马丁香树，书上有十万片叶子，每片叶子上都有一座狮子吼佛像。此后，信徒们就以这棵神奇的丁香树为中心，兴建了莲聚塔，后发展成为远近闻名的塔尔寺。至此，丁香树成为很多佛教徒心中的菩提树。究其原因，这应该是因为丁香花香浓郁，叶片为心形，有心诚则灵、一心向佛的寓意，更是丁香树能够适应我国北方的气候环境，易于生长，花姿端庄、花色淡雅之故。在中国传统文化中，紫色是祥和高贵与权力身份的象征，紫庭、紫台、紫禁城、紫气东来等词语可以说明一切。白色则是圣洁、无暇的象征。这样，丁香的宗教意义也就为人所接受了。

　　在文人墨客笔下，丁香少了点宗教意味，更多的是观其形、赏其色、赞其味、体其愁、赋其意。诸如"一树百枝千万结""芭蕉不展丁香结，同向春风各自愁""青鸟不传云外信，丁香空结雨中愁""梅蕊重重何俗甚，丁香千结苦粗生"等诗句，在描写其外在表征的时候，赋予丁香以含蓄、哀婉、愁怨、忧郁、高洁等象征意义。到了现代派的象征主义诗人戴望舒那里，"我希望逢着一个丁香一样的结着愁怨的姑娘，她是有丁香一样的颜色，丁香一样的芬芳，丁香一样的忧愁"，丁香依然颜色高洁、花香馥郁、饱含愁绪，却少了点古典诗歌的幽雅和含蓄，多了现代人的峻急和直白。至今，法源寺已经举办了二十届丁香诗会、十六届丁香笔会，还未看到让人眼前一亮的丁香诗。不知道历经千年、看遍人世繁华的丁香花，再来看当代的丁香诗会、笔会，会有何感想？

今年的丁香花外人是无法欣赏了，有幸一睹芳容的都是槛内人。丁香错过一次，就是一季。有的事、有的人错过一次，就是永远！

补记：本文完成于2022年4月。2023年，法源寺举办了"2023浮诗绘·甘雨迎春丁香诗会"，我从新闻报道中找到了两首诗词，让大家一窥诗会情景：

怒赞疫情飞逝，又复正气满怀，待到清明春色浓，已是丁香花盛开，诗家叹妙哉！

古寺不知闰月，今人看似醒来，千载春秋留胜迹，万种风情任尔猜，观心明镜台。

——释永兴《破阵子·疫后丁香》

春愁如海亦如潮，胜地何嫌计里遥。

蕉雨虚窗花拥路，莺声院静客堪招。

披襟久坐依僧寺，掩卷闲行远市嚣。

回首百年真梦寐，丁香树下暗魂消。

——刘墨《法源寺赏丁香》

张文振

2023年4月